小学館文庫

始まりの木

夏川草介

小学館

目次

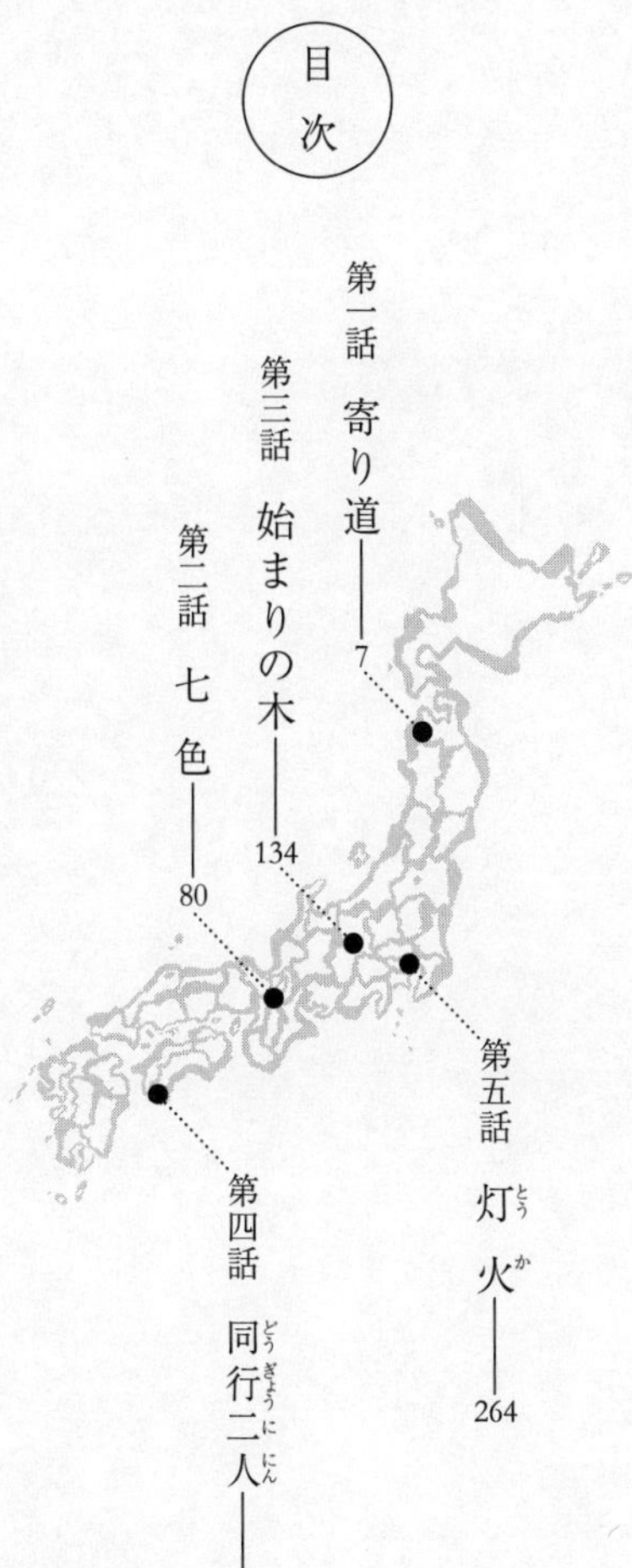

始まりの木

第一話　寄り道

九月の弘前は、いまだ夏の名残りを濃厚に残していた。

時候はすでに秋の入り口だというのに、照りつける日差しはまるっきり真夏のそれで、駅のホームに光と影の濃厚な陰影を刻みつけていた。

「もっと涼しい町だって思ってたのに……」

特急『つがる』から弘前駅のホームに降り立った藤崎千佳は、額の上に白い腕をかざし、北国の空を眩しげに見上げた。

九月半ばの、しかも平日の昼過ぎであるから、ホームの人影はそれほど多くはない。スーツ姿のサラリーマンやひとり旅といった様子の若者が、なんとなく静かにコンコースへ向かっていく。彼らの多くもいまだ夏の装いで、ロングシャツの千佳の方が、季節はずれに見えるくらいだ。

リュックサックを背負ったまま、小型のスーツケースをホームにおろし、ジーンズのポケットから出したハンカチを首筋に当てたところで、千佳は我に返って慌てて辺りを見回した。

すぐに彼女が視線を止めたのは、ステッキを突きながら真っ直ぐに階段へ向かう痩せた男の背中である。豊かな頭髪にはところどころに白いものが混じり、よれよれのジャケットから伸びた右手には傷だらけのステッキを握っている。その後ろ姿だけでも独特の存在感があるが、こつりこつりとステッキを突くたびに大きく肩が上下して、左足を引きずり気味に歩いていくその姿は、衆人の目を引くこと疑いない。

千佳は、軽く安堵の息を吐き、それから右手をあげて、よく通る声を張り上げた。

「先生、待ってください！」

ステッキを止めて振り返った男は、手を振る千佳に冷ややかな一瞥を投げかけると、これ見よがしにひとつため息をついてから、再び背を向けて歩き出した。

藤崎千佳は、東京都心にある国立東々大学の学生である。

学生といっても、今年の四月から大学院に進学したから、学生生活そのものは五年目に突入している。所属は文学部で、専攻は民俗学。二十代の女性が選ぶにしては、それなりに珍しい分野であろう。華やかなイメージとはほど遠いし、不景気の世の中では就職に有利とも言えない。

実際、大学卒業後の進路について母親に話したときは、あまり物事に動じない母も目を丸くしたものだった。どうして、と問う母や友人には、「なんとなく」としか答えなかった千佳だが、彼女なりの理由はあった。

それも二つ。

わざわざ口に出して説明をしないのは、もともとがあっけらかんとした性格の彼女にしては、ずいぶん情緒的な理由であると、自分でも思うからだ。

一つ目の理由は、高校生のころに読んだ柳田國男の『遠野物語』に感動したから。

元来、たいした読書好きでもない千佳が、そんな文学書を手に取ったきっかけは、いつも立ち読みしていたファッション系の雑誌が「特集　遠野物語」と銘打った記事を載せていたことによる。ファッションと『遠野物語』にどういうつながりがあったのかは覚えていないが、掲載されていた最初の部分を読んで、自分でも意外なほど自然にその不思議な世界に惹きこまれてしまった。

「遠野郷は今の陸中上閉伊郡の西の半分、山々にて取り囲まれたる平地なり」

最初の一文がそれだ。

いまでも千佳は暗唱できる。古風な文体に難しい字がたくさん並んで、けして読みやすいわけではないのに、なぜだかふいに山々に囲まれた一村の風景が浮かび上がった。

日の光も通さないほど鬱蒼と茂る森、木々の影を縫うように駆けて行く数頭の鹿と、倒木に腰をおろして猟銃に弾を込める老人。森を抜けた先には茅で葺いた民家が点在し、古老の屋敷の傍らには子供数人が手をつないでも抱えきれないほどの巨木が天を覆うように佇立している。

東京生まれの千佳は、そういった景色に親しみがあるわけではない。けれども、なにか忘れていた記憶を呼び覚まされるような不思議な感覚であった。千佳はすぐに雑誌の隣に積まれていた文庫本を手に取って、そのまま作中の物語に、あっというまに夢中になってしまったのである。

柳田國男が日本を代表する民俗学者であり、『遠野物語』がその代表的著作のひとつと知ったのは、あとのことだったが、彼女の心に濃厚なインパクトを残し、やがて今の場所に導く大きな道しるべとなったのは確かだ。

しかし、千佳が民俗学を選んだのには、もうひとつ大きな理由がある……。

「藤崎、なにを腑抜けた顔をしている」

ふいに届いた鋭い声は、階段のなかばで振り返った男のものであった。

「子供ではあるまい。初めて降りた駅だからといって、ぼんやり突っ立っていないで、早く来たまえ」

　頼りない痩身から、容赦のない叱咤が飛び出してくる。

その厳しい語調に、傍らのエスカレーターを昇っていく通行人の方が、怪訝そうな顔を向けてくるほどだ。しかし男は、他人の注目などまったく意に介さず、すぐにステッキを突きながら、一段一段と階段を登り始める。

　階段下まで追いかけてきた千佳は、先を行く男を見上げて声を張り上げた。

「先生、待ってください。リュックだけじゃなくて、先生のスーツケースだってあるんですよ。そんな簡単に階段なんて……」

「無駄口はやめたまえ。青森まで来て、わざわざ女権論争をやるつもりはない」

「女権論争……？」

「女の自分には荷物が重いから、男の私に持てとでも言うのかね。しかし残念ながら、私はステッキがなければ一人で歩くこともままならない甚だ非力な身体障碍者だ。女と障碍者、どちらが社会的弱者であるかを論じるのは君の自由だが、私はその議論に付き合うつもりはない」

　屁理屈なのか、言いがかりか、ただの悪態なのか暴言か、何にしてもひどい言葉の数々だ。近くの通行人は露骨に眉をひそめたり、目をそらしたりしているが、しかし言われた方の千佳は黙って額に手を当ててるだけである。この人物の、ほとんど病的なまでの偏屈さはいつものことなのである。実際、暴言の数々は別として、彼は階段の手すりとステッキとを交互に用いて、かろうじて登っていく状態だからスーツケースなど持てるはずもない。

「そんなに大変なら、目の前のエスカレーターを使えばいいのに」とは千佳も言わない。

なぜかこの人物はエスカレーターが大嫌いなのである。

昔から左足が悪く杖(つえ)生活を送っているのに、どんなに長い階段でも絶対に自分の足で登っていく。おまけに自分だけなら良いものを、学生の千佳がエスカレーターに乗ることまでひどく嫌がるから、まったく迷惑な話だ。

「しかし講義室では無口な君が、外に出たとたん切れ者の女権論者とは驚いた。それだけの覇気があるならスーツケースのひとつくらい、なんとかしたまえ。私は上で待っている」

ステッキの音とともに勝手な言い草が降ってくる。

しばし呆(あき)れ顔で階段を見上げていた千佳は、やがて軽く肩をすくめると、さっさとエスカレーターに乗って、男を追い越して行った。

「師が地道に足を使って歩いているというのに、弟子は平然と機械に頼るとはいい度胸だな」

階段の上で待っていた千佳を、息を切らせて登ってきた男がじろりと一睨みする。彫りの深い顔、異様にするどい眼光に、愛想のかけらもない口調、子供が見たら三秒も待たずに泣きだすに違いない。

千佳はしかし、わざとらしくジーンズの埃をはたきながら、悠然と応じる。

「先生の指示に従ったまでです」

「私の指示？」

「スーツケースくらいなんとかしたまえって言ったのは、先生です。だから、とりあえずスーツケースはなんとかしました。ご希望とあらば、私だけ降りて階段を登ってきましょうか？」

千佳のすました顔を、男はもう一睨みしてから、軽く舌打ちした。

「行くぞ」

肩から少しずり落ちかけたジャケットを片手で引き上げ、再びステッキを進めて歩き出した。

痩せた背中が独特の調子で上下しつつ、改札へと向かっていく。その背を視線で追い掛けた千佳が軽く目を見張ったのは、行く先に巨大な武者絵の組ねぶたを見たからだ。駅のコンコースに飾られているのは、顔の大きさだけで千佳の身長くらいはある巨大な組み物である。弘前の夏の風物詩については、千佳も写真で見たことはあるが、実物の迫力に触れるのは初めてだ。

怒り顔の巨大な武者が、かっと口を開いている正面へ、痩身の男がステッキ片手にこつりこつりと歩いていく。その姿は、まるで鬼退治へ出掛ける一寸法師を思わせて、千佳は思わずくすりと笑みをこぼした。

いかに偏屈であっても、千佳はこの変人学者が嫌いではなかった。

より正確には、この男とあちこち旅をするのを気に入っていた。

彼が、学会でも高名な民俗学者だから、というのは理由ではない。変わり者であっても、院生には確実に修士を与える有能な准教授だ、というのも主たる理由ではない。彼にくっついて、日本中を旅することが、いつも新鮮な発見と驚きを千佳にもたらしてくれるのだ。

千佳が民俗学の道に進もうと決めたもうひとつの理由が、この不思議な学者の存在だったのである。

もちろん、そんなことは誰にも話したことはない。

この偏屈な民俗学者、古屋神寺郎(ふるやかんじろう)にも、である。

弘前駅を出た古屋と千佳は、そのまま駅前から大通りを歩きだした。

バスやタクシーの行きかう道を十分ほど行くとやがて脇の小道へ入り、あとは静かな街中へと入っていく。

日差しは強く、少し歩くだけで汗ばむ陽気の中、古屋は汗ひとつかかず黙ってステッキを動かしている。路地を抜け、裏通りを過ぎ、用水路を渡り、ちょっとした大通りを横切っていくうちに、辺りはいつのまにか閑静な住宅街だ。

古屋はふいに立ち止まって、スマートフォンで地図を確認することがあるが、それもつかの間で、迷う様子も見せずに進んでいく。

あとを追う千佳は、細かな目的地を知らない。

古屋がろくに行き先も告げずに歩き回るのはいつものことで、以前はそれでも、

「どこに向かっているんですか？」

などと問うたこともあったのだが、本人の気が向かなければまともな返事が返ってくることはない。

やがてアスファルトの車道が石畳になり、両側には石塀や築地塀（ついじべい）で仕切られた古めかしい日本家屋が並ぶようになってきた。空が不思議に広く感じられるのは、高層の建物がほとんどないからだが、それでいて両側の家のひとつひとつは、けしてこぢんまりとしたものではない。堂々たる入り母屋（いりもや）造りの豪壮な日本家屋が軒を連ねている。

「綺麗な町並みですね」

思わず千佳がつぶやけば、先を行く古屋がステッキを石畳に突きながら、

「歴史のある地区だからな。古い建物が多く残っている」

淡々と応じる声に、ステッキの音がリズムを刻むように重なる。

立ち並ぶ家のすべてが日本建築というわけではない。けれどもところどころに見える洋風の新築まで閑静な町並みに溶け込むように馴染んでいて、違和感がない。人通りも少なく、車も今は見えない。軒下の日陰に立って、通りに水を打つ老人の姿は、古い襖絵から抜け出してきたかのようだ。

「ここは弘前城の北側で、城の防御の要を成す一帯だ」

ふいに古屋が口を開いた。

「ゆえに由緒ある武家屋敷が立ち並び、町割りも碁盤目になっている。なかには景観を維持するために移築されてきたものもあるが、いずれも古格を保った見事な屋敷が多い。弘前が北の小京都と呼ばれる所以だろう。東北といえば、古来中央政府から遠く外れた僻地と思われがちだが、そうではない一面がここにはある」

「そうではない一面？」

「東北の、特に日本海側は、古くは奈良、平安の時代から海運が発達して、大規模な商業都市として栄えていたという学説がある。中でも十三湊から弘前に至る津軽地方

一帯は、上方との交易で豊かな富を築いていたとな。実際弘前は、戦国期にすでに巨大な城下町を形成していたし、室町期の『十三往来』には〝夷船京船群集し〟などと記されているくらいだ。海運という視点から見れば、津軽一帯は僻地どころか交通の要衝だったと言えるかもしれない」

古屋はときどきこんな風に唐突に語り始めることがある。

語る声は、毒を吐くときのとげとげしいものではなく、低く重い悠揚たる響きがある。大学の広々とした階段教室で講義をしているときの声だ。

「不思議ですね。書物の中に出てくる東北地方って、なんだか飢饉の多い貧しい農村地帯ってイメージがありましたけど……」

「農村地帯ならむしろ飢饉には強いはずではないか？」

古屋が静かな口調でそんな問いを投げてくる。

「飢饉のたびに大勢の餓死者が出たということは、この一帯が農村ではなく、都市化していたという傍証と言ってよい。食糧の不足は、生産者たる農民ではなく、非生産者である都市住民をまず直撃する。戦時中も、食糧の欠乏に苦しんだのは、都市部であって農村ではない。地方に疎開した人々は、少なくとも都市の住人よりは、多くの食糧を手にしていたのだからな」

新鮮な考察であった。

新鮮なだけでなく、論理的な内容であった。

寡黙な古屋は普段、研究室で多くを語らない。こういった旅先の方がふいに語りだすことがある。古屋の唐突な個人講義を聴けることは、旅についていく院生の特権だと、ひそかに千佳は思っている。

「あそこだ」

古屋が告げて足を止めた。

通りの先に、ひときわ大きな門が見えた。両側に長々と四つ目垣を従えた立派な冠木門である。その門の下に小さな白い軽自動車が止まっており、ちょうど車の横に立っていた男性がこちらに気付いて大きく手を振った。

「古屋先生、お疲れ様です」

静かな町並みに明るい声が響く。

そのまま駆けるように歩み寄ってきた男性は、古びたスーツ姿に紺の中折れ帽をかぶった五十年配の痩せた人物だ。

「ずいぶん早いじゃないですか。待ち合わせの時間まではまだだいぶありますよ」

「ご多忙の相馬さんを待たせるわけにはいきませんから」

古屋の応答に、「またそんなことを言って」と男性が笑いながら中折れ帽を取った。帽子の下から出てきたのは、遠目の印象とはずいぶん異なる朗らかな笑顔だ。よく日に焼けた肌とあいまって、どこか少年のような雰囲気さえある。

「やっぱり歩いてこられたんですね。いつでも駅まで迎えに行くと申し上げたのに……」

「心配は無用です。私にとっては歩くことが仕事です」

「そうでしたね。それが古屋先生のやり方でした」

にこやかに笑った男性は、千佳に目を向けて丁寧に頭を下げた。

慌てて礼を返して名を名乗れば、男性は内ポケットから名刺を差し出しながら、

「古屋先生から聞いていますよ。今回は研究室の学生さんを連れていくとね。遠路、お疲れ様です」

千佳が受け取った名刺には、『青森県文化財研究センター　考古学主任　相馬惣(そう)七(しち)』と書かれている。

「考古学？」

「専門は縄文時代です。青森にはそこらじゅうに縄文期の遺跡がありますから、大学だけでなく県にも研究部門があるんです。私はそこの古株です」

古株といっても単なる管理職ではないだろう。よく日に焼けた様子は、野外で活発な活動をしている証拠だということくらいは、千佳にもわかる。

「縄文期の遺跡って、三内丸山(さんないまるやま)遺跡とかってことですか？」

「もちろんあそこは代表格ですが、ほかにも亀ヶ岡や二ツ森や大森勝山や……」

指折り数えながら、

「ようするに土を掘るのが仕事です」

にこやかにそんな返答をしてから、古屋に向きなおった。

「さて、行きましょうか。準備はしてありますから」

さらりと告げると、相馬は先に立って門をくぐった。

明るい日差しの下、玄関へと続く大きな飛び石の上を、相馬は軽い足取りでたどっていく。相馬の背を見送った千佳は、そのまま傍らの指導教官に目を向けた。

「先生って、考古学もやっていましたっけ？」

「私は純然たる民俗学者だ」

短く答えた古屋は、ステッキを持ち上げて門をくぐった。

古屋神寺郎という人物について、千佳はまだ多くを知らない。

学生時代にはゼミに通い、院生になってすでに半年が経過しようとしているが、偏屈さが筋金入りだということはわかっても、それ以外のことは謎が多いままだ。

なぜこれほど変わり者なのか、いつから足を悪くしているのか。いや、そういう細かいこと以前に、彼の正確な年齢さえ千佳は知らなかった。噂に聞く四十代後半という年齢にしては若く見えるのだが、その割に頭髪には白いものが混じり、深い思索の最中には老人のような陰を帯びることもある。

学者としては間違いなく一流に属する人物で、民俗学会の全国規模のシンポジウムでもしばしばパネリストや講演者として登壇しており、執筆論文も数多い。

つまり確かな実績があるということなのだが、いまだに准教授の地位に甘んじているのは、彼の奇異な性格が災いしているためであるのは疑いない。その強烈な言動にあまり苦痛を感じず、好んで旅に従う千佳の方が例外なのである。実際、古屋の容赦ない言動は、学内学外を問わず多くの敵を作ってきた。

例えばこんな話がある。

ある地方の民俗学の学会で、若手の研究者が最新のソフトを用いて、特定の山林の植生を統計処理した発表を行ったとき、にわかに立ち上がって、ひとこと、

「君はその山を歩いたのかね？」

と古屋は大声で問いかけた。

不思議そうな顔をしている学者に対し、

「行ったことも見たこともない土地の情報を、単純に数値化して数式に放りこむだけなら統計屋にまかせておけばいい。いやしくも民俗学者のはしくれなら、自分の足で

土を踏んでくるべきではないかね」

〝民俗学の研究は足で積み上げる〟

とは古屋のゆるがない哲学ではあるが、彼の独創ではない。

さかのぼれば、かの『遠野物語』の作者柳田國男に至り、柳田國男はこれを江戸期の博物学者、菅江真澄（すがえますみ）の技法として紹介している。民俗学の方法論としては重要である。しかし、重要な事柄を述べる者が必ずしも好かれるとは限らない。まして、相手の立場やプライドといったものに対して、まったく配慮を欠く発言であればなおさらだ。おかげで彼に対する評価は、その実績の批評よりも感情論に終始し、心ない人などは、杖姿の彼を評して『三本足の古屋』などと陰口を言っているくらいなのである。

そんな状況だから、彼のいる東々大学においては、民俗学科に入ってくる学生などよほどの変人か物好きしかいない。それでも学部生は何人かいるが、大学院に至っては、千佳のほかにもうひとり、博士課程の院生がいるだけである。

だが千佳にもわかっていることがあった。

性格はどうあれ、古屋神寺郎は口先だけの学者ではない。必要とあれば、日本中どこにでも出かけていく。どれほど足が悪くとも、階段を登るのにさえ苦労をする身であったとしても、彼は書斎の学者ではなく、歩く学者であった。

千佳が狭い研究室で資料整理に没頭していると、古屋はしばしば突然、この快活な女学生に向かって言うのだ。

「藤崎、旅の準備をしたまえ」と。

千佳の旅は、いつもそうして始まるのである。

相馬の案内のもと屋敷の中に入った古屋たちは、広々とした廊下を歩んでその奥へと進んだ。磨き上げられて黒光りをした廊下を歩き、少し曲がるとふいに明るい縁側に出る。

庭先にはきっちりと刈り込まれた躑躅が並んでいる。

「見事な屋敷です」

古屋の簡潔な論評に、案内をする相馬が応じる。

「津軽きっての豪商、津島家の屋敷です。いまは末流の老婦人がおひとりで暮らしているだけですよ」

その老婦人とは、さきほど玄関先で軽く挨拶をしたばかりだ。

〝遠いところからようこそ〟

玄関をくぐった古屋たちをそう言って、小柄な婦人が迎えたのである。

薄暗い土間の奥の上がり框の上に、小さく丸くなって座っていたその姿を見て、千佳は一瞬、古屋敷に住みついた老猫のような印象を受けたが、そっと手をつく挙措には品があり、上げた顔には涼しげな微笑がある。

外が明るいおかげで、玄関の中はより薄暗く見えたが、婦人の周りだけはなんとなく華やいだ空気さえ漂っており、旧家の麗人の面影がそこはかとなくにじみ出ているようであった。実際、玄関周りには古びた小道具が並べられているが、手桶や箒、神棚に至るまで、手入れが行き届いて、零落や陰鬱の気配は微塵もない。

そのまま、

〝あとはご自由に〟

静かに告げた老婦人は、音もなくするりと奥へ引っ込んでしまった。

なにかひとつひとつの景色が昔話の一場面のようで、千佳は古い物語の中に足を踏み入れていくような心地である。

「津軽の女性は、愛想がいいとは言えませんが、こだわりのないさっぱりした性格の人が多いんです。今日も、自由に出入りしてくれてよいとのことでした」

相馬の説明に千佳は戸惑いがちに応じた。

「相馬さんはよくここに来られるんですか？」

「よく、というほどではないですが、月に一、二度は来ています。蔵の整理をお願いされていましてね」

「蔵の整理？」

「ここは、津軽一の豪商と言われた人の屋敷ですから、実にいろいろなものが埋もれていて、ここ数年のうちにも、縄文期の土器や装飾品のたぐいが、損傷や欠落もない貴重な保存状態で見つかっているんです」

先を行く相馬が振り返る。

古屋は板の間にカバーをつけたステッキをそっと突きながら歩いているから、相馬はそのゆっくりした歩調に合わせてくれている。

「文化財として価値の高い物がいくつも蔵から出ているというお話をしたところ、御婦人も高齢で、ひとりで蔵の管理はできないから、文化財センターの方で少しずつ整理してほしいと依頼してくれました。私がその窓口になっているんですよ」

「その整理の過程で、例のものが見つかったというわけですな」

古屋の声に、相馬がうなずいた。

「座敷に出しておいてもらうようにお願いしておきました。好きに見ていってくれて良いということです」

三人は、小さな坪庭をめぐる廊下を渡り、六畳間を一つ抜けて、やがて日当たりのよい二十畳ほどの広々とした座敷に至った。

あった。

そう言って相馬が示したのが、座敷の上座に置かれていた二曲一双の古びた屏風(びょうぶ)で

「ここです」

大きな広間の奥に、ゆったりと開かれたそれは、けして巨大なものではない。のみならず、いかにも古色を帯びた品物で、枠は一部がこわれ、屏風の絵もなかばが剝落している状態だが、不思議な存在感がある。積み重ねてきた年月の重みということか。

古屋は板の間にステッキを置き、畳の上を左足を引きずりながら歩いて、古屏風の正面に腰をおろした。

「たしかにこれは年代物ですな」

「地元の骨董(こっとう)家の鑑定では、江戸末期のものではないかということですが、もう少し古いかもしれません」

古屋は、鼻がつくほどの距離まで屏風ににじり寄って見つめている。

自然、千佳もそばに寄った。

物が古いだけに絵も古い。判別しがたいのは、色彩が落ちているためだけではなく、それが見慣れない昔の景色であるからだ。それでも目を凝らせば屏風には、たくさんの小さな人影が認められた。

古い町の景色であろう。板葺きの平屋の並ぶ往来は多くの人でにぎわい、荷車や牛

車が見え、道端には露店が並んでいる。

「お祭り、ですか？」

思わず千佳が問いかけたとき、屏風に明るい光が差し込んだのは、相馬が縁側の障子を開けてくれたからだ。

「祭りといえば祭りかもしれん。だが正確には、市の景色というべきだ」

微動だにしない古屋の声が聞こえた。

「イチ？」

「市場だ。露店に並んでいる品物は、鍋や皿などの日用品に見える。ほかにも家具らしきものから、日常の雑貨が目立つ。祭りというよりは、おそらく市の景色だろう」

淡々とした口調ながら、その目には異様に鋭い光が宿っている。

「ただし、中世の日本の市には、祭り的な要素が多くある。そこには多くの人や物が集まって、一種の非日常の空間となる。実際、全国の朝市や日曜市には、しばしば恵比寿や大国主命といった祭神が守り神として祀られ、時に御輿が出る土地もある。京都の東寺にも弘法市があるように、市と祭事には密接なかかわりがある」

言いながら古屋は、じっと見回していたその目を、屏風の一角で止めた。

「これですな？」

古屋の短い問いかけに、相馬は大きくうなずいた。

古屋が目を止めた場所には、大きな一本の木が描かれている。それも枝の払われた大きな丸太が、人の行きかう往来の中央に、どっしりと打ち立てられているのだ。高さはそばの民家の大きさと比べて、四、五メートルはあるように見える。それだけの巨木が、市場の中央に堂々とそびえ、その下を市井の人々が往来している。

「たしかに、市神（いちがみ）と考えてよさそうですな」

古屋が低くつぶやいた。

千佳は、古屋の横顔を見る。

「市神？」

「先に述べた、恵比寿を始めとする市に祀られる神のことだ。全国的には、神像や仏像などの人工物を拝することが多いが、岩や石などの自然物を市神としている土地もある。なかでも津軽には、枝を払った自然木を通りに立てて神の憑代（よりしろ）とする、古い形の神があったという。今となっては目にすることのできない風習だ」

淡々とした古屋の声の底にかすかな熱がある。

その目は屏風の一角を見つめたまままったく動かない。

「お役に立てましたか？」

「十分です。古い日本の神の在り方を理解するための貴重な資料です。もう少しじっくり見せてもらってよろしいですか？」

「もちろんです。私自身、自分の故郷にこんな風習があったことを知りませんでした。お役に立てれば幸いです」

日に焼けた頬に明るい笑顔を浮かべた相馬は、実際嬉しそうである。

「津島婦人からは時間を頂いていますから、じっくり見ていってください。僕はお茶を淹れてきますよ」

あっさりそう言って廊下に下がる相馬を、千佳は慌てて「手伝います」と追いかけたのである。

座敷から小さな二間を抜けて、さらに奥の廊下を渡ると、小さな炊事場につながっていた。

豪商の屋敷というだけあって、なにやら迷路のように入り組んだ造りだが、相馬はもう何度かこういう機会を持っているのであろう、迷う様子もなく、炊事場でも手際よく薬缶に水を入れて、火にかけ始めている。

「考古学者の相馬さんが、どうして古屋先生の研究を手伝っているんですか？」

食器棚から湯呑を取り出しながら、千佳が問うと、相馬はにこやかに答えた。

「手伝っているというわけではありません。単純に、僕と古屋先生の研究は重なる部分が多いんですよ」

意外な返答であった。

相馬は穏やかに続ける。

「考古学と民俗学とでは、妙な組み合わせに見えるかもしれませんが、意外と近い部分があるんです。特に僕の研究のひとつは縄文文化の中の『巨木信仰』で、古屋先生は日本人の神をテーマとしていらっしゃる。信仰や神というキーワードを軸にすれば、自然に重なり合ってくる部分があります。それでも普通は畑が違えば互いに交流することはほとんどないんですが、古屋先生はあの通り、特別な行動力をお持ちだ。私の論文を読んで、自ら考古学会にも足を運んでくださったことがあって、親しくさせてもらっているのですよ」

なるほど、と千佳は得心する。

資料集めや取材のためには日本中を歩き回る古屋にとって、学会の壁を越えて足を運ぶくらい造作もないことなのかもしれない。

「博識な古屋先生からは、教わることがとても多いのです。代わりに、僕も古屋先生のお役に立ちそうな資料や情報があればお知らせしているというわけです」

「それで、今回も屏風の絵について連絡してくださったんですね」

ちょうど湯が沸いたところを見計らって、相馬はコンロの火を消した。

「以前、津軽の市神について先生から教わったことがあったので、今回屏風の絵に気付いた時、これはもしかして、と思いましてね。念のため連絡したら、すぐさま飛んでこられたわけです。写真にしてお送りするとお伝えしても、直接自分の目で見たいとおっしゃいましてね。古屏風の絵ひとつのために、いかにも古屋先生らしい」

相馬の声には率直な敬意が含まれている。

古屋と年齢はさほど変わらない。いや、相馬の方が年配であるかもしれないというのに、衒いや卑屈さのないその態度は、相馬自身の人格というものかもしれない。

「しかし」と急須に茶葉を入れる千佳に目を向けながら、相馬が笑った。

「古屋先生についていく方は大変でしょう。歩きまわる距離が尋常ではありませんからね」

「距離は気になりません。大変なのは、暇さえあれば嫌味とか皮肉とかが飛んでくることです」

千佳の遠慮のない返答に、相馬はおかしそうに笑う。

「たしかに古屋先生は少し風変わりなところがありますからね」

「少しどころじゃないですよ。まともに目的地も説明されずに引きずり回されるんですから。今回だって、青森一泊ってこと以外はほとんど何も聞かされずにここまで来たんです」

「それはひどい」

相馬は微笑に苦笑を交えつつ、

「けれど、それだけ野放図に振る舞っていながら、お供をしてくれる学生さんがちゃんといるというのは、古屋先生という人の面白さですね」

不思議な応答であった。

日に焼けたその手が、薬缶を手に取って急須に湯を注ぎ始める。

「先生はたしかに風変わりで、敵も少ないとは言えませんが、敵ばかりではありません。先生の魅力というのは、学問に対する徹底した生真面目さ、とでもいうべきものでしょうか。あれに惹かれている人も意外と多いんですよ」

「相馬さんもそのひとりですね」

千佳のそんな軽口に、ゆったりとうなずいた相馬は明るい目を向けて応じた。

「あなたもそうでしょう？」

唐突な問いに、千佳の方が戸惑う。

そんな千佳の様子を優しげに見守りながら、相馬は語を継いだ。

「違いましたか？」

「違うことにしておきます」

力をこめて返事をした千佳に、相馬は声を上げて笑った。

千佳が古屋神寺郎という人物に初めて出会ったのは、文学部の二年生の夏であった。時候は、梅雨のまだ明けきらない初夏。

その日、学内の図書館で、ようやくレポートを仕上げた千佳が腕時計を見ると、すでに夕刻であった。日暮れにはまだ時間があったが、窓外はいつになく暗い。慌てて資料やレポートを小脇にかかえて外に出てきた千佳を迎えたのは、稀に見るほどの大雨であった。

傘はない。やむをえず、図書館の軒先で空を見上げて立ちつくしているときに、あとから出てきたのが古屋だったのだ。

右手には傷だらけの細いステッキを持ち、左手にはいかにもたくさんの書籍が入っていそうな大きい鞄をさげた痩身の男が出てきたときには、さすがに千佳も戸惑ったものである。白いものの混じった頭髪と仏頂面を見れば、五十は過ぎているようにも見えるが、眼光の鋭さは三十代の若々しさを秘めている。いずれにしても年齢不詳で、見るからに近づきがたい雰囲気をまとった男だった。

男は大雨の降る空と、傍らに立つ女学生とを無遠慮に見比べると、おもむろに鞄を足もとに置き、その中から折りたたみ傘を出して千佳に差し出したのだ。初対面であるが、そのどぎつい眼光に圧倒されて思わず受け取ったものの、あっさりと雨の中へと歩き出した男を見て、千佳は驚いて駆けだした。

「受け取れません、あなたが差してください」

告げる千佳に、いきなり彼は怒鳴り返した。

「右手に杖、左手に鞄を持っている。どの手で傘をさせというのかね！」

今思い出してみても、これほど理不尽な怒り方もない。

どの手で傘を、などと言うくらいなら、なぜ鞄の中に傘が入っていたのか、という話である。

あっけにとられる千佳の前を、男はステッキを鳴らしながら悠然と去って行った。

むろん雨に濡(ぬ)れながら、である。

この誰が見ても奇異な人物が、学内でも知られた変わり者で、民俗学研究室の准教授、古屋神寺郎だと知ったのは後日のことである。

古屋の名を知った千佳は、借りた傘を返すべく、文学部の建物の一番奥にあるその研究室を訪ねた。

突然のこの珍客を迎えた古屋は、礼を述べる千佳の声を遮って短く答えたのだ。

「遠野を持っていただろう」

怪訝な顔をする千佳を見て、あからさまに苛立(いらだ)った口調で続ける。

「あの時、君が抱えていた本の中に柳田國男の『遠野物語』が見えたのだ。あの名著が雨に濡れるのは忍びなかった。君のために傘を貸したわけではない」

たとえそれが真実であっても、黙って受け取ればよいだけの話であって、わざわざ口にする必要のない言葉であった。それでもなお「遠野のためだ」と言う古屋の言動が、千佳にはなぜかおかしかった。そのおかしさが、二十歳の女学生の頬にほのかな笑みとなって浮かんだとき、古屋はわずかに困惑したように目を細めた。

「私も好きな本なんです。先生のおかげで濡れずにすみました。ありがとうございます」

丁寧に頭を下げ、そのまま部屋を出ようとしたとき、古屋が低い声で呼びとめた。

「興味があるなら聴きにきたまえ」

おもむろに告げて、机の上に投げ出したのは一冊の薄い手製のテキストだ。

『民俗学と遠野』

講師の欄に、古屋神寺郎の名がある。

「毎週水曜日の二時限目だ」

その言葉が、千佳が民俗学の世界に足を踏み入れる、最初の一歩を与えることとなった。

初めて古屋の講義を聴いたときの空気を、千佳は今もよく覚えている。

体系的な民俗学の解釈やフィールドワークについて、千佳はもちろん無知であった。その意味では、講義の具体的な内容が理解できたわけではなかった。けれども、教壇に立って静かに『遠野物語』を読みあげる古屋の姿に、千佳は不思議な胸の高鳴りを覚えたのである。

欠席している学生も多く、出席者の大半も机に突っ伏して居眠りをしている中で、しかし古屋は悠然と朗読を進めながら、ときおり民俗学について解説を加えた。日本人は日本人についてもっと学ばなければならない。遠く高く跳躍するためには確固たる足場がなければならぬように、世界を知ろうとするならば、我々はまず足元の日本について知らなければならない。民俗学はそのための学問である、と。

神、人、森、海、さまざまなキーワードを口にする中で、古屋は深みのある声を響かせて言った。

〝我々は、ただ単純に古書の中の干からびた知識や、失われた風俗や慣習を記録しているわけではない。未来のために過去を調べる。それが民俗学である〟

細かな文脈を、千佳はもう覚えてはいない。しかしステッキを片手に超然と教壇に立ってそう告げる古屋に、千佳は強く惹かれるものを感じたのである。

大学に入ったものの、具体的な将来設計も持たず漫然と時間を過ごしていた千佳にとって、それは十分に衝撃的な出来事であった。

空席の目立つ講義室の最後列で、千佳は講義が終わるまで、じっと古屋の声に耳を傾け続けていた。

初夏の雨と『遠野物語』が導いた、不思議な縁であった。

津島家の座敷に一時間ばかり滞在した古屋は、その後屋敷を辞し、相馬ともあっさり別れて町中を歩き出した。

再び石畳の道を歩き、小道を抜け、十分ほど歩いて、車一台がかろうじて入ってこられるような細い路地に面したクラシックな装いの喫茶店にたどりついた。

いかにも老舗といった様子の店は、扉をくぐってみれば、おもいのほかに広く、カウンターの他にも四人掛けのテーブルが五つばかり置いてある。著名人も訪れる場所なのか、壁には色紙や写真が何枚か張ってあるが、いずれもずいぶん年季の入った古いもののようで、千佳に判別できるものはひとつもない。二人が入ったときにはほかに客の姿はなく、カウンターの奥に立っていた小柄なマスターが無言で小さく頭を下げただけだった。

古屋は席につくなりリキュール入り珈琲(コーヒー)という、千佳が聞いたこともないものを頼み、あとは津島家で譲り受けた資料や、自ら鉛筆を走らせた屏風絵のスケッチなどを黙々と見返している。

千佳はすぐに出てきたアイスコーヒーで喉を潤し、一息ついてから小さくつぶやいていた。

「先生って意外に愛されていますよね」

唐突な言葉に対して、古屋はいかにも面倒そうに書類から目を上げた。

「なんの話だ？」

「相馬さんの話です。ずいぶん先生のことを褒めていました」

「彼は人を見る目があるからな。君も少しは見習うといい」

臆面もなくそんな返答をする。

千佳はストローで氷をかき回しながら、

「先生こそ、笑顔の素敵な相馬さんを見習ってもいいんじゃないですか。社交性とか笑顔とかって結構大切ですよ」

「社交性や笑顔がときに重要な役割を果たすという考察については、異論はない。しかし彼は、君と違って、ただ無闇と間の抜けた笑顔をぶらさげているだけの凡人ではない。あの屈託のない風貌とは異なり、洞察は鋭く、頭は切れる」

意外な人物評が飛び出してきて、千佳は思わず口をつぐむ。

「彼はもともと北東大学にいたが、縄文の遺跡に魅せられて青森にやってきた。この地で縄文人の衣食住に関する多彩な研究を拡張し、『定住する狩猟採集生活』という新たな枠組みを提唱した気鋭の考古学者のひとりだ」

聞き慣れない言葉を、千佳は思わず繰り返していた。

「定住する狩猟採集生活、ですか」

「敢(あ)えて説明するような内容でもないが、君の知的能力にかんがみて付け加えておこう」

不必要な毒舌を前置きとして、古屋は続ける。

「一般的に、縄文時代は狩猟採集生活で、弥生時代は稲作生活というのが古代日本社会の理解の仕方だ。そして同時に、前者は移動生活で、後者は定住生活というのが通説だったが、相馬さんは、豊かな森と海に囲まれた津軽から渡島(おしま)半島にかけての一帯は、『定住する狩猟採集生活』が可能だったと考えたのだ。炯眼(けいがん)というほかはない」

古屋の口調は淡々としているが、言葉には重みがある。

千佳は黙って、その刺激的な講義に耳を傾ける。

「相馬さんは、そこから豊かな縄文時代の生活風景を描き出し、さらに巨木信仰という文化的理解を持ち込んだ。数千年前の古代人の生活に、文化という視点を持ち込んだというだけでも、相馬さんが非凡な研究者であることは明らかだろう。彼の考察は、あのにこやかな笑顔とは対照的に奇抜で斬新だ。三内丸山の巨大木造建築を、祭祀(さいし)場や砦などの実用施設ではなく、信仰の対象そのものとして捉えようという発想も興味深い。同じ大木だからといって、縄文の遺跡を、津軽の市神にまで結びつけようとする態度は、さすがに牽強付会と感じるがね」

　全面的に賛意を示しているわけではない。しかしそれも含めて、相手に対する信頼と敬意が溢れている。

　古屋がこんな風に人を褒めることは珍しいし、なにより、この偏屈で寡黙な学者の口から、これだけ熱のこもった言葉を聞くのは稀なことであった。

「考古学は民俗学とならんで地味な学問だが、ああいう賢才が東北の田舎町でがんばっているというのは、喜ばしい事実だ。これも学者を大切にする弘前の風土のひとつかもしれん」

「先生って……」

　千佳は、一瞬言葉を切ってから、なんとなく心の中に浮かんでいたものを、そのまま吐き出していた。

「弘前には詳しいんですか？」

　わずかに古屋が眉を動かす。

「また唐突だな」

「だって、単にフィールドワークに来た町にしては、なんだか弘前のことをよく知っているように見えます。相馬さんとはただの研究仲間という以上に親しそうでしたし、弘前駅を降りてから津島家まで、地図もほとんど見ずに歩いていました。この喫茶店だって、結構わかりにくい場所にあるのに、最初から予定していたみたいに真っ直ぐ来たじゃないですか」

「ここは太宰治も通ったと言われる弘前の名店だ。格別詳しくなくても名は知られている」

「太宰治？」

「知らんのか」

「知っています。作家ですよね。『人間失格』とかって」

「読んだことは？」

「ありません」

軽やかな千佳の返事に、古屋は大げさに首を左右に振る。

「残念なことだな。昭和を代表する文豪の名作たちも、消えゆく定めにあるらしいぞ、マスター」

そんな古屋の声は、千佳ではなく、その背後に向けられたものだった。

振り返ると、ちょうどカウンターの向こうから蝶ネクタイのマスターが盆を片手に出てくるところである。

「時代の流れなのかもしれませんね」

穏やかにそう告げたマスターが、クッキーを載せた皿を「どうぞ」とすすめながら微笑を向けた。

慌てて会釈する千佳に、マスターは控え目な笑顔のまま、

「太宰治は津軽出身の作家で、弘前に住んでいたこともありましたから、よくここに足を運んでくれたといいます。もう何十年も前の、先々代の話ですが」

「そんな特別なお店だったんですか」

「特別なのはお店ではなく作家の方ですよ。よい作品が多くあります。『走れメロス』はもちろん、『津軽』や『晩年』などとても味わい深い作品です」

読んでいないと答えたばかりの千佳には、肩身の狭い話であるが、マスターは格別気に留めた様子も見せない。空になっていたコップに水を足しながら続けた。

「太宰が亡くなってずいぶん経(た)ちますし、ファンも少しずつ減ってきていますが、それでもときどき訪ねてきてくださる方がいます。何より古屋先生のような高名な人が、年に一回は必ず来てくださる。まったく有難いことですよ」

急な話題の転換に、千佳は軽く目を見張った。

そのまま視線を転ずれば、古屋の方は眉をわずかも動かさず、黙ってまたカップを傾けるばかりだ。ゆえに千佳は、眼前の学者ではなく、マスターの方に再び目を向け

た。

「先生が毎年ここへ？」

「だいたいこの時期に来てくださいます」

もっとも、とマスターは少し声音を抑えて、楽しげに頬を動かした。

「いつも一人旅で、お連れさんがいるのは今回が初めてです。しかもこんなチャーミングな女性を連れてくるなんて……」

「マスター」

にわかに低い声を響かせた古屋に、マスターが軽く首を傾げる。

「タクシーを呼んでくれたまえ」

「おや、急なお立ちですね。お急ぎですか？」

「そうでもない。もう少しゆっくりするつもりだったがね」

古屋はそばに置いていたジャケットを手に取りながら続ける。

「せっかく客も少なくて静かな店だと喜んでいたが、マスターの口が騒がしくなったようだ。来年来る頃には、騒がしい客もマスターもいない静かな店であってほしいものだな」

冷然と告げながら、ジャケットのポケットから財布を取り出す学者に、マスターは慌てる様子も見せない。

「またお待ちしています。お気をつけて」

穏やかな微笑のまま優雅に一礼して見せた。


いつもと少し違う旅。

そんな予感を、千佳は東京を出発する前から、かすかに感じていた。

古屋が、弘前行きを千佳に告げたのは、ほんの一週間ほど前のことだった。

そういう唐突さはいつものことであったから、千佳は別に驚きもしなかったが、むしろ彼女が戸惑ったのは、古屋の決まり文句が出なかったことの方だ。

「藤崎、旅の準備をしたまえ」

この半年間、何度も聞かされてきたその言葉が、この日は出なかった。その時の古屋には、どこか妙な落ち着きのなさがあった。

折しも九月の東京は近年でも稀に見るほどの残暑で、東々大学の文学部民俗学科などというマイナー中のマイナー研究室は、学問を行うにはあまりに不向きな蒸し暑さにさいなまれていた。

ただでさえ天井ちかくまで書籍でうずめられ、窓がふさがれている風通しの悪い研究室である。ほとんど壊れかけた一台のクーラーがため息をつくように気休めの冷気を吐き出しているが、焼け石に水であった。

　おまけにその狭い空間に、千佳ともうひとりの院生のほか、古屋も大きな机を構えているから手狭なことこの上ない。本来、古屋の部屋である隣の准教授室は、膨大な古書類、資料類で倉庫然となっていて、とても作業ができる状態ではないのである。古屋に言わせれば、自前の図書室を持てない零細研究室のやむを得ざる現状だ、ということになるのだが、一番しわ寄せを受けているのは、この剣呑な教官と同じ部屋で過ごさなければいけない千佳たちの方であろう。

「仁藤はどうした？」

　丁度不在になっているもうひとりの院生の名をきっかけとして、古屋が口を開いた。

　千佳は、うずたかく積まれた書類と書籍がいまにも倒壊しそうになっている向かいの机に目を向けて答えた。

「ジン先輩なら、ここだとあんまり暑くて論文なんて書いていられないから、図書館に行ってくるって言っていました」

「妥当な選択だな」

　無駄を嫌う古屋が、めずらしく意味のない返答をしている。

　千佳が手元の資料整理を再開すると、すぐに次の言葉が降ってきた。

「来週弘前に行く予定だ」

あとに続く言葉はない。一瞬間をおいてから顔をあげ、それから古屋に視線を向けた。

「ついて来るかね？」

旅に出掛けるときの言葉としては、聞き慣れないフレーズであった。

かつてない問答に、千佳の方が面食らう。

「私に選択権があるんですか？」

思わずこぼれた言葉に、古屋は露骨に眉をゆがめた。

千佳としては、嫌味のつもりで言ったわけでは全くない。ごく素直に驚いただけだ。足の悪い古屋にとって、ひとりで旅に出ることは容易でない。その点、院生ひとりが荷物運びを手伝うだけで行動範囲は大きく広がるし、千佳自身もそんなものだと思っていたからである。

もちろん今の時代、男性教官が女学生を連れてフィールドワークに出かけることには、少なからず問題があるのだが、この点は古屋自身が「足の不自由な障碍者への介助」という点を臆面もなく強調して反論を退けている。要するに、今さら古屋が千佳に気を使う話でもないのである。

なんとなくそんな感想を口にすると、古屋は常にないほど不機嫌な顔で応じた。

「君が荷物持ちとして貢献していることは認めるが、それはあくまでも、非力な障碍者より、力の有り余った院生に荷物を任せる方が、速やかに事が運ぶという常識的判断の結果に過ぎない。君が来るまでは仁藤が付いていたが、彼が多忙なときは私ひとりで出かけていたんだ」

いつも以上に乱暴な調子で滔々（とうとう）と語ると、さらに付け加えた。

「今回はいささか野暮用がある。フィールドワークは大切だが、それだけではないから、無理に君がついてくる必要はない」

なら声などかけずに一人でいけばいいのに、と千佳は思ったが、師弟の立場であることは確かであるし、なにより古屋と出掛けることが、嫌いではない。

だから、

「行きますよ」

いつもの調子で応じたのである。

喫茶店の前まで迎えに来たタクシーに乗り込みながら、古屋は短く告げた。

「嶽（だけ）温泉へ行ってくれ」

もちろん千佳の知らない地名である。しかし運転手はよく心得ているようで、狭い小道を抜けると、タクシーは迷う様子もなく大通りを走り始めた。

すぐに前方に見えてきたのは、満々と水を湛えた堀とその先の石垣上に鬱蒼と茂る森である。午後の陽光を受けて、水と緑とが鮮やかな晩夏の色彩を乱舞させている。

「弘前城ですね」

千佳の声に、古屋はわずかに首を縦に動かしただけだ。

タクシーはゆるやかに堀端を走りぬけて、それとともに水と緑の明るいきらめきが窓外を背後へと流れていく。

「城というのは、文化の塊だ」

ふいに古屋が低い声で告げた。

「たとえば地形だ。城の縄張りというのは、築城時の土地の形状にそって計画される。残された堀を見れば、今では埋め立てられてしまった川の流れがわかり、出丸の位置をさぐればすでに削られた山や丘の位置を推し量ることができる」

豊かな言葉もある、と古屋は続ける。

「今ではどんな建物でも『造る』か『建てる』という言葉で用が足りてしまう。だが城は多様な言葉を含んでいる。堀はうがつ、柵はかける、櫓はあげる、今では失われつつある言葉だ。それらの語感というものは、自ら足を運んで、堀を見下ろし、櫓を見上げなければ身にはつかない」

「だから歩かなければいけないんですね」

千佳の声に、古屋はまたかすかにうなずいた。

「でも今日はタクシーに乗っていますけど？」

いくらか軽薄な調子を含んだ千佳の声に、しかし古屋は応じない。のみならず、じっと窓外を見つめている。

しばしの沈黙ののち、古屋は静かに告げた。

「出発前にも言ったはずだ。今回は野暮用があるのだ、と」

ふいに車内が明るくなったように感じられたのは、タクシーが市街地を抜け、広々とした田園地帯に入ったからだ。

千佳は、あっと小さく声を上げた。広大なリンゴ畑のかなたに見事な裾野を広げた美しい山を見たのだ。それが津軽富士の名で親しまれる岩木山(いわきさん)であることは、彼女にもすぐにわかった。

日は徐々に傾きつつある。

ゆっくりと暮色に染まる空と、ゆるぎなくそびえる大山。それら自然の織りなす静と動の見事なコントラストが、青森の空と大地に刻まれつつあった。

超然として眺めつつ、古屋は小さくつぶやいた。

「ただの墓参りだ」

ふいに行き過ぎたトラックの音のために、その声は、千佳の耳にまでは届かなかった。


　岩木山の南麓に、嶽温泉という小さな温泉街がある。

　有名な温泉地とは言えないかもしれないが、歴史は浅くない。津軽藩の歴史の中でも名君との誉れ高い津軽信政によって開かれたのが始まりとされているから、三百年を超える時の流れがある。

　よほど繁華な土地ではない。むしろ十軒に満たない温泉宿とそれを取り囲む小さな集落が、岩木山の斜面に並んでやわらかな夕日に照らされている。

　夕暮れ時にタクシーから降り立った千佳は、澄み渡った空気の中で大きく伸びをした。そのまま何気なくタクシーで登ってきた背後を振り返って、感嘆の声をあげた。

　嶽温泉があるのは岩木山の山麓である。そこから下方には、広大な森林地帯が見渡せる。いくつもの嶺が折り重なるように連なっているが、険しさや激しさはなく、風のない大海原のようにゆったりとした起伏が、夕空の下に広がっている。

　茜色に染められた、広大な白神山地の眺望が広がっていた。

「すっごーい、綺麗ですね、先生！」

　千佳が額に手をかざしたまま告げると、タクシーから降りて来たばかりの古屋はいつもの仏頂面で応じた。

「豊かな日本語の話をしたばかりというのに、貧相な感想しか出てこないものだな」

「すごいものはすごい、綺麗なものは綺麗。いいじゃないですか」

そのあっけらかんとした声に、古屋は深々とため息をつきながら、それでも背後を顧みて、山下の眺望をまぶしげに眺めやる。

つかの間そうして立っていた古屋は、やがてまたゆっくりとステッキを動かして夕日に染まる坂を上り始めた。

ゆるやかな坂の先にあるのが、閑静な温泉街の中でもひときわ堂々たる造りの大きな建物だ。『嶽の宿』と記された一枚板の古びた看板とともに、岩木山の斜面にどっしりと構えたそれは、旅館というより堅牢な兵舎のような印象さえある。

「立派な建物ですね」

千佳がそんな感嘆の吐息をもらしている間にも、古屋はステッキを鳴らして正面の木の階段を登っていく。あとを追いかけた千佳が、玄関口で追いついたところで、ちょうど出迎えの人影が見えた。

出てきたのは、頑健そのものの建物とは対照的な、和服姿の華奢な青年であった。あまり日に焼けていない白い肌と撫で肩の体格が、より和服と溶け合って、一時代前の書生のような佇まいである。

青年は、古屋に向かって丁寧に頭を下げてから微笑(ほほえ)んだ。

「お待ちしていました、神寺郎さん」

親しげなその声に、古屋の抑揚のない声が返る。

「待つことはない。押しかけているのは私の方だ」

「それでも待っていたんです」

にこやかな笑みを崩さず答えた青年は、背後の千佳に気づいて、驚いたように眉を動かした。

「学生だ」

古屋の返答は端的である。

「希望にあふれた未来をことごとくドブに捨てたいらしい。今年から私の研究室に学びに来ている」

「ああ、神寺郎さんが以前におっしゃっていた方ですね。まさか女性だとは思っていませんでした」

広々とした宿のフロントに、穏やかな声が響いた。その声を聞きつけて、奥から仲居らしき中年の女性が出てきたが、青年は、短く指示を出したあと、「このお客様は、私が案内します」と答えて下がらせた。そういう動作のひとつひとつに、不思議と品がある。

なかば見惚れるような千佳の視線に気づいて、青年はゆるりと一礼した。

「自己紹介が遅れました。はじめまして。『嶽の宿』の主人をつとめる皆瀬です。こんな変人の神寺郎さんに付き合って、はるばるお越しいただいてありがとうございます」

しかめっ面の古屋を前にして、こんな応答ができる人も珍しい。千佳は戸惑いつつも慌てて会釈した。

「藤崎千佳です。民俗学科の院生をやっています」

「噂は神寺郎さんから聞いていますよ、フットワークが軽くて忍耐力もあって、今時珍しく有望な学生さんだとか……」

「真一君、根も葉もないことを言ってもらっては困る。藤崎が使えるのは足だけだ。頭は話にならん」

身も蓋もないことを言う古屋の声が、しかしここではいつもの切れ味を発揮しない。つまり青年は一向に萎縮しない。

「あんなことを言っていますが、どういう理由であれ、神寺郎さんが人を褒めるのは極めつきに珍しいことですから……」

「真一君、私は立ち話をするためにわざわざこんな所まで出てきたわけではない。長旅でくたびれているし、休ませてもらってもいいかな？」

「はいはい、すぐ部屋に案内しますね」

皆瀬は微笑とともに軽く頭をさげると、雑談を中断し、奥へと立って歩き出した。

見送る古屋の顔に渋面がある。なんとなく違和感があるのは、そこにいくらかの困惑が混じっているからだ。千佳にしてみれば、とにかく新鮮で面白い。

「ここって、先生の定宿ってことですか？」

「そんな立派なものではない」

投げ捨てるような返事が飛んでくる。

「でもすごく親しげに話していたじゃないですか？」

「彼は遠慮というものを知らんのだ。君と同類だな」

「でも、素敵な感じの人ですね」

「素敵？」

いよいよ苦虫をかみつぶしたような顔をして古屋が答える。

「目が悪いのか、日本語の意味を間違えているのか、どっちだ？」

「目がいくらか悪いのは自覚していますし、日本語が特別得意だとも言いませんけど、素敵っていう言葉の意味くらいはよくわかっています。先生には一番縁のない言葉ですね」

手厳しい応答に、さすがの古屋もわずかにたじろいだ。

「だいぶ性格が悪くなっていないか、藤崎」

「師を見て学んだ成果です」

言うなり千佳は、鼻唄まじりにスーツケースを引きながら皆瀬を追って廊下を歩き出した。

皆瀬の案内で千佳が通された部屋は、八畳の広々とした和室で、窓際には囲炉裏まで切られた贅沢(ぜいたく)な造りであった。窓は南向きで、今しも夜の闇に沈みつつある白神山地が見渡せる眺望を備えているし、間取りも敷地も非の打ちどころのない一室である。

「ここにひとりで泊まるんですか？」

素っ頓狂な声をあげる千佳を見て、皆瀬の方は面白そうに、

「おや、神寺郎さんからそういう指示をもらっていたのですが、神寺郎さんと同じ部屋の方が良かったですか？」

「そういう意味じゃありません。ひとりで泊まるには立派すぎる部屋だって……」

「こんな九月の平日は、お客さんもほとんどいません。自由に使っていただいていいんですよ」

千佳の反応をくすくす笑いながら受け流して、皆瀬は答えた。

古屋と出掛けた時に泊まるのはだいたい駅前の安いビジネスホテルである。旅館に来たこと自体初めてである上、通された部屋がこれだけ豪勢だと、根が貧乏性の千佳はかえって落ち着かない。

「いつもは一泊三千円くらいの安いホテルを一部屋ずつ取るだけなんですよ。それだって研究費から出せない時は、自腹を切って泊まるんです。今日は先生もこんな立派な部屋なんですか?」

「まさか。神寺郎さんは自分の部屋ですよ」

皆瀬の言葉に思わず千佳は、絶句する。背中のリュックサックをおろしかけたまま動きを止めてまじまじと相手を見返した。その視線に気づいて、青年は不思議そうな顔をしたのち、ふいに苦笑を浮かべた。

「その様子だと、神寺郎さんからは何も聞いていないんですね。相変わらず困ったお人だ」

「自分の部屋って……」

「より正確には、自分の妻の部屋と言えばいいでしょうか。十年前に亡くなった、神寺郎さんの奥さんの部屋です」

静かな声で、とんでもない言葉が降ってくる。

皆瀬は、座卓の上に、手際良く茶の支度をしながら、さらに静かに付け加えた。

「そして、私の姉の部屋ですよ」

とぽとぽと、湯呑に茶を注ぐやわらかな音が聞こえる。

千佳は時間が止まったように、しばし呆然としたまま身動きひとつできなかった。

「いろいろ聞きたいことがあるんですけど、先生」

千佳の唐突な声に、古屋は伸ばしかけた箸を止めて、無闇と威圧的な一瞥を投げかけた。

折しも夕食の席である。

二十畳はあると思われる広々とした広間に、今は千佳と古屋が差し向かいで膳を挟んでいるだけだ。ほかに二組ほど食膳が用意されているが、すでに食事を終えたようで、なかばは片付けられ、人影ももちろんない。

皆瀬の言うとおり、この時期の平日に泊まり客はほとんどいないようで、館内は静寂そのものであり、千佳が広々とした大浴場に行ったときも、ほかの客に出会うことはなかった。

嶽の湯にたっぷりとつかり、疲れを落としてしまえば、あとは夕食である。この夕食も、千佳がこれまでの旅では見たこともないほど、豪勢なものであった。

新鮮な刺身に箸を伸ばしながら、ふと千佳は空想する。

他に客がいたとして、そういう人たちの目に自分たちはどう映るだろうかと。ステッキを突いた年齢不詳の男と、二十代の若い女が膳を挟んでいる姿の組み合わせは、どう考えても奇異である。

不倫。

そういう品のない言葉が浮かびつつも、千佳は心中で苦笑する。少なくとも、この目の前の変人学者にとっては、『素敵』と並んでもっとも縁遠い言葉であろう。だいたい湯上がりとはいえ、千佳はさすがに浴衣は遠慮して洋服姿だし、古屋はいつもの古びたジャケットであるから、そういう下世話なものより、一層得体の知れない二人組に見えるにちがいない。

それにしても、と千佳は眼前の学者に目を向ける。

古屋に結婚歴があるとは知らなかったし、ましてその奥さんが亡くなっているとなると、事情は複雑だ。それを単刀直入に聞くのははばかられるが、何も教えられないままついて来た千佳としては、嫌味のひとつも言いたくなる。

「皆瀬さんって、先生の義理の弟さんだったんですね」

千佳の声にはいくらかの険がある。

味噌汁をすすっていた古屋は、片眉を上げてから短くつぶやいた。

「真一君も口が軽くなったようだな」

「なんで、奥さんの実家に私を連れてきたんですか？」

「連れてきたわけではない。ついて来ると言ったのは君の方だ。野暮用もある旅だと最初に言っただろう」

「亡くなった奥さんの実家に立ち寄ると聞いていればついて来ませんでした。だいたいただの学生だと言っても、実家に女性を連れて来られたら、奥さんだって気分はよくないと思いますよ」

「そうか、君は女だったな。すっかり忘れていた」

いつのまにか、古屋の毒舌は普段の調子を取り戻している。

「しかし問題ない。妻は君のように了見の狭い女性ではない」

にべもない応答である。

箸を置いた古屋は、湯呑から茶をすすると、膳の上から色艶あざやかなとうもろこしを手に取った。

「嶽きみを知っているか？」

また唐突である。話をそらすにしても露骨に過ぎて反発する気にもなれない。

「知っています」

「食べたことは？」

「……ありません」

「岩木山の水と空気をすって育った極上の唐黍だ。唐黍と言えば茹でて食べるのが一般的だが、嶽きみはこうして生のまま食べることもできる。味わいはもとより香りが豊かで、ひときわの逸品だな」

言うなり、そのままもろこしをがぶりとやる。千佳はなかば呆れた顔で、

「それがどうしたんですか。嶽きみがいくらおいしくても、先生の配慮に欠ける振る舞いの理由にはなりません」

「どうせ食べるなら、麓まで来て食べるのが最高なんだ」

古屋は勢いよくがぶりがぶりとやりながら続けた。

「君も食べてみたまえ」

言われてなかばやけになって千佳もほおばる。しかし食べてみればこれがまた、予想をはるかに越えて美味である。

芳醇な甘い香りに思わず千佳は頬をほころばせる。

「おいしい！」

「相変わらず単純な奴だ」

笑ったばかりの千佳の頬がたちまち引きつる。もろこしにかじりついたまま睨みつけると、古屋の方は、食べ終えた残骸を皿に戻し、悠然と茶をすすっている。

「私は少し辺りを歩いてくる。あとはひとりで好きにやりたまえ」

一方的にそう言うなり返事も聞かず、杖を突いて広間を出ていった。


「おや、いつのまにかおひとりですか？」

ふいにそんな言葉が千佳の耳に響いたのは、古屋が立ち去って、数分が過ぎた頃である。

茶碗を持ったまま肩越しに振り返ると、広間の入り口に、盆を持った皆瀬が立っている。

「女性をひとり食卓に残して立ち去るなんて、神寺郎さんも困った人ですね」

にこやかな笑みとともに千佳の傍までやってきた。千佳は敢えて平然と箸を運んで山菜の天ぷらを咀嚼している。

「いつものことです。いつだって人のことなんて関係なく、自分のペースで物事を進める先生ですから」

「なるほど、そうかもしれません」

笑顔のまま頷きつつ、そのまま傍らに腰をおろし、

「せっかくおいしいお酒を持ってきたのに、残念ですね」

お酒ですか、と千佳が見返すと、皆瀬は細い腕でそっと盆の上の四合瓶を取り上げた。

『陸奥（むつ）八仙（はっせん）』という銘柄が見えるが、それがどういう酒かはわからない。千佳は人並みに酒は飲めるが、格別こだわりを持ったことはない。

「八戸（はちのへ）の酒ですよ。神寺郎さんの好きな一本なんですが……」

「先生ってお酒飲むんですか？」

「ここに来たときはいつもこの四合瓶を飲むんですが、その様子では、ほかではあまり飲みませんか」

皆瀬も軽く首を傾げている。

「昔は神寺郎さんと姉さんと三人でよく飲んだんですが……」

「先生、ちょっと散歩に行ってくるって言っていましたから、そこらへんにいるはずです。私、探してきますね」

立ち上がりかけた千佳を、皆瀬はやんわりと制した。

「いいですよ。どうせ見つけたところで気が向かなければ戻ってはきません。それよりせっかくですから二人で始めていましょう。じき帰ってきます」

言っているそばから酒杯に瓶を傾け、一つを千佳に手渡す。

そのまま自分の酒杯も取り上げて、乾杯、と皆瀬はおだやかに告げた。一連の動作は優美といってもよいほどで、千佳も思わずつられて傾ける。甘味と酸味のバランスのとれた味わいが広がって、千佳は軽く目を見張った。

「おいしいですね」

「でしょう。神寺郎さんはああ見えて、意外にグルメですからね」

答えながら皆瀬は軽やかに一杯目を干している。

「お仕事はいいんですか、皆瀬さん」

「今日はほかに二組の宿泊客がいるだけです。もう食事も終わりましたし、あとは任せてありますから心配はいりませんよ」

にこりと微笑むと、まるで歌舞伎役者のようにあでやかだ。

「先生の奥さんってきっと綺麗な人だったんでしょうね」

思わずつぶやく千佳に、皆瀬は不思議そうな顔をする。

「だって皆瀬さんのお姉さんって、いかにも美人な感じがしますから」

「美人かどうかはわかりませんが、健脚の人でしたよ、姉は。あの頃は神寺郎さん以上に、よく歩く民俗学者でしたから」

「奥さんも同じ職業だったんですか？」

千佳の声に皆瀬はうなずきながら、すっと手をのばして、空になった千佳の酒杯に四合瓶を傾けた。

「仕事のことまでは私もよく知りませんが、神寺郎さんと出会ったのも学会でのこときいています。結婚してからも二人そろってあちこち飛び回っていました。姉の健脚だと、岩木山だってここから片道三時間で登ってしまいます。それでいて息も乱れないんですから。一緒に登る神寺郎さんの方がいつもふらふらになっていたくらいです」

そこまで言って、ふいに皆瀬は口をつぐんだ。眼前の千佳が、困惑顔をしていることに気付いたからだ。

やがて皆瀬は得心したように苦笑した。

「神寺郎さんが今のように足を病む前の話ですよ」

「先生が普通に歩いていた頃？」

「そうです。そのころは、神寺郎さんは毎年姉と二人で、ここから岩木山に登っていたんです。姉が亡くなるまではね」

「奥さんはどうして……」

お亡くなりになったんですか、と言いかけて、千佳は慌てて口をつぐんだ。

こういう事柄をあけすけに尋ねるほど千佳も子供ではない。慣れない酒の勢いにつられて出そうになった言葉をすぐに飲みこんだ。が、皆瀬の方がそれに気づいて微笑んだ。

「隠さなければいけないような話ではありません。事故があったんですよ、十年前に」

酒杯を置いて、少しだけ遠くを眺めるように目を細めた。

「二人そろって出掛けた旅先の、空港でのことです」

皆瀬は少し声音を落として話した。

ある空港で長いエスカレーターに二人で乗ったときの話だった。はるか上方に乗っていた客が持っていた大きなスーツケースを倒してしまったことが事故の全てだったという。傾斜角三十度の長大な動く坂を、二十キロの巨大な塊が転がり落ちてきたのだ。後ろに並んで乗っていた数人の旅行者をひとまとめに巻き込む大惨事となった。ただ単純に荷物を倒しただけのささやかなトラブルが、目を覆うばかりの地獄絵図を招いたのだ。

負傷者五名、死者一名。

「その一名が私の姉です」

静かな声だった。十年という月日がようやくもたらした静けさのようだった。

「そして負傷者五名のうちの一名が、神寺郎さんですよ」

千佳は息を呑んだ。

その事故で、神寺郎は左足の骨を粉々に打ち砕かれたという。

「手術を受けて金属を入れれば、それなりに目立たなくできるし、少なくとももう少し普通に歩けるようになると医師には言われたようですが、あの人はそれを拒否したんです。このままでいい、とね。誰もがおかしな人だと言いましたが、私にはなんとなくわかるんですよ。姉との最後の旅の痕跡を、どんな形でも残しておきたかったんじゃないかとね」

沈黙が訪れた。

千佳は理解した。

二人してあちこちを旅する中でも、古屋は絶対に飛行機を用いようとしない。どんな遠方でも、使うのは鉄道であり、海を渡るなら船であった。その理由はこんなところにあったのだ。

千佳の脳裏に、今日の昼過ぎ弘前駅に降り立った時の光景が浮かんだ。ホームから改札へあがるにも絶対にエスカレーターを使わない古屋。足をひきずってでも階段を登る姿……。

千佳は胸の奥で深く嘆息した。

「あれ以来、神寺郎さんはお仕事で青森に来た時は必ずここに立ち寄ってくれます」

「必ずここに……」

皆瀬はうなずいた。

「そうは言っても年に一度あるかないかといった程度ですが。ただここに来ると、しばらくは岩木山をひとりで眺めているんです。本当は神寺郎さん、もう一度登りたいんだと思うんですが、あの足ですからね……」

そこまで言って、皆瀬はふいに口調を改めた。

「悲しい話をしてしまいましたね」

皆瀬の声に我に返って、千佳は気がついた。いつのまにかかすかに視界がにじんでいる。

「酒の勢いとはいえ、ついひといきに話してしまいました。せっかくの旅先だというのにすみません」

「いえ、いいんです。聞けて良かったです」

慌てて目元をぬぐって、千佳は笑い返した。

とても大切なものをもらった気がして、千佳は頭をさげた。

「ありがとうございます。皆瀬さん」

「真一君もずいぶん趣味が悪くなったな」

唐突に場違いな声が飛び込んできた。

驚いて広間の入り口に目を向ければ、言わずと知れた古屋の姿がある。

「宿の客人を、酒を使って口説いている」

そんな言葉にも、皆瀬の穏やかさは変わらない。

「神寺郎さんが、大切な学生さんを置いていくのが悪いんですよ。だいたい姉を口説くのに『陸奥八仙』を用いた神寺郎さんらしくない指摘ですね」

「酒を使って女を口説くのは男の用いる常套手段だ。私が悪趣味だといったのは手段ではなく、相手のことを言っている」

「どういう意味ですか、先生？」

思わぬ矛先に、千佳はむっとして答える。

そういう険悪な視線は気にも留めず、傍に来た古屋は足元の四合瓶を見つけて、大げさに顔をしかめた。

「私のいないうちに開けるなど、悪趣味どころか暴挙だ。犯罪だ」

言うなり腰をおろし、皆瀬の酒杯を取り上げ一息に飲み干した。

「人間の心は時とともに変わってしまう。昔は私の帰室まで絶対に酒を開けずに待っていた律儀な真一君でさえ、このありさまだ。しかし酒の味は変わらない。悪趣味と理不尽のはびこる人間社会における、ささやかな心の慰めだ」

「慰めでも理不尽でもいいですけど、悪趣味だってどういう意味ですか、先生」

いくらか頬を染め、酔いにまかせて問う千佳に、古屋は見向きもしない。

ただ皆瀬の注いだもう一杯を手にとって、くいとまた一息に飲み干して答えた。

「そのままの意味だ」

古屋の態度は揺るがない。

ゆえに千佳もまた、腹いせとばかりに手中の杯を空にした。

窓から差し込む透明な朝日を受けて、千佳はうっすらと目を開いた。

なかば蒲団をかぶったまま、右手の腕時計に目だけを走らせて確認する。

朝六時。

千佳は小さくため息をついた。

こんな早朝に目が覚めたのは、体内時計が働いたからではけしてない。

もともと朝は九時ぎりぎりまで惰眠をむさぼるのが彼女の日常だ。それが六時に目が覚めたのは、昨夜さんざんに古屋、皆瀬の二人と酒を飲み、部屋に帰ってくるとカーテンも閉めずに、蒲団に突っ伏したからである。

ため息とともに最初に自覚したのは、軽い頭痛である。飲み慣れない日本酒を、古屋と張り合って飲んだ結果であることは、疑いない。要するにひどくはなくても二日酔いであった。

とりあえず起き上がった千佳は、顔を洗って着替えを済ませると、そっと扉を押して部屋を出た。今日も一日、あの偏屈学者に付き合わなければいけないから、散歩がてら外の空気を吸って気分を入れ替えておこうという算段だ。

もとより客が少ない上に早朝であるから、館内に人の気配は希薄である。ひんやりとした冷気が、酔いの名残りを洗い流してくれるようで心地よい。静まり返った廊下を歩き、ロビーを抜け、大きなガラス戸をゆっくり押して戸外に出る。まだ夜が明けたばかりの淡い光の中に足を進めた千佳は、そのまま声もなく立ち尽くしていた。

眼前に広がっていたのは絶景であった。

黎明のやわらかな陽光の下、うっすらと朝霧がかかり、視界は茫洋として定まらない。まだ眠りから覚めやらぬ温泉街の向こうには、白神山地のゆるやかな稜線が白くかすかに煙っている。ときおり風がきらめいて見えるのは、透徹した朝の日差しが霧の雫に反射しているためであろうか。かすかに風が流れ、ときに光が躍る。その下で、神の住まう森といわれた原生林の幽玄の起伏が、陰影と濃淡を明らかにしつつかなたまで続いている。はるか先に目を凝らしても、空と地には境がない。

それは光と水と土とがおりなす一個の奇跡であった。

千佳は、しばし呼吸も忘れて見入っていた。

古屋についてそれなりに各地を旅してきた千佳でも、この絶景は格別である。

そのまましばし呆然と眺めていた千佳は、何気なく背後を振り仰ぐ。堂々たる岩木山が天高く視界を埋めている。その半身はいまだ夜の気配を抱きつつ、はるか頂上はすでに朝日を受けて煌々と輝いている。神妙の感はひときわ濃厚であった。

その時、ふいに視界の片隅に人影を見とめて、千佳は思わず感嘆の吐息を止めた。

旅館のすぐ脇に細い小道がある。

入り口の看板には「岩木山登山道」と記されているから、その先を行けば、眼前の山の頂きに繋がるのだろう。その登山道の入り口にそびえる堂々たる巨木の下に、浴衣姿の古屋の姿があったのだ。

古屋は、巨木の根元に立ったまま、ただじっと黎明の岩木山を見上げている。片手でステッキを握りしめ、もう一方の手を大木の幹に添えたまま、身じろぎもせず津軽富士を見つめている。

千佳が出てくる前からそこに立っていたのだろう。それもただならぬほどの長い時間、そうして岩木山を見つめていたのだということが、なんとなく千佳にはわかった。

彼女の心に昨夜の皆瀬の声が響いた。

『あの足ですからね……』

心の奥がかすかに揺れた。

あの足だから、昔妻と登った岩木山にはもう登れないのだ、と皆瀬は言っていた。

しばらく立ち尽くしていた千佳は、ゆっくりとひとつ息を吐きだした。

それから敢えて軽い足取りで一歩を踏み出した。

張りのある声で告げれば、ステッキを突いた学者がゆっくりと振り返った。

「先生！」

「いつもはこの時期、霧が出てなかなか岩木山は見えないのだが……」

独り言のようにつぶやきながら、再び山容に視線を戻す。

「今日はいつになく晴れ渡っていると思ったら、藤崎が早起きをしたのだな。道理だ」

さっそく皮肉がこぼれてくるが、千佳はこだわらない。軽やかに歩み寄って、古屋の隣に並んだ。

「山も森も、すごく綺麗ですね」

「それだけではない。ここからは見えないが、岩木山に登れば、存外すぐそばに洋々たる日本海が見下ろせる。ここは特別な土地なのだ」

古屋の深みのある声がそんな言葉を告げた。

「津軽の人々にとってだけではない。日本人にとって特別だといってよいだろう」

ゆったりとした響きを持つその声に、古屋の特別な講義が始まる予感を汲み取って、千佳は耳を澄ました。

古屋はステッキの先で軽く地面を突いてから語を継いだ。

「この地には、古代から綿々と受け継がれてきた豊かな日本の姿が残っている。そびえる山、広大な森、巨大な木々、列島の人々は太古からそれらとともに生きてきた。近代化の中で、日本中にアスファルトが敷かれ、街灯がともり、家屋が立ち並ぶようになっても、なおこの一帯には、古来の景色が、残滓となってとどまっている。宿のそばに、見上げるような巨木が、当たり前のように祀られているようにな」

古屋は左手を伸ばして傍らの巨大なブナの木に触れた。

見れば堂々たるブナの根回りには大きな注連縄が張られている。格別派手に飾られているわけではない。けれども大切に守られてきた木であることが、自然に千佳にも伝わってくる。

誘われるように巨木を見上げれば、かすかに揺れる枝葉を抜けて、光の粒子が降ってくる。きらきらときらめく朝日までが澄んでいる。

「この土地には、神の姿が溢れている」

光とともに、古屋の声が落ちてきた。

「日本人にとって、森や海は恵みの宝庫であり、生活の場そのものであった。だからこそ、それらはそのまま神の姿になったのだ。木も岩も、滝も山もことごとくが神になった。ごく当然に見えるこの事実は、しかし世界史的に見れば普遍的なものではない。むしろ西洋の神の歴史から見れば、特殊な世界観と言ってよいだろう」

古屋の声が一層深みを帯び、朗々たる響きをまとう。ステッキに両手を置いたまま、森の空気に溶け込むように目を閉じて立っている。

「日本において森や海が世界そのものであったのに対して、西洋においてそれらは世界の境界だった。広大な原生林帯には恐るべき蛮族が跋扈し、白波の立つ大洋の向こうからはヴァイキングの群れがやってくる。安易な解釈に陥ることは避けねばならないが、彼らにとって、森や海は恐怖の対象となることがあり、忌避すべき壁にもなり、取り除くべき敵となることが多かった。だからこそ彼らは森を開き、自然を制圧する営みを積み重ねてきた。そうして、実際に森や海を制した西洋人は、自然の中に神を見るのではなく、自らの心の中に、きわめて人間的な神を作り上げることになった」

「人間的な神……」

思わずつぶやく千佳に、古屋の声はあくまで揺るぎなく続く。

「人間の言葉を話し、人間に慈悲深い言葉を与える神の存在は、過酷な環境を生き抜く人々に大きな活力と勇気を与えた。それは確かだ。しかし一方で、神があまりに人間的であることは、西洋社会の世界観そのものを、人間中心の解釈に閉じ込める方向へいざなっていった。のちに生じた科学革命は、一神教の宗教観と対立したように見られたが、けして そうではない。科学は人間に万能感を与え、その結果、すでに十分に根を下ろしていた人間中心の世界観を刺激して、人間至上主義へと変貌させる結果となった。自信は倨傲(きょごう)に変じ、謙虚は退けられ、思想や哲学の多くが人間を、すなわち自分を語ることに熱中した。人間にばかり語りかける神のもとで、西洋社会はより一層自我を肥大させることになったのだ」

古屋の言葉のすべてが千佳に理解できるわけではない。

けれどもなぜか、自分の許容量を大きく超えているはずの論述が、不思議なほど抵抗なく脳裏に届いてくる。

「無論、現代のこの国の人々が、西洋由来の人間中心主義に陥っていないとは言わない。謙虚に世界と向き合っているとはとても言い難いし、それどころか病的な自我の気配はあちこちに漂っている。しかし巨木を敬い、巨岩を祀り、巨山を拝して、自らを世界の一部に過ぎないと考えてきた日本人の感覚は、完全に消え去ったわけではない。今もそこかしこに確かに息づいて、人の心を支えている。だからこそ……」

ふいに古屋が言葉を途切れさせた。

千佳が視線を向けた先で、古屋はいつのまにか目を細めてかなたの岩木山を眺めやっている。

表情の読めない視線のかなたに、見事な津軽富士が朝日を受けて輝いている。

「だからこそ、この国は美しいと思うのだよ」

豊かな響きであった。

普段の毒舌家からは想像もつかない温かな言葉であった。日本中を歩き続けてきた学者だからこそ口にできるその言葉が、すなわち特別講義の締めくくりであった。

千佳もまた岩木山を眺めやる。

この土地の人々が神とあがめる霊峰である。と同時に、古屋が妻とともに何度も足を運んだという山である。

しばらく言葉はなかった。

かすかに風が流れ、巨木の葉擦れの音が心地よく過ぎて行った。

黙ってかなたを見つめていた千佳は、やがて心のままに口を開いていた。

「登りませんか、先生」

ごく自然に流れ出た言葉であった。

格別の思いをめぐらせたわけではない。ただ山を見上げるうちに、言葉の方から舞い降りてきたかのようであった。

千佳が視線を戻せば、古屋が軽く眉を寄せて見返している。

「山の上までだって、荷物持ちくらいできますよ」

古屋がすぐには答えなかったのは、千佳の言葉を測りかねたためかもしれない。一拍を置いてから古屋は口を開いた。

「この足で登れると思うのか？」

「先生なら大丈夫だと思います。これまでだって必要があればどんな場所にも足を運んできたんですから。だいたい足が悪いから出向かないなんて言ったら、柳田國男先生が笑うんじゃないですか？」

「口ばかり達者になっていくな」

「それともスカイラインを使って車で行きますか？」

岩木山には八合目まで有料道路が通っている。その先にはリフトもあり、山頂までのほとんどの部分を歩かずとも辿れるようになっている。

しかし戯れに問うてはみたものの、答えは最初から千佳にもわかっていた。そういう道具ではなく、自らの足で登ることに意味があるということは、古屋が常々千佳に言い続けてきたことなのである。

「妙な心配をするな。岩木山なら数えきれんくらいに登った。同じ場所に何度も行っている暇があったら、ほかに行かねばならないところはたくさんある」

「じゃあ、気が向いたときは声をかけてください。たとえフィールドワークじゃなくっても荷物くらいは持ちますから」

どこまでも闊達な千佳の声に、古屋はすぐには答えず、かなたの津軽富士をもう一度眺めやる。

わずかを置いて、

持ち上げた。

「心に留めておくとしよう」

淡々と告げた古屋は、おもむろにステッキに引っかけてあった小さなビニール袋を持ち上げた。

戸惑う千佳の眼前に突き出された袋の中には、金色の塊が三つばかり。

一瞬遅れて、千佳は軽く目を見張った。

「嶽きみじゃないですか」

「真一君に頼んでもらっておいた」

驚く千佳に、古屋の抑揚のない声が続く。

「昨日はずいぶん気に入っていただろう。とくに味の良さそうなのを選んでくれと言っておいたから、間違いはない」

「私に？」

なお驚いている千佳の手に袋を押し付けると、古屋はくるりと身を翻した。

「寄り道に付き合わせた分の駄賃だ」

投げ捨てるように告げて、古屋はステッキをふるいながら歩き出した。一歩ごとに大きく肩が揺れ、痩せた背中が宿の戸口へ向かっていく。

相変わらずの冷然たる態度だが、ステッキがいつもより少し乱暴に動いているように見えたのは気のせいであろうか。

思わず知らず千佳の口元に微笑がこぼれた途端、まるですべてを見透かしたように、古屋の厳しい声が飛んできた。

「寄り道は終わりだ。仕事に戻るぞ、藤崎」

「どこへ行くんですか？」

「三内丸山遺跡だ。朝の特急に乗る」

古屋はふいに肩越しに振り返って告げた。

「藤崎、旅の準備をしたまえ」

聞き慣れたいつもの声であった。

千佳もまた、いつもの明るい声を響かせた。

「はい、先生」

古屋が再び歩き出す。ステッキがアスファルトを打つ音が、早朝の温泉街にリズミカルにこだまする。それを追いかけるように、嶽きみをかかえた千佳が駆けだした。

通りの下の方から車の走り出す音が聞こえてきた。

近くの民家の窓からは、かすかにラジオの声も聞こえてくる。

『今日の青森は、快晴、無風。さわやかな秋晴れの一日となるでしょう』

アナウンサーのよく通る声が、新たな旅の出発を後押しするように明るく響いていた。

第二話　七色

十一月の京都は、黄と紅の町である。

銀杏(いちょう)、紅葉に限らない。草木はその色彩をやわらげ、秋の穏やかな日差しのもとで、銘々に秋色へと姿を変えていく。瓦屋根の連なる路地から眺めれば、漆喰塀(しっくいべい)や石畳までもが、普段の無愛想な灰色をいくぶん艶(あで)やかに変え、草木に合わせて季節の最後を謳(うた)うようである。

藤崎千佳は、物静かな路地裏の石段に腰かけたまま、辺りの古景に身をゆだねて、ほのかに吐息をもらした。

地は岩倉(いわくら)である。

雅(が)と狂(きょう)とがせめぎあう三条、四条の喧噪(けんそう)はここにはない。市街地よりはるか北、御所を過ぎ、北大路を越え、宝ケ池(たからがいけ)を渡った北辺が岩倉である。

東に比叡山を望み、北に鞍馬山をあおぐ景勝の地で、古くは平安後期、多くの貴人の別荘地として栄えた。盆地を流れる岩倉川、長代川、長谷川は総じてこれが高野川となり、水利に富んだ地でもある。失われつつある過去の歴史と、新たな開発の手とが、不思議なバランスを取ったまま、立ち止まっている。

東京で生まれ東京で育ってきた千佳にとっては、もちろん初めて訪れる場所だ。その初めて来た場所が、なぜだか妙に心地よい。

味わいのある町並みとは、訪れた旅人でさえ、その町に溶け込めるようなこんな空気を言うのかもしれない、などと、柄にもなく千佳はひとりごちた。

「静かね……」

つぶやいた千佳の視界の隅で、こそりと動いたものがある。

すぐ傍らのスーツケースの陰から顔を出したのは、一匹の三毛である。にゃあと人慣れした声をあげた子猫に、そっと千佳が白い手を伸ばしたところで、いきなり背後の民家から大声が飛び出してきた。

「まだなのか、土方。いつまで待たせるつもりだ！」

古都の静寂をぶちこわす無粋な声に、千佳と子猫は同時にびくりと肩を震わせる。

「午後には講演もあるんだ。お前のような暇を持て余している鍼師と違って、私は多忙なんだぞ」

声の出所は、千佳の座っている石段のすぐ傍らの門の奥だ。古びた冠木門の門柱にはひび割れた一枚板の看板が斜めになってぶらさがっている。

土方鍼灸院

墨で書かれた勢いのある文字が読めた。

「おい、土方！」

「やかましい。ちっと待っとれ！」

鍼灸院の奥からは、先の大声に負けない、やや甲高い声が怒鳴り返してくる。

「古屋、お前がどんなに偉い先生になったか知らんが、門をくぐったらただの患者や。順番っちゅうもんがある！」

「順番？　まるで満員御礼のような言い草だな。患者などろくにいないじゃないか」

「連絡もよこさんといきなり押しかけてきて、なんちゅう態度や。とにかくもうちっと黙っとれ！」

品のない怒鳴りあいの前には、古都の風情も味わいも台無しである。

不思議そうに見上げている子猫に向かって、千佳は軽く肩をすくめて見せる。

「外で待ってろって言われてるのよ」

千佳のつぶやきに、先方は先方でまたかすかににゃあと答える。それをかき消すように続くのが、怒鳴り声だ。

子猫はもう一度びくっと背を震わせ、傍らの生け垣の中に飛び込んでしまった。

「土方！」

「うるせえ！」

「まったくもう……」

千佳は石段から立ち上がると、晴れ渡った秋空を見上げてから身をひるがえして門の中へ入って行った。


土方鍼灸院の門をくぐってみれば、存外に中は広い。

冠木門から飛び石が緩やかに弧を描いて、奥の母屋に連なっている。飛び石の右手には躑躅(つつじ)の植え込みがあり、その向こうには手水鉢(ちょうずばち)を置いた小さな庭があるのだが、庭の外周に控え目ながらも竹林を配しているから、視界が遮られて隣家も見えず、住宅街のただ中であるのに不思議なほど広く感じられる。

遠慮がちに飛び石を抜けて行った千佳は、開け放たれた玄関口から土間を覗(のぞ)き込んで、大声の主を見つけた。ステッキを片手にいたずらに険しい顔をして、上がり框(がまち)に腰をおろしているのは、千佳の指導教官である古屋神寺郎である。

「なにを騒いでいるんですか、先生」

「見てのとおり診察待ちだ。藤崎、誰が入ってきていいと言った。外で待っていろと言ったはずだ」

「待ってるつもりでしたけど、静かな京都の町中に、品のない大声が響いてくれば、やめさせたくなるのが道理です」

「道理とは驚いた。藤崎にはもっとも縁遠い言葉だな」

いつものことながら、応答は毒に満ちている。

古屋の言葉は、毒と皮肉でできている、とは、千佳の二年先輩の仁藤仁の言葉である。

この不必要な毒のおかげで、彼の評判は学者としての実力に反して大いに悪い。まれに民俗学を希望して研究室を訪れた学生も、その大半が毒に当てられて逃げ出していく。千佳が残っていられるのは、彼女本来のあっけらかんとした性格のおかげであることは否めない。

「なんだ、古屋、連れがいたのか？」

奥の方から、先ほどの甲高い声が戻って来た。

顔を出したのは、白いマスクに白衣を着た背の低い男である。ずんぐりむっくり、という表現が的確だろう。痩せぎす長身の古屋と並ぶと一層それが際立って見える。小太りな体型のわりに妙に高い声が、ミスマッチで印象的だ。

小男は白いマスクを外しながら、千佳に気がつくと、愛嬌のある目を丸くして口を開いた。

「こりゃ驚いた。古屋にこんな美人の連れがいたんか……」

「土方、ずいぶん目が悪くなったようだ。近いうちに一度眼科に行きたまえ」

「どういう意味ですか、先生」

じろりと睨みつける千佳に、しかし古屋は頓着しない。

「鍼灸師の土方にとって眼科は専門外だからな。気を配ってやったまでだ」

「またそういう憎まれ口ばっかり言って……」

「いやあ、ほんま驚いた」

小男は小男で、愉快げな笑い声をあげている。

「あの偏屈古屋が美人を連れ回しとると、噂には聞いとったけど、ほんまやったか」

「藤崎千佳です」と頭をさげると、小男は「鍼灸師の土方六作や、よろしく」と片手をあげた。

「診療はどうした？」

「今終わったとこや。あとは口のうるさい変人を診れば、午前の診療はおしまいやな」

言いながら、手近な机の上からなにやら小道具を取り出し始める。古屋は相変わら

ずしかめっ面でそれを眺めながら、

「噂の出所はどこだ、土方。奇想天外な内容ではないか」

「この前、藤堂が来て言うていったんや。まあ話が大きくなってるだけやろうと聞き流しとったけど、あながち嘘やなかったか」

「藤堂が？」

「先月のことや。あいつも肩痛めとるさかいに、月に一回は国東から出て来よる。ま、お前の足ほどひどくはないけどな」

言いながら、無遠慮に古屋の左足に手を伸ばし、座敷の上に引きずり上げた。

さすがに姿勢を崩す古屋を、しかし土方はまったく意に介さず、皺だらけのスラックスをまくりあげた。出てきたのは、足首の少し上で、奇妙にねじ曲がった左足である。肉は痩せ、骨がゆがみ、見るからに痛々しい。しかし土方は慣れた手つきで、足先から大腿まで触診していく。

「えらい使いこんどるな、古屋」

丸い眉がすこしばかりひそめられた。

「これが仕事だ、やむを得ん」

「フィールドワーク、やったか？　ほどほどにせんと、足が持たんぞ」

「それを持たせるのが、お前の仕事だろう」

「無茶を言う。鍼と灸っちゅうのは、錆びた自転車に油を差すのが本来や。車輪もハンドルもあくまで自前。お前みたいに乱暴に乗りまわしとったら、チェーンが切れて二度と走れんようになるぞ」

古屋の毒舌に取り合わない対応は、堂に入ったものである。おまけに遠慮のない声の中には、かすかに案ずる響きがある。よほど古い仲なのだろう。

「手術はどうしたんや？」

「不要だ」

「今より良くなることはまちがいないんやろ？」

「結果の問題ではない。哲学の問題だ」

相変わらずやな、とぼやくようにつぶやいた土方は、それ以上は詮索せず、傍らの小机に手を伸ばしてごそごそとやりだす。

古屋はそれを眺めつつ、

「ここの鍼師は、口は軽薄だが腕は確かだ。だから京都に来た時には必ず立ち寄るようにしている。それで十分だ」

「東々大の学者先生にそんな風に言ってもらえるとは、恐縮恐縮」

土方は気楽に聞き流しながら、手元に寄せた小箱からなにか小さなものを取り出した。きらりと光った物体が鍼だと千佳が気づいた時には、それは古屋の足の甲や足首にとんとんと刺さっている。

思わず肩をすくめた千佳をみて、古屋は背後の柱に身を預けながら、

「だから外で待っていろと言っただろう、藤崎」

「い、痛くないんですか？」

恐る恐る聞く千佳に、土方が笑いながら応じた。

「痛かろうが、痛くなかろうが、お前さんの体の話やない。気を揉むだけ損やで」

笑いながらも、さらにとんとんと鮮やかな手際で鍼を立てていく。

「そんなことより、せっかく岩倉くんだりまで来てくれたんや。上がって茶でも飲んでいき」

「土方、無用な気遣いだ」

「気遣いやあらへん。オモロイだけや」

土方は少し声のトーンを落とし、千佳に向かって言った。

「古屋が女づれやなんて、それだけでも十分、酒の肴になるからな」

「土方！」

「おう、いかんいかん、いきなり動くとツボを誤るやないか。まちがってそのねじ曲がった性格を治してしもうたら、旧知の連中がつまらん言うて怒りだすやろう」

楽しげな土方の声が秋の庭先に響き渡る。

思わず笑った千佳の耳に、よく通るヒタキの鳴き声が届いた。

古屋と千佳が、土方鍼灸院を出たのは、ちょうど昼時である。

秋空は雲ひとつなく、小春日和を絵にかいたような陽気だ。

その陽気の中を、これ以上はないほど陰気な男が無愛想に歩いている。右手にステッキを持ち、左足をなかばひきずりながら、大きく肩を上下させて歩く姿は相応に目を引くが、すでに学部で二年、院で半年以上その下で学んできた千佳にとっては、見慣れた光景だ。

千佳が狭い研究室で無心に資料に目を通している時、しばしば彼は、突然顔をあげて、ぶっきらぼうな声で告げる。

「藤崎、旅の準備をしたまえ」と。

そんな時、千佳は目的地も聞かず、いつもなかば呆(あき)れ顔でうなずくのである。表には出さないが胸中には、いつもかすかな楽しさがある。

千佳は、この偏屈学者に従って旅をすることを、意外に気に入っているのである。

「土方先生って面白い方でしたね」

「面白い？　見た目の話をしているのか？」

ステッキを動かしながら、古屋は振り返りもしない。

「二本足の子豚が白衣を着て鍼を振り回している姿は、まぎれもなく珍景だからな」

「……いくら友だちでも、ひどくないですか？」

「中学からの幼馴染(おさななじみ)だ。彼は鍼師、私は民俗学者で、お互い地味な仕事についている者同士、妙なくされ縁が続いている」

「地味な仕事かどうかは別として、腕がいいことは先生と同じみたいですね」

「藤崎、お前にぴったりの言葉を思い出した」

「なんですか？」

「無駄口、と言うんだ」

身も蓋もないことを言い捨て、古屋は石畳を歩いていく。もちろんこの程度の毒舌にめげていては、古屋の下で院生は務まらない。千佳は軽く肩をすくめてそのあとに従った。

狭い路地を抜ければ、幾分広い車道に出る。躑躅の生け垣の続く、閑静な住宅街だ。車の影は少なく、老人がひとり歩道の上に箒(ほうき)をかけているだけである。

「我々が京都に来たのは、君の無駄口を聞くためでもなければ、足の治療を受けるためでもない」

「もちろん民俗学会への出席が目的です」

千佳はすみやかに応じる。

古屋と出かける旅において、目的が明確に知らされていることは珍しいから、この点は千佳も忘れていない。

「でも午前中のセミナーをすっぽかして、こんなところまで出かけて来ているのも事実です」

「民俗学の根幹は、冷房の効いた学会会場ではなく、市井の景色の中にある。無粋なことを言うものではない」

さらりと告げた古屋は、ポケットからスマートフォンを取り出して何やら場所を確認すると、またふらりと土塀に沿って歩き出した。

「でも午後には先生の講演があります。さすがに自分の講演まで欠席するつもりじゃありませんよね」

「できればそれも願い下げにしたいが、教授の顔も立てなければならない。壇上に上がって、スライドを一順させれば給料がもらえるのだ。出席はするさ」

そこまで言った古屋が不意に足を止めた。

ちょうど土塀が途切れて、角を曲がったところだ。

スーツケースを引いて追いついてきた千佳が、古屋の視線の先を追うと、ゆるやかに続く前方の坂の上に、築地塀（ついじべい）をしつらえた黒光りする瓦門が見えた。

門は大きく開け放たれ、その奥には豊かな緑が揺れている。人の出入りがあるわけでもなく、なにか豪壮な建築物が見えるわけでもない。けれども小高い山を背景に、すっきりと開け放たれた門前の景色には、静かな存在感がある。

「京といえば、清水寺（きよみずでら）に東寺、本願寺（ほんがんじ）、南禅寺（なんぜんじ）、大徳寺（だいとくじ）と数えきれない名刹がある。が、ここを訪れる者は意外に多くはない」

ちらりと腕時計に目をやってから、

「午後の講演まではまだかなり時間がある。少し立ち寄ってみるか」

目を輝かせる千佳に、古屋は小さくため息をつき、声音を改めて応じた。

「観光ですか？」

「フィールドワークだ」

言って歩き出した先の門柱に、古びた表札が控えめに下がっているのが見えた。

実相院（じっそういん）門跡

門前に至る歩道には、敷き詰めたように銀杏の葉が積もっている。

「わぁっ」と千佳が感嘆の声をもらしたのは、実相院の本堂を抜け、薄暗い回廊から広々とした庭先に抜けた時のことだ。

季節は秋である。

紅葉と一口に言えばたやすいが、岩倉実相院のそれは、ひときわに赤が濃い。枯山水の庭に広がる濃い紅の宴に、千佳は思わず口を開いたまま目を見張った。

「綺麗です……」

「相変わらず平凡な感想だが、事実は事実だ」

古屋が回りくどい言い方ながらもうなずいた。それだけ実相院の紅葉が美しいということかもしれないが、土方鍼灸院での治療のおかげで、足の調子も落ち着いているのかもしれない。

色鮮やかな紅葉に目を向けている間に、しかし古屋の方は足を止めず、木の廊下にそっとステッキを押し当てるようにして奥へと入っていく。

「先生、もう少し……」

「そこは前座だ、こちらに来たまえ」

庭園の景色に後ろ髪を引かれつつも追っていけば、そこは薄暗い日本間である。外の明るい陽光から急に暗がりに入って視界を失ったが、やがて枯淡の襖絵（ふすまえ）や艶光りのする違い棚が見えてきた。静まり返った板の間を戸惑いがちに先に進んで、千佳は息を呑んだ。

そこにあったのは、千佳が見たこともない景色であった。

板の間の奥の戸は庭に向かって開け放たれ、先刻縁側から見えた鮮やかな紅葉が四角に切り取られて見えている。その切り取られた紅葉が、磨き上げられた床板に、まるで鏡のように映りこんでいるのだ。

実際に鏡が置かれているわけではない。いや、鏡に映っているだけであれば、かくも幻想的な景色にはならなかっただろう。黒光りする床板は紅葉の鮮烈な赤に独特の丸みを与え、かすかに波打った板材の起伏が水面のような柔らかな風合いをくわえている。

「床もみじ、そんなふうに呼ばれている」

暗がりの隅から古屋の声がかすかに聞こえた。

秋風がひとつ吹く度に、床の上でかすかに紅葉が揺れる。捕まえようとすればかき消えてしまいそうな光と色彩が、小さな日本間で音もなく舞いを舞っている。

千佳はしばし身動きもせず見惚れていた。

「先生、たまにはいいですね。こうやって観光するのも」

山門まで出てきたところで、ようやく千佳は口を開いた。

胸のうちの感動を吐き出すように告げれば、古屋はいつもの泰然たる口調で短く応じた。

「観光ではない。フィールドワークだ」

「そう、フィールドワークです」

揺るぎない笑顔で応じる千佳に、古屋は冷ややかな視線を投げかけたが、しかし、と小さく語を継いだ。

「先日の学会誌では研究報告をひとつ通したな。あれは悪くない内容だった」

思わず千佳は目を見張る。

今回は、学会のために京都まで出かけてきたものの、千佳自身が発表する演題を持っているわけではない。講演もシンポジウムも、勢いだけで修士課程に入った千佳には、まだ縁がない。その点、短いものでも学会誌に研究報告を投稿することは、駆け出しの研究者にとっては重要なステップであり、つい先月千佳の小論文の採用通知が来たばかりであった。内容はもちろん、古屋の研究の枝葉的なものにすぎないが、実績は実績であった。

「日本各地の市神（いちがみ）信仰を、仏教伝来以前の、自然信仰の延長線上にとらえる考え方は、悪くない。祀（まつ）られる対象が、自然木から七福神に至るまで多岐にわたる例を挙げていることも興味深い」

古屋は、実相院の前庭の石畳にステッキを進めながらそんなことを言う。

「からっぽな頭でも、使ってみれば成果が出るとわかっただけでも一安心だ」

いつもの不必要な毒舌に対して、千佳がすぐに反論しなかったのは、それだけの戸惑いがあったからだ。

もとより、言われるままに書き上げたような小論文である。採用だけでも意外だったのだが、古屋がこんな形で評価しているとは思いもしなかったのである。

「もしかして、私、褒めてもらっているんですか？」

思わずそんな言葉を口にしたときには、古屋は縁先の杉苔(すぎごけ)などを眺めて「美しいものだ」などとつぶやいている。

つかみどころのない態度は相変わらずであるが、この偏屈学者が「悪くない」というのは、それなりの賛辞に違いない。もしかしたら、床もみじは、古屋なりの労(ねぎら)いであったのかもしれない。

「そろそろ会場へ行かねばならんな。講演に遅れた理由が、『実相院のもみじに見惚れていました』では、学会は許してくれんだろう」

「そうですね。偉い先生たちが待っています」

「偉い先生にも二種類ある。愉快な先生と不愉快な先生だ。会場にいるのは、前者であってほしいものだな」

　思わず笑った千佳に対して、古屋はにこりともしないで門へ向かう。しかし門に出たところで、そのステッキがぴたりと止まった。石段を登ってくる複数の人影が見えたのだ。

　古屋とは対照的にノリのきいたスーツをきっちりと着こなした中年の男たちが三人。その中の先頭にいた黒ぶち眼鏡の男が、古屋を見て細い目を光らせた。

「おや……」

　直後には、大げさに両手を広げて自信に満ちた声を響かせた。

「これはこれは、お久しぶりですね、観光ですか、古屋准教授」

　准、というところに不自然なほど強いアクセントがある。

　沈黙したままの古屋にかまわず、先方は悠々と語を継いで言う。

「午後には講演がひかえているというのに、可愛らしいお弟子さんをつれて岩倉まで観光とは、さすが東々大学名物の古屋准教授ですね」

　再び「准」というところに強いアクセントを置いた声が響いた。

　外面上は、満面の笑みで、いかにも親しげな口調だが、その丸い頬には、小馬鹿にしたような冷笑が浮かんでいる。張りのある声の裏にはじっとりと粘着質な何かが張り付いており、静かな寺町には不似合いな、陰湿な空気がにじみ出た。

千佳はもちろん知らない人物である。

しかし古屋にこういう態度で歩み寄ってくるということはそれなりの地位にある人物であろう。実際、中肉中背のごく一般的な体型だが、古屋の威圧感とはまた質の違う、妙な貫禄がある。

ちらりと千佳が傍らを見れば、しかし古屋は何も応じない。

微妙な沈黙の中、冷然と相手を見下ろしていたが、やがて静かに口を開いた。

「どちらさまでしたか？」

真顔でそう告げた。

一瞬ぽかんとした男は、いくらか慌てたように、

「私だよ、古屋先生、南西大学の……」

「わかっています、冗談ですよ、芹沢先生。お久しぶりです」

なかなか性質の悪い冗談であった。

どこまでも超然たる古屋の態度は、超然としているだけにかえって毒が利いていた。

男は眉を震わせ、やがて、首筋まで赤く血を上らせたが、古屋は微塵も動じない。

まるで時候の挨拶でもするかのように淡々と続けた。

「先生も実相院の床もみじを見に来ましたか」

「……相変わらず冗談の下手な男だね、君は」

声がかすかに震えている。

どなたですか、と千佳が小声で問えば、

「先刻言った、愉快でない方の偉い先生だ」

古屋は短くうそぶいてから、すぐに続けた。

「南西大学の芹沢藤一教授だ。今回の学会の主催者でもある」

「芹沢藤一……」

思わず小さくつぶやいていた。

民俗学会の重鎮である。四十代という比較的若い年齢でありながら、中世日本の物流解析においてまったく新しい視点と統計を提唱している気鋭の民俗学者である。古屋とほとんど年齢は変わらないながら、こちらはすでに教授の地位にある。

「古屋先生には講演を引き受けて頂いて感謝していますよ」

いつのまにやら冷静さを取り戻した声が聞こえた。さすがに学会の重鎮は、立ち直りも早い。黒ぶちの眼鏡のふちをそっと持ち上げつつ、

「最近東々大学の研究もずいぶん勢いを失っておりますからな。先生には、是非ともその辺りを挽回してくれるような素晴らしい講演を期待しています」

「光栄です」

軽く一礼する古屋の前を、悠々と通り過ぎながら、山門を越えたところで振り返っ

た。

「ああ、そうそう、古屋君」

いつのまにか「君」呼ばわりである。

「君のところの尾形教授には是非伝えておいてもらいたい。教室内に奇人を抱えて苦労されているかもしれないが、昔のように学会で活発な討論ができる日を楽しみにしています、とね」

冷笑が響いた。

芹沢の統計学が、東々大学が長らく蓄積してきた解析データの一部を大きく覆したのは、つい最近のことである。しばらくは芹沢が学会を牛耳ることを念頭においた上での発言であることは言うまでもない。

「お伝えしておきます」

立ち去りぎわの芹沢藤一の背に、古屋の低い声が続いた。

「もう少し討論に値する学派が登場するまでは、急ぐことはなさそうです、とね」

それだけ告げると、古屋は静かに身をひるがえして石段を下って行った。

慌てて追いかける千佳の背後から、かすかに「あの三本足め！」とののしる声が聞こえた。

山門を下って路地に入ったところで、千佳は鋭い金属音を耳にしてたちすくんだ。先を行く古屋が、ふいに持ち上げたステッキをそばのガードレールに振り下ろしたのだ。

「くだらん」

言葉は短く、声も大きなものではない。けれどもその裏には、常にない激しさが秘められていた。

そのままステッキを乱暴に動かしながら、古屋は足早に歩き出す。慌ててスーツケースを引いて追いかける千佳に、振り向きもしない。

「よく覚えておけ、藤崎。あれが今の日本の学問の姿だ。民俗学に限ったことではない。権威をもって相手を貶め、嘲弄することで自分を高めようとする。礼儀も品位もありはしない。いくら立派なスーツを着てネクタイを締めていても、やっていることは、自分のテリトリーを主張するために奇声を上げて他者を威圧しているゴリラやサルと何ら変わるところはない」

口調は淡々としているが、抑制が効いているだけに、かえって異様な迫力がある。すれ違った男性はその威圧感にびっくりしたように脇に寄り、逃げ出すように通り過ぎて行く。

「我々は陣取り合戦をしているのではない。学問をしているのだ。議論の目的は相手を言い負かすことではないし、講演の目的は自分の名前を売ることではない。そんなことも忘れて、肩書だけは教授だ、准教授だとわめきたてている。茶番以外の何物でもない」

毒舌は容易にとどまる様子を見せない。

それだけ古屋が怒っているということだ。

人に対しては、愛想も社交辞令も見せないが、学問に対してはどこまでも真摯であるのが古屋という人間である。先刻のようなただ相手を嘲弄するだけの上っ面の応酬は、身の毛がよだつほど不快ということだろう。であるなら、素知らぬ顔で聞き流せばよいものを、そういう柔軟性とも、古屋はあまり縁がない。

「ああいう連中を相手に講演するほど無意味なことはない。最初から揚げ足をとることしか考えていない。右と言えば左、馬と言えば鹿と言うに決まっている」

「馬鹿ということですか」

「そうだ。間違いなく君より馬鹿だ」

「全然納得できないんですけど……」

「不毛な講演だ。やる気がなくなった」

ふいに投げ捨てるような口調で言う。

「やる気がなくなったって……」

「いいか、藤崎」

くるりと振り返った場所は、ちょうど叡山電車岩倉駅の前である。

「馬と鹿に向かって人間の言葉で三内丸山遺跡の巨木信仰について語ったとして、何かの役に立つと思うか」

「思いませんけど、先生が語る相手は、馬でも鹿でもありません」

「そうだったな、忘れていた。私が語るのは、馬でも鹿でもなく、正真正銘の馬鹿だ」

千佳は軽く頭を押さえてため息をついた。

古屋の怒りは仕方がないとしても、講演を無断欠席したら、東々大学の立場が悪くなるばかりだ。それこそ芹沢教授らの思うつぼである。

「先生、気持ちはわかりますけど、講演に行かないなんて……」

とりあえず押しとどめようと口を開いた千佳の目に入ったのは、古屋のすぐ背後の小道からふらりと姿を見せた痩せた人影だった。

「あっ」と千佳が叫ぶのと、古屋と人影が衝突するのが同時だった。

「すみませんでした」

道端に倒れた姿勢からなんとか上体を起こし、ひたすら頭をさげて謝ったのは、ひとりの痩せた青年である。

年齢は二十歳前後といったところか。血の気のない顔色で、古びた紺の毛糸帽をかぶっているのが、いかにも病気がちといった印象である。なにより二人の目を引いたのは、青年が両脇に抱えていた松葉杖(まつばづえ)だ。

「本当にすみませんでした」

青年は、頼りない動きでそれでも器用に松葉杖を動かして立ち上がりつつ、申し訳なさそうに謝罪を繰り返した。

とりあえずステッキを探して路上に手を伸ばし、なんとか立ち上がった古屋が、

「大丈夫だ」と答えたのは、彼にしてはまったく上出来の応答だろう。もちろん、不快げな鋭い視線を投げかけるところは遠慮がない。

「君が転んで誰かにぶつかるのは自由だが、どうせなら、杖を突いていない奴にぶつかってくれないか」

「先生、またそうやって訳のわからないことを……」

慌てて止めに入る千佳の前で、青年はもう一度丁寧に頭をさげた。

千佳が戸惑ったのは、青年の足元に白い布で包んだ大きな板状の荷物を見つけたか

らである。こんなものを抱えて松葉杖を突いていれば、まともに歩けるはずもない。古屋が余計なことを言わないうちに、千佳が口を開いた。

「大丈夫？」

「大丈夫です。すみません」

答える合間に、二度、三度、掠れた咳を繰り返している。まるっきり病人の所作である。

「もし一人で大変なら、私たちが送ってあげるけど……。そんなに遠いところでなければ」

「藤崎、講演に遅れるなと言っているそばから、道草を食うつもりかね？」

「まだ午後一時です。大きな荷物を抱えた松葉杖の人を送ってあげるくらいの時間はあります」

「彼には二本も杖がある。私は一本だけだ。どちらが歩くのに、よりバランスを欠くか、君はわからんようだな」

「バランスを欠いているのは、先生の言動の方だと思います」

足元の白い荷物を拾いながら、振り向きもしないで応じる千佳に、さすがに古屋も沈黙した。

そんな遣り取りを見て、青年は小さく微笑した。その微笑を、目ざとく見つけて千佳が首を傾げる。

「なにか変？」

「いえ、なんだかとても仲がよさそうなお二人だと……」

「君は足だけでなく目と耳も悪いようだな。それではぶつかっても仕方がない」

「先生！」

きっと睨みつける千佳に、古屋は素知らぬ顔でズボンの埃などをはたいている。

「ごめんなさい、こういう人なの。気にしないで」

「気になんかなりません。なんだかこんなにあけっぴろげに言われると気持ちがいいくらいです」

青年は本当に楽しげな笑みを浮かべている。

「どこへ行くつもりなの？」

「鞍馬まで」

「鞍馬？」とさすがに千佳は当惑する。

鞍馬寺となると、目の前の岩倉駅から叡山電車に乗ることになるが、千佳たちとは正反対の方向である。なにより、ちょっとそこまで、という距離ではない。しかし目の前の頼りない青年をこのまま見送ってしまうのは、あまりに心もとない。

そんな千佳の逡巡を汲み取ったように、青年は笑顔のまま告げた。

「心配いりませんよ。電車に乗ってしまえばあとは座っているだけですから。ほら、ちょうど……」

青年の声に重なるように、そばの踏切が甲高い音を鳴らし始めた。すぐ傍らの駅舎から、かすかなアナウンスも聞こえてくる。奇しくも鞍馬行だ。

ゆっくりと遮断機が下りはじめ、線路のかなたに二両編成の小さな車両が見えた時、最初に動いたのは古屋だった。千佳の手の中の白い荷物を取り上げ、それを抱え込むと悠然と改札口へ向かって歩き出したのだ。

「ちょっと、先生……」

呼びとめる千佳の声に、古屋は歩調を緩めず応じる。

「何をのんびりしている、電車が来るぞ、藤崎」

「来るぞって、鞍馬行ですよ」

その声に、「もちろんだ」と古屋が振り返った。

「送ってやると言ったのは、君ではないか」

鋭利な瞳に、常ならぬ面白がるような光が垣間見えた。

小さな車両が、小気味好くリズムを刻んで進んでいく。

速度はさほど出ていないのにスピード感があるのは、窓から見える景色がとても近いからだ。古都の住宅街を走る叡山電車は、民家の瓦屋根のすぐ近くを通り、時には生け垣の植え込みに触れられそうな距離を疾走していく。

岩倉駅を出た列車は、少しずつ郊外へ向かっているが、まだそこは宅地の真っただ中で、建て込んだ家屋の隙間から、きらきらと明るい日差しが降ってくる。

「講演、欠席するつもりじゃないでしょうね、先生」

吊り革につかまったまま、千佳が声音を抑えて問いかけた。

古屋は目の前のシートに悠々と腰かけたまま、千佳を見上げる。

「言いがかりだ。困っている人間を助けるのは当然のことだろう」

「そんなこと言って……。講演は午後三時からですよ」

「私は南西大学の馬鹿どもとは違う。何度も言わなくてもわかっている」

「わかっているからなおのこと、手に負えないんです」

千佳がふいに口をつぐんだのは、車両がカーブで大きく揺れたからだ。

町中を走る線路は、真っ直ぐな直線ではない。民家と民家の間をすり抜けながら、ときおり大きくカーブする。初めて乗る千佳にとってはなかなか心が休まらない。

一方で、青年はこの電車に乗り慣れているのか、千佳の背後の座席で落ち着いた目を窓外に向けている。

「杖を突いている人間には、優しくするものだぞ、藤崎」

これ見よがしにステッキを持ち上げた古屋は、おもむろに座席から立ち上がった。

揺れる車両の中は、平日の昼過ぎということもあるのか、ほかに乗客の姿はない。古屋はそのまま向かい側の青年の隣に無遠慮に腰をおろすと、唐突に問いかけた。

「君は絵を描くのかね」

青年は、窓外から視線を戻してうなずいた。

「わかりますか？」

「わかるさ」

告げた古屋の目は青年の膝の上の、板状の荷物へ向けられている。

「そいつはキャンバスだな。二〇号か。油絵かね？」

「油彩ももちろんやりますが、今日は水彩です」

少し白い布をほどくと、荷の中には、真っ白な紙を張ったパネルと水彩絵具セットが見えた。

「それで鞍馬か」

「今年こそはどうしても、紅葉を描きたいと思っていたんです」

青年は少し照れたような笑顔を浮かべた。と同時に、二、三度痰のからんだ深い咳をして、慌てて付け加える。

「この時期っていつも体調を崩すんです。でも今年はなんとかこうして出かけてこれましたから」

「あんまり大丈夫そうには見えないけど……」

千佳が吊り革につかまったまま、心配そうに告げる。

「ひとりで来たの？」

「父と母には内緒なんです。話したら絶対ダメだって怒られますから。僕のこと、必要以上に心配するんです」

「必要だから心配しているのだろう」

低いつぶやきは表情を消した古屋のものだ。

列車はいつのまにか町中を抜け、徐々に山林に入りつつあった。

赤から橙へ和らいでいく陽光の中、叡山電車は振動とともに山間を抜けていく。秋の日を受けた山の木々は角度ごとに色合いを変え、豊かに輝く色彩は眩しいほどだ。向かいの山は午後の日の下で、ふいに燃え立つように赤く見えたかと思うと、光の加減か、たちまちほのかな暖色へと転ずる。気まぐれな色の乱舞が、山を彩っている。

実相院の床もみじが静の赤であれば、叡山を彩るのは動の赤と言ってよい。その赤の中を、列車は左右に揺れながら、山中へと分け入っていく。

なるほど、少しくらい無理をしてでも見に来たくなるような見事な風景であろう。

人里は途切れ、山中に入ってしまえば八方が秋色の森となる。列車は、その中の小さな駅に止まり、また緩やかに走りだすことを繰り返す。二軒茶屋、市原、二ノ瀬、貴船口……。

その間青年は、車窓からじっと外を見つめて動かない。

それでも小さなトンネルが二度ほど続いたところで、青年が思い出したように振り返った。

「そういえば、お二人の方こそ何か大切な用事があるんでしょう？　大丈夫なんですか」

「問題ない、むしろ丁度よい」

「よくはないです」

冷静に千佳が訂正する。

「着いたらすぐに引き返しますよ。どんなに気に入らなくても講演は講演です。先生の話を聴きたいっていう研究者だってたくさんいるんですから」

「講演ですか？」

青年が大きな目を輝かせた。

「すごいですね」

「すごくなどない。馬と鹿を集めて、声を張り上げてみたところで、まともな反応などかえってはこない。マイクを使って独り言を言うようなものだ」

乱暴な返事に、きょとんとした顔をした青年は、すぐに微笑した。

「それでもすごいことですよ。たくさんの人たちの前で話をするなんて」

「そんなにうらやましいなら、代わってやってもいいぞ。三本足の演者が四本足になったところで誰も気づかんだろう」

千佳は頭をかかえたくなる。初対面の、しかも松葉杖を突いている人間にこれだけ暴言をまき散らす人もない。しかし青年は楽しそうに明るい声で笑ってから、千佳に目を向けた。

「素敵な先生ですね」

目を丸くする千佳を見て、もう一度笑うと、青年は少し声音を落としてつぶやくようにつけくわえた。

「僕もいつかたくさんの人が見に来てくれるような大作を描くのが夢なんです。まだ全然ですけど……」

青年の涼しげな瞳の中に、言葉にならない哀惜の念にも似た光が見えた。だがそれも一瞬のことだ。すぐに、

「ありがとうございます。ここまで来れたのはお二人のおかげです」

突然そんなことを口にした。

列車は変わらず秋の最中を進んでいる。

「本当は、今年も鞍馬の秋を見ることはできないんだと思っていたんです。本当にありがとうございます」

「ありがとうございますって……、ちゃんと最後まで送っていくわよ。ここまで来たんだもの」

「ここでいいんです。ここが僕の来たかった場所なんです」

「ここって……」

千佳が首をかしげた次の瞬間だった。

ふいに車内が虹色に変化した。

「あっ」と声をあげて視線をめぐらせれば、車外もまた七色であった。

身をよじった青年が、窓を両手で引き上げた。

同時に、光と風が、色彩となって車内に飛び込んできた。

列車が揺れて、色が躍る。

降り注ぐ陽光は、赤、橙、黄、緑と、次々と色を変えていく。移ろい変わる鮮やかな光は紅葉を照らし、銀杏を輝かせ、ここを限りと色彩の雨を降らせる。二両編成の小さな列車は、その幻想の森の中を迷いなく風を切って進んでいく。

「紅葉のトンネル……」

秋の風を頬に受けながら、無意識のうちに千佳はつぶやいていた。

その傍らで、古屋でさえ声なく窓外の絶景に見入っている。

赤が藍に、蒼が橙に、光と風の産物か、予測できない唐突な変化が、間断なく車窓を染め、車内を染め、人も染めて、前から後ろへと流れ過ぎて行く。

「鞍馬の紅葉は天狗の業と聞くが、なるほど……」

古屋の口から、かすかな感嘆の声が漏れた。

やがて列車は速度を落とし、ゆるやかに小さな駅に滑り込んで行った。

山際の小さな無人駅である。

ホームはなかば紅葉にうずもれんばかりだ。民家のひとつもない小さな駅で、乗り込む客もなく、ただ鮮やかな銀杏が、秋風の中で揺れている。

「君が来たかったのはここだったのか」

うなずいた青年は、画材道具を抱え、杖を突いてゆっくりと立ち上がった。

列車が止まり、静かに扉が開くと、そのまま迷いなく明るい景色の中へと降り立った。慌てて追いかけようとした千佳を、青年がそっと手をあげて制する。

「せっかくだから、お二人は鞍馬寺まで行ってみるといいですよ。どうせ折り返し運転ですから、ここで降りたって、下りの列車は同じです」

「大丈夫なの？　私たちは別に……」

「せっかく念願の場所に来られたのだ。よそ者は退散するとしよう」

千佳の声を遮ったのは、古屋である。その言葉に、青年は深く一礼し、手荷物の中から手のひらほどの大きさのカードを二枚取り出した。

「偶然通りすがっただけなのに、送ってくださってありがとうございます」

言ってホームの上から古屋と千佳に一枚ずつ手渡した。

「ポストカード？」

千佳が小さくつぶやく。それは、ハガキの裏側に、水彩の風景画を印刷したものだ。

「僕の描いた絵を入れて作ったものです。お礼というにはつまらないものですが、ほかに差し上げる物もありません」

少しはにかみがちな笑顔が、少年のような透明感を持っていた。古屋は手元の絵に視線を落とし、それから静かに相手を見返した。

「描きたかったものが描けそうか？」

「はい」

「ならいい」

「先生も」

青年の明るい声が答えた。

「講演、がんばってください」

落ち葉でうずもれんばかりのホームの真ん中で、青年はもう一度丁寧に頭をさげた。

やがて再び電車が動き出す。

七色のホームの中で、青年は松葉杖によりかかったまま、そっと帽子を手にとって左右に振って見せた。


「いいんですか、先生」

再び走り出した電車の中に、千佳の戸惑いがちの声が響いた。

まもなく終着の鞍馬駅だが、心なしか辺りの風景が幾分鮮やかさを減じたように見えた。

「何がだ？」

「なんだか具合が悪そうなのに、あんな人気のない駅に放り出して」

「放り出したわけではない。彼が降りたいと言ったんじゃないか」

でも、とつぶやく千佳の声を、古屋は厳然たる言葉で遮った。

「見るからに高度の貧血があり、眼球には軽いが黄疸も出ていた。松葉杖を突いているわりに腕は痩せて筋肉がなく、点滴のあとも多数だ」

そこに並べられた聞き慣れない単語の数々は、すぐには千佳の頭の中に入ってこない。古屋はシートに座ったまま、鋭利な視線だけを弟子に投げかけた。

「帽子をとった時、遠目だが頭髪がないのが見えた。抗がん剤でも使っているのかもしれんな」

千佳はすっと血の気の引く思いがする。

山路をいく列車の振動が遠のいていく。

古屋の怜悧な目は、再び窓外の美しい紅葉に向けられる。

「ああいう状態でも、たった一人で出かけてきたということは、相応の覚悟があったということだ。余人が口を挟むべきことではない。まあ、岩倉で出会ったとき、救急車を呼んで追い返したりせず、こうして送ってやる道を選んだ君の勇気には感服したがね」

古屋の皮肉も、普段に比すればいくらか毒気が減じているように千佳には思われた。

発する言葉もなく、まとまらない思考を抱えたまま、千佳は手元のポストカードに視線を落とした。

描かれた絵は、鞍馬の夏の風景だ。どこかの建物の窓から鞍馬山を眺めた景色だろう。新緑の山のふもとを、二両編成の叡山電車がゆったりと登っていく。電車の前後がわかるわけではないのに、下っているのではなく登っていると思わせる、不思議な躍動感がある。淡い水彩を用いていながら、緑は生き生きと光を放ち、青年自身のあの真っ直ぐな瞳の輝きを彷彿とさせた。

「なかなかいい絵を描くようだな」

古屋の低い声が聞こえた。

誘われるように顔をあげれば、古屋もまた表情だけは無感動に、受け取ったカードを見つめている。千佳の絵と、ほとんど構図は同じだが、こちらは冬の風景だ。しんしんと降りしきる雪景色の中で、鞍馬の山が白く鎮まっている。

言葉は途切れ、列車の振動だけが響いていた。車外は相変わらず鮮やかで、叡山電車は、何事もなかったかのように二人を運んでいく。

線路の先に、木々に埋もれるような小さな鞍馬駅が見えたのは、それからまもなくのことだった。

鞍馬の駅は、文字通り山の中にある。森の中と言ってもよい。鬱蒼と茂る緑のはざまにうずもれるようにして佇む小さな終着駅だ。

到着を告げるアナウンスが、折り返し運転の時刻を告げている。二十分後である。

落ち着かない沈黙の中にいた千佳は、木々の中に降り立って、ようやく人心地がついた気がした。

名だたる鞍馬の紅葉というだけあって、人影も少なくない。平日の昼間だというのに、若いカップルや、リュックを背負った家族連れの姿も見える。それぞれが鞍馬寺に向かう参道や、傍らの蕎麦屋の軒先で、楽しげなひと時を過ごしている様子は、それ自体が温かなひとつの秋景色だ。

「あの子、素敵な絵が描けるといいですね」

ホームに降りた千佳がそう言った時には、古屋はいつものごとく振り向きもせずにステッキを突いて歩きだしている。千佳は慌ててスーツケースを引いて追いつき、同じことを告げてみたが、「そうだな」と気のない返事がくるばかりだ。

木造の駅舎を出れば、両側に小さな店の立ち並んだ参道が見える。上り坂を追っていけば、その先にあるのは、連なる石段と見事な山門だ。

鞍馬弘教の総本山、鞍馬寺である。

古屋は駅舎の前で立ち止まったまま、黙ってかなたを眺めている。目を細め遠くを眺めやるようなこういう姿の時は、思考の時である。心はここにあらず、話しかけても応ずることがない。

所在なく千佳は青年のポストカードを取り出して、眺めた。

黄疸、貧血……、古屋の言った言葉が脳裏をよぎる。だが手元の絵は、そういう不吉な言葉とは無縁の、温かな光に包まれている。やり場のない不安と落ち着かなさを覚えて、千佳はかすかにため息をついた。

「すいませんが……」

ふいに遠慮がちな声が聞こえて、千佳は顔をあげた。

いつのまにか目の前に立っていたのは、夫婦らしき初老の男女である。ともに頭髪に白いものの混じり始めた年齢だ。むろん千佳にとっては初対面である。古屋もさして興味もなさそうな顔をしているところを見ると、知り合いではなさそうだ。

怪訝（けげん）な顔をする千佳に軽く会釈してから、男の方が続けた。

「その絵ハガキ、どこで手に入れたものですか？」

そっと千佳の手元を覗き込むようにして、そんなことを言う。唐突な問いに戸惑いながらも、千佳としてはとりあえず答えるしかない。

「もらったものです。ついさっき電車の中で一緒になった人から……」

千佳の返答は思いのほか、二人を動揺させた。

男はぜひ見せてくれと言ってなかばもぎ取るようにポストカードを取り、細い目をめいっぱい見開いて凝視した。それから顔をあげ、傍らの女性に目を向けると、

「間違いない」

そうつぶやいた顔が、興奮のために紅潮している。

場合が場合であれば、気味が悪くなってこのまま立ち去るところだが、古屋はあく

まで沈着な態度を崩さない。

「なにか？」

怜悧な視線の先で、二人は何やら要領を得ないことを言っている。

千佳が思わず口を挟んだ。

「もしかしてご両親ですか？　これの持ち主の」

その言葉にようやく男はうなずいた。

「そうです。これは私の息子のつくった絵ハガキです。それをどうしてあなた方が持っているのかと……」

「息子さんなら、このひとつ前の駅で降りられました。紅葉の絵を描くんだって。なんだか具合悪そうだったので送ってあげたら、御礼にと言ってこれを……」

千佳が声を途切れさせたのは、目の前の父親の変化に驚いたからだ。男はみるみる両眼にいっぱいの涙を浮かべたのである。

「あの……？」

「来れたんやな、鞍馬に……」

ようやくそんなつぶやきが漏れた。

「あれは、ちゃんと鞍馬に……」

あとは言葉にならなかった。

夫の横で、ぽろぽろと涙をこぼしたのは妻である。

あっけにとられる千佳と、あくまで動じない古屋。二人の前で、ひと組の夫婦はほとんど泣きじゃくらんばかりの有様だ。傍らを行く旅行者が不思議そうな視線を投げかけてくる。

たまりかねた千佳が、とにかく口を開いた。

「あの……、もしかして出過ぎたことをしたでしょうか？」

「違うんです」

男の方が答えた。

そのまま袖口で顔をぬぐってから続けた。

「あれはもう生きてはおらんのです」

震える声が答えた。

えっ、と小さな声をあげる千佳に、男は泣き笑いのような表情で言いなおした。

「息子は亡くなったのです。一年前に」

今度は確かな響きだった。

聞き間違いようがなかった。

男は肩にさげた鞄から、皺くちゃになった毛糸の帽子を取り出して見せた。少し古びた紺の帽子。まぎれもなく先刻の青年がかぶっていたものだった。

「息子のです。ずっと鞍馬に来たがってたもので。命日の今日、墓参りと合わせて御寺に納めようと持ってきたんです」

千佳はただ呆然と見返すだけだ。

「で、でも、私たちはついさっきまで一緒に……」

「藤崎」

千佳の声を遮ったのは、古屋の静かな声である。一歩前に出た古屋が言う。

千佳が戸惑うほど穏やかな声だった。

「息子さんは、とても楽しそうでした」

古屋は自身のポストカードを取り出し、男の持つカードに重ねて、そっと押しやった。

「持って行ってください。それは本来あなた方の物だ」

男は深く頭を下げ、それからゆっくりと首を左右に振った。

「いいえ、息子はあなた方に差し上げたのです。お嫌でなければ、受け取ってください」

男は古屋の骨ばった手に、絵ハガキを押し返した。傍らの妻も小さく何度もうなずいている。やがて、涙を浮かべた妻が震える声でつぶやくのが聞こえた。

「あれは鞍馬に……来れたんやなぁ……」

秋風が吹き抜けて、その声を彼方に運び去って行った。

夫婦の話は長いものではなかった。

二人の息子は子供のころから足の骨の腫瘍を病み、ずっと闘病生活を続けてきたのだという。

小学生の頃から抗がん剤治療を始め、副作用でろくに外に出かけることも叶わなかったのだ。髪がすっかり抜けたのは中学校に入ってからだ。以来、恥ずかしがって、夏でも毛糸の帽子をかぶるようになった。

子供の頃から絵の才能はあり、とくに水彩で風景画を描かせると、ちょっと目を見張るほどのものを仕上げ、中学生のころには小さいながらもコンクールで入賞したこともあったらしい。しかし抗がん剤を始めてからは、風景画を描きにいくことすらままならなくなった。ここ二年の間は、病院から外に出ることすらできず、絵も専ら、病室からの風景ばかりを描く生活だったのだ。

そんな中で、まだ元気な小学生の頃に遠足で出掛けた、秋の鞍馬の風景が忘れられないと繰り返し言っていたのだという。

『もう一度見に行きたい、そして絵に描きたい』

岩倉駅にほど近い病院の病室から、鞍馬に入っていく叡山電車を眺めながら、青年は何度もつぶやいていたのだ。時にはこっそりと病室を抜け出そうとしたことさえあったらしい。しかし、そんなささやかな思いすら果たされず、闘病を続けた青年が他界したのは、丁度一年前のことであった。

彼の夢は結局叶えられはしなかったのだ。

「いや、叶ったというべきかな……」

揺れる叡山電車の中に、古屋の静かな声が響いた。

いつのまにか紅葉のトンネルを抜けたのだろう。窓外のかなたに京都北郊の民家が見えてきた。

不思議なことに行きに青年と見たような七色の輝くトンネルを感じることはできなかった。すこしばかり鮮やかな木々の中を、電車は左右に揺れながら、幾分くたびれたような響きを伴って、下ってきただけであった。

「こんなことって……あるんですね」

ぽつりと千佳はつぶやいた。自分のつぶやきが他人の声のように遠くで響いた。

千佳の手に、あの絵ハガキがある。

病床の青年は亡くなる半年前から、自分の気に入った絵を、一枚ずつ加工してポストカードにするようになったという。見舞いに来てくれる友人たちに配るんだと言いながら、面会謝絶になった病室で、ひとり淡々と作り続けていたのだ。日の目を見ることのない自分の絵を、少しでも多くの人に届けたかったのではないか。父親のそんな言葉が、千佳の胸に切なく響いた。秋の鞍馬の絶景も、きっとその一枚に加わるはずだったのだろう。

「彼は鞍馬まで来ることができたのだ。夢は叶ったと考えるべきだろうな」

そんな声に顔をあげれば、いつもと変わらぬ偏屈学者の顔がそこにある。

「……ちょっと驚きました」

千佳は小さくつぶやき、少し間を置いてから続ける。

「先生って、そういうの信じない人かと思っていましたから。論理的じゃないとか、科学的におかしいとかって言って……」

「論理や科学だけが、学問の手法ではない」

ゆるやかに古屋は遮った。

「論理も科学も、様々な事柄を説明してくれる強力な手段だが、あくまで手段のひとつに過ぎない。むしろ科学的であろうとすればするほど、大切な事柄を見落とす場合さえある」

ふいに車両が速度を落とし、同時に右にゆっくりと傾き始めた。

谷を下って行く電車が、山肌に沿った大きなカーブに差し掛かったのだ。車両が傾くとともに日の光も角度が変わる。人気の少ない車両の中を、祓い清めるように光が流れていく。

「昔、出雲を歩いた時に村の古老から聞いた話がある」

流れゆく光の中で、古屋の声がにわかに深みを増した。

「生きている間に、どうしても行きたい場所がある。しかし結局辿りつけぬまま、その人間が死んだ時、最初の命日に、一度だけそこを訪れることができるのだという。一年後に、ただ一度だけな」

「命日に、一度だけ……」

「不思議な話だが、特別な話ではない。この国には似たような説話があちこちに語り継がれている。江戸期に記された『雨月物語』には、篤実な侍が、自ら命を絶ってのちに、遠く離れた義兄弟の家を訪れる話があるし、奈良の當麻寺にも、死者が寺を訪ねくる説話が残っている。古い話ということは昔からある話ということで、今起こってもおかしくはあるまい。いずれもずいぶんと科学的ではない話だがね」

徐行していた車両がゆっくりとカーブを抜け、再び速度を上げはじめた。木々のざわめきが、にわかに近づいたかと思うと、背後に遠のいていく。

わずかに沈黙が続いたあと、古屋が軽くステッキを持ち上げて、床をとんと突いた。

「藤崎、ひとつ、大事なことを覚えておきたまえ」

その口調が少しだけ厳格さを帯びた。

「科学と、それに基づく科学的思考は確かに大切だ。しかしそれは、あくまでも道具に過ぎないということだ。道具は用いる者の態度次第で、役にも立つし害にもなる。強力な道具であればあるほどそうだ。火は人間に、魚を焼き米を炊くことを教えてくれたが、使い方を誤れば竈(かまど)を焼き、炊事場を焼き、家そのものを焼き払うことさえある」

古屋はおもむろに首をひねり、窓の外に目を向ける。

「科学は、鞍馬の険しい山中に線路を敷いたり、抗がん剤の量を計算することは得意だが、人の心の哀(かな)しみや孤独を数値化することはできない。数値化できないから存在しないと考えるのは、現代の多くの学者が抱えている病弊だ。こういう学者たちは、科学が世界を解釈するための道具に過ぎないことを忘れ、世界の方を科学という狭い領域に閉じ込めようとしてしまう。人間の、哀しみや孤独、祈りや想いといったものを、ホルモンの変動で説明しようと試みることは、科学の挑戦としては興味深いが、ホルモンが変動していないから、その人間が哀しんでいないと考えるのは、道化以外のなにものでもないだろう」

ふいに辺りが暗くなり、またすぐに光が差しこむ。列車が短いトンネルを通過したのだ。

風が鳴り、小刻みに振動する車内に、揺るぎない古屋の声が続く。

「かりにも世界について学ぼうとする者ならば、科学の通じぬ領域に対しても真摯な目を向けなければならない。科学が万能ではないことを知り、それを用いる人間もまた万能から程遠いことを肝に銘じなければならない。これを忘れた時、人は謙虚さを失い、たちまち傲慢になる。世界が自分の解釈に合わないからといって、世界の側を否定するような愚行さえ犯すようになる。鞍馬の秋をうまく絵に描けないからといって、銀杏や紅葉を罵倒するようなものだ。鞍馬山に罪はない。絵描きの側の問題だ」

見たまえ、とふいに古屋は目で窓外を示した。

いくらか遠のいた鞍馬の山並みに、今も明るい色彩が躍っている。古屋は眩しげに目を細めながら告げた。

「研究室を出て、自らの足で町や山を歩いてみればすぐに気がつくはずだ。世界はそんなに単純にはできていない」

古屋の声は大きなものではない。けれどもその深い響きは、叡山電車の揺れる音にも負けず、はっきりと千佳の耳まで届いてくる。

千佳は、ただ黙って大きくうなずいた。

杖を突きながらでも日本中を歩き回る古屋神寺郎という人物の在り方が、今さらながら胸の奥にすっきりと落ち着いてくる心持ちであった。

「先生って、すごいですね」

ややあって、ようやく千佳はそんな言葉をつぶやいていた。

古屋は眉ひとつ動かさず見返す。

「理屈でわかっていたって、こんな不思議なことが起これば普通はびっくりします。私なんて、何度思い返してみても、夢でも見ていたんじゃないかって思うくらいです。それなのに、先生は全然驚いているように見えません」

「私だって十分に驚いている」

古屋の声はあくまで揺るがない。

「しかし私が驚いたのは、君よりずいぶん前だな」

怪訝な顔をする千佳に、古屋は続ける。

「あの若者がどこの駅で降りたか覚えているか？」

「どこの駅？　終点の鞍馬駅のひとつ前の駅、ですよね……」

「そして貴船口の次に止まった駅でもある。だが、鞍馬線には最初からそんな駅はない」

千佳が一瞬間をおいてから目を丸くする。

「妙なところで電車が止まる。ありもしないところに駅があって、そんなところで降りると言いだすから、ますます妙だと思って驚いた」

古屋の言葉に、千佳はすぐには声が出てこなかった。

絶句し、しばし呆然となり、やがて呆れ顔になってから大きくため息をついていた。

この偏屈学者は、山中の駅で青年を見送った時に、すでにこの不思議な出来事の一端に気づいていたということだ。追いかけようとした千佳をあっさり押しとどめたのも、その辺りに理由があったに違いない。

「だったらなんで教えてくれなかったんですか？」

「なんだ、気づいていなかったのか。相変わらず注意力に欠けているな」

取りつく島もない返答である。

「もっとも、私としてもこんな解答が用意されているとは思わなかった」

いずれにしても、と古屋はつけくわえた。

「駅や線路が幻でも、我々があの若者と見た七色のトンネルは本当だ。それで十分なのだろう」

なにか言い返そうとした千佳は、しかし古屋の横顔を見て口をつぐんだ。

いつもは厳然たる光をやどしている古屋の目が、心なしか柔らかな光をたたえているように見えたからだ。

ちょうどそのタイミングで、電車は町中の駅に滑り込んでいった。

岩倉駅である。

ほんの少し前、あの青年と鞍馬に向けて出発した駅だ。何の変哲もない叡山電車の古い駅舎が、当たり前の顔をして二人の乗った列車を迎え入れた。

ふいに古屋がステッキを突いて立ち上がる。

「何を呆けている。行くぞ、藤崎」

「行くってどこへですか？」

「講演に決まっているだろう。ここからタクシーを拾えばなんとか間に合う。そういう時間だ」

千佳は思わず腕時計を確認し、それから慌ててスーツケースの取っ手を摑む。

「欠席するつもりかと思っていました」

「そうも言っておられん」

古屋の足が、ステッキとともにホームへと降り立つ。降り立ちながら、肩越しに振り返った。

「講演をがんばれ、と、あの若者に言われたばかりだからな」

変わらぬ冷然たる声が、なぜだかかすかな熱を含んでいるように聞こえた。おや、と千佳が思った直後には、古屋はステッキを突きながら、いつもの鋭い声を響かせていた。

「連中が待っている。藤崎、支度をしたまえ」

止まっていた時間が、にわかに動き出した。

はい、と答えた千佳の声も、いつのまにやら普段の活力を取り戻しつつあった。

背後で、小さな車両がゆっくりと動き出す。

改札をくぐり、駅舎を抜けたところでふいに古屋が足を止めたのは、かすかにヒタキの声が聞こえたからだ。偶然なのかその場所が、数時間前、あの青年とぶつかった踏切の脇である。

古屋の目に格別の感興は生まれない。

ただ、もう一度どこかでヒタキが鳴いた時、古屋はそっと天を振り仰いだ。秋の日を受けたその横顔が、一瞬だけ苦笑したように、千佳には見えた。

十一月の日はいまだ高く、天にはかすかな雲が流れるばかりだ。寒と暖とを含んだ風が、線路脇の大銀杏をざわめかせ、鮮やかな黄を空に舞いあげる。

その豊かな色彩の中を、ステッキの音がこつりこつりと歩み始めた。

古都はなお、秋である。

第三話　始まりの木

窓外を右から左へ、ゆったりと流れるように、雪景色が過ぎていく。

白く染められてうずくまる瓦屋根、積雪の重みに傾いだ街路樹、その彼方には悠々と翼を広げたかのような白銀の山嶺。いずれもが冬の透明感のある陽光を受けて、まばゆい光を放っている。

新幹線『あさま』の窓際に肘を突いたまま、藤崎千佳はしばし身じろぎもせず、車窓からの景色を眺めていた。

「もう上田を過ぎたのか、早いものだな」

ふいに降ってきた低い声に、千佳が顔をあげると、ステッキを突いた古屋神寺郎が通路から窓外へ目を向けている。白いカッターシャツによれよれのジャケットを着、頭髪に白いものをちらつかせている様子からは初老と言ってもよい年齢に見えるが、異様に鋭い眼光には若者めいた強い光がある。

古屋は、傷だらけのステッキで体を支え、左足を引きずるようにして、どかりと隣の座席に腰をおろした。

「珍しく長電話でしたね。二十分以上もデッキにいましたよ」

「そろそろ長野に到着だな」

あからさまに千佳の問いを無視して古屋は独り言を口にする。

千佳は軽く眉をひそめつつ、

「聞かれたくないような内容の電話だったんですか？」

「私の嫌いなものを知っているか、藤崎」

じろりと千佳を一睨(ひとにら)みして、

「無駄口と長電話だ。一方だけですでに十分、不愉快なのに、これ以上ストレスをかけないでくれたまえ」

容赦のないその毒舌は、しかしこの男のいつもの反応であるから、千佳は動じない。動じないが気持ちの良いものでもないから、軽く頬をふくらませつつ答えた。

「長野まであと五分だそうです」

「結構」

古屋がうなずくのと、列車がやわらかな制動をかけて速度を落としていくのが同時であった。やがて車内アナウンスが到着が近いことを告げ、それに応じるように何人かの乗客が立ち上がって手荷物の整理を始める。

千佳もまた身の回りの小物を手際よく片付け、腕を伸ばして網棚の上のリュックサックとスーツケースを下ろす。古屋のスーツケースは小型で軽量のタイプだが、書類や書籍が多いからけして軽くはない。華奢（きゃしゃ）な腕で、なんとかそれを座席におろすと、古屋が無造作に持っていた分厚い書物を突きだした。

「これも頼む」

「最近、ちょっと甘えが目立つ気がするんですけど」

古屋はわずかに眉を動かし、それからおもむろに取り上げたステッキで、自身のねじれた左足をこんと叩（たた）いた。

「障碍者（しょうがい）はいたわるものだぞ、藤崎」

眉ひとつ動かさずろくでもないことを言う。冗談にしては笑えないし、本気だとしたら節度に欠けている。もとよりそういう人物なのである。

千佳は反論をあきらめて、ため息とともに書物を受け取った。

『まもなく、長野』と告げるアナウンスに、視線を上げれば、先刻まで広がっていた雪化粧の田畑は、いつのまにか家屋の建ち並ぶ市街地となっている。

やがて新幹線『あさま』は、白く染められた駅舎に滑り込んで行った。

旅の始まりは、いつもながら唐突であった。

年が改まったばかりの冬一月。

年度末が徐々に近づきつつあるこの時期、学生たちは試験やレポートが立て込んで、にわかに多忙となる。修士課程にある千佳に試験はないが、教官たちは試験問題を作る側であるから忙しい。問題作成、試験日程の公表、それらと並行して翌年度の人事や庶務に関する会議が続く。要するに、どの研究室もこの時期特有の、落ち着かない空気に包まれることになる。

もちろん千佳のいる民俗学の研究室も例外ではないのだが、古屋にとっては時候の移り変わりも、年度末の忙しなさも、特別の感興をもたらさないらしい。常とかわらぬ超然たる態度で、唐突に千佳に告げたのだ。

「藤崎、旅の準備をしたまえ」と。

続けて短く「行き先は信州だ」と付け加えれば、あとはなんの説明もない。

いつものことである。

行き先を告げてくれるだけまだマシなくらいである。

研究室内の諸業務は問題ないのかと、念のため千佳は問いかけたが、冷ややかな一瞥が返されるだけで説明はない。これも想定の範囲内であるから、千佳はいつもの呆れ顔のまま黙って支度をし、気難しい師のあとについて、東京駅発長野行、新幹線『あさま』に乗り込んだのであった。

「信州からの出口を、鉄道以外に十一ほど私は知っている」

低く、深みのある古屋の声が、千佳の耳に届いた。

信濃大学教育学部の一角にある、広々とした階段教室である。

教室の一番後ろの席におさまった千佳は、目を閉じ、その聞き慣れた声に耳を澄ましている。

古屋の声は、けして大声ではない。張りのある声というわけでもない。にもかかわらず、染み入るように教室を渡っていくその声は、どこか古寺の大鐘を思わせる、豊かな響きに満ちていた。

「ここには記念のために、場処だけでも列記してみたいと思う。通った時日はもう自分でも、忘れているものが多いのである」

古屋が演台をめぐるように歩くのに合わせて、ステッキが床を打ち、こつりこつりと硬い音がついていく。左足を引きずるようにして歩き、そのたびに大きく肩が上下する様子はなかなかに危なっかしいのだが、読み上げる声の方には、堂々たる安定感がある。

「柳田國男の『信州随筆』の一節だ」

古屋は手元の書籍から視線を上げて告げた。

「柳田は実に多彩な著作を残したが、その中でも表題に地名が入っている著書は二つしかない。『遠野物語』と『信州随筆』だ」

書を卓上にゆったりと置く。

「柳田にとって、信州という土地が大きな位置を占めていたことは疑いない。その信州で柳田の世界に触れる機会を持った諸君らは、実に幸運と言うべきだろう」

「幸運、か……」

千佳は、そっと辺りを見渡して苦笑した。

百人は入れそうな広々とした講義室だが、学生の数はその五分の一にも満たない。しかもその多くが机に突っ伏して、意識を失っているし、意識を保っている者も、手元のスマートフォンか、講義とは無縁の漫画書籍に没頭している。

千佳の二列前に座っている二人組の女学生などは、色鮮やかなファッション雑誌を派手に卓上に広げて、楽しげな囁き(ささや)きを往還させている。古屋の深みのある声も、彼女らの興味の対象にはなりえないらしい。

「ま、いつものことと言えば、いつものことか……」

顎に手を当て肘を突いたまま、千佳が軽くため息まじりにつぶやいたのは、東々大学での講義の風景と大差はないからだ。

いつもと違うことがあるとすれば……、
千佳は、視線を教壇に佇立する指導教官へと戻した。

普段の学生講義さえ面倒がるあの古屋が、わざわざ他大学の講義を引き受けて、長野まで足を運んできたということの方である。

長野駅から信濃大学教育学部へ向かうタクシーの中で、今回の旅の目的を聞かされた千佳は目を丸くしたものだ。

「先生が特別講義の講師ですか？」

甲高い声をあげる千佳に、古屋は怜悧な一瞥を投げかける。

「驚くようなことではあるまい。民俗学というのはマイナーな領域で、学者の数も多くない。他大学から招かれることもある」

「もちろんそうかもしれませんが、講義嫌いの先生がそういうのを引き受けるとは思いませんでした」

千佳の遠慮のない論評に、古屋は片眉を動かしてから、冷然と応じた。

「なにを言う。どんな場所でも求められれば、出かけていって指導するのが教師の職掌(しょう)というものだ」

冗談なのか本気なのか、いずれにしても突っ込みどころが多すぎる。しばし黙考した千佳は、結局それ以上の会話を断念したのである。

「どういう風の吹き回しなんだか……」

千佳が何気なくつぶやいたとき、ぱらぱらと講義室で拍手が起こった。古屋が講義の終了を告げたのだ。やがて最前列の座席から、ゆったりと立ち上がった初老の女性が、講義室全体を顧みながらよく響く声を発した。

「では、わざわざ東京から来ていただいた古屋先生に、何か質問などありませんでしょうか」

飾り気のないダークブルーのスーツにほっそりとした身を包んだ女性の名は、永倉(ながくら)富子(とみこ)。今回の講義を依頼してきた信濃大学教育学部の教授である。

ボリュームのある頭髪はおおむね白く染まりつつあるが、挙措はゆったりとして品がある。教授というより、どこかの社長夫人といった印象だ。

そんな教授のにこやかな笑顔に比して、古屋はあくまで冷然たる面持ちを崩さない。当然ながら、居眠りか内職に忙しい学生たちから、活発な質問が起ころうはずもなく、気まずい沈黙が広がるのだが、永倉教授は揺るぎなくにこやかだ。

「古屋先生は、見た目は怖そうですが、本当はお優しい先生です。素朴な疑問でも丁寧に答えてくださると思いますよ」

本人の面前で、臆面もなくそう告げる永倉教授は、この偏屈学者に講義を依頼しただけあって、やはり一筋縄ではいかない人物であろう。

「先生、ひとつ聞いてもいいですか？」

ふいに降ってきた声は、中段の席に座っていた男子学生のものだ。いかにも面白半分という軽薄な空気が漂っている学生に、どうぞ、と永倉教授が促した。

「民俗学って、なにをやってるんですか？」

意表を突く問いであった。

一瞬の間をおいて講義室に、失笑が広がった。苦笑した永倉の横で、しかし古屋はにこりともしない。学生は、古屋の鋭い眼光に気づきもせず、軽い口調で続けた。

「柳田國男がすごい人だってのはよく耳にするんですけど、結局なにやってるのか、よくわからないんです。昔話集めたり、古いしきたり調べたりして、まあ古い物を残そうとする作業自体はいいと思うんですけど……」

なかなか遠慮のない発言が飛び出してくる。

「君は何年生だね？」

「教育学部の三年です」

「そうか」

講義室の中は、いつのまにか講義中よりもむしろ静かになっていた。

気難しい学者と浮薄な学生の対話は、少なくとも『信州随筆』の紹介よりは、学生たちの興味を引いたらしい。

「私の研究室には、学部卒業後に修士課程に入った一年目の院生がいるが、いつも的外れなことばかり問うてくる。その点、君の方がよほど頭脳明晰だな」

古屋の返答に、さきほどより明るさを含んだ笑いの輪が広がった。

また勝手なことを言って、と千佳は最後列で嘆息する。

「ちなみにその質問は、永倉教授には問うてみたのかね？」

「聞きました」

「先生はなんと？」

「役に立つことを学ぶだけが学問ではない、と」

「そういう中身のない返事をしているから、民俗学は路頭に迷うのだろうな」

眉ひとつ動かさず古屋は言った。

と同時に、講義室が今度はずいぶんと派手な笑いに包まれた。傍らの永倉は困ったような苦笑を浮かべつつも口を挟もうとはしない。古屋は、教卓を離れ、ステッキを動かして階段教室の真下へと足を進めながら続けた。

「君の問いかけは、今の民俗学という学問の弱点を正確に突いたものだ。無論、永倉教授の専門は民俗学ではないからその返答もまた曖昧にならざるを得ないが、本質は、民俗学自体が、その曖昧さを解決できないまま迷走しているということにある。民俗学者の中にも、自分たちが何をしているのか、説明できない者たちが少なくないのだから」

珍しいことだ、と千佳は耳を澄ました。

元来が、講義に対して積極性とは無縁な言動をとる古屋が、こうして正面から構えて質問に応じる姿はあまり見られるものではない。

古屋は、こつりと床をステッキで突いてから、しかし、と、にわかに冷めた口調に切り替えた。

「君の質問が的確だからといって、態度が無礼であることまで看過されるものではない。講義の最中に堂々と昼寝をしておきながら、質問だけは一人前に押し通そうというのは虫が良すぎるというものだろう」

再び講義室に笑いが広がる。

その笑声にさえかまわず、古屋はすぐに語を継いだ。

「せっかくの的確な質問に免じて、ひとつだけ確かなことを伝えておこう。民俗学は就職の役には立たん。だが君が人生の岐路に立ったとき、その判断を助ける材料は提供してくれる学問だ」

「人生の岐路ですか……」

「今の世の中は、何が正しくて何が間違っているかが実にわかりにくくなっている。だが君も生きていれば、わかりにくいとわめいているばかりではなく、わかりにくい中から何かひとつを選び出さなければならない時が必ずやってくる。そんな時、民俗学は君に少なからぬヒントを語ってくれるはずだ」

「なんだか、難しい答えです」

「当たり前だ」

応じる声には威容がある。

「私は人生をかけてこの学問をやっている。わかりやすく答えられるような単純な学問ならこれほど手間がかかるはずもない」

古屋の応答は容赦がない。容赦がないが、姑息(こそく)さもない。そのことだけは相手にもはっきりと伝わるのだろう。学生も、それ以上の質問を重ねなかった。

講義はおしまいだ、と告げた古屋は、速やかにステッキを出口へ向けたのである。

教育学部キャンパスの一角にある広々とした学生食堂には、そこかしこに小さな学生たちの集団は見えるものの、どちらかというと人影は少ない。

午後二時過ぎという中途半端な時間が、そうさせるのであろう。食堂自体は、午後の休憩時間に入ったところで、閉店の札がかかっている。窓外の雪はやんでいるが、異様な寒さを物語るように窓ガラスの縁が凍り付いている。

食堂脇の売店で買ってきたサンドイッチで腹ごしらえをしていた千佳が、急に肩をふるわせたのは、足元にぞっとするような冷気が流れ込んできたからだ。食堂のガラス戸が大きく開いて、古屋が戻ってきたところである。なにやら外で長々と携帯電話を使っていたようだが、ようやくそれが終わったのだ。

千佳は首をすくめながら、唇をとがらせた。

「先生の嫌いなものって、無駄口と、もうひとつはなんでしたっけ？」

「嫌味のセンスは目を見張らんばかりの成長だな。願わくば、学者としてももう少し成長してもらいたいものだ」

なかば投げ出すようにステッキを机にひっかけ、どかりと椅子に腰をおろした。相変わらず電話の内容を話すつもりはないようだが、明らかに機嫌は悪い。

古屋は乱暴に携帯電話を内ポケットに収め、代わりに小さなケースを取り出して、中から錠剤をひとつ掌(てのひら)に落とした。

千佳が眉を寄せる。

「足、痛むんですか？」

遠慮がちな問いかけに、古屋は少なくとも外面上はわずかも苦痛を示さぬまま、

「こう寒暖の差の激しい場所を行き来していると、調子が良くても痛むものだ」

「今日の長野市は、最高気温が零度らしいです」

「人間の住む土地ではないな」

吐き捨てるように言って、古屋は錠剤を口中に放りこんだ。

寒さがきついなら、外での電話だけでもよせばいいのだろうが、そんなことを言えば、倍する毒舌が返ってくるだけである。千佳はため息交じりに話頭を転じた。

「このあとはどういう予定ですか？　まだだいぶ時間ありますけど」

「格別の用事もない。ここより暖かい土地ならどこへでも出掛けてよい気分だ」

タマゴサンドを持ち上げた千佳は目を丸くする。

「本当に学生講義のためだけに、長野まで出掛けてきたんですか？」

「どうも引っかかる反応ばかりしてくるな、君は」

「先生の日頃の態度に問題があるからだと思います。だいたい、そこまでしてわざわざ出掛けてきた講義で、民俗学ってなんですか、なんて、失礼な質問じゃないですか。それなのに、いつもみたいに怒鳴りつけたりもしないですし……」

「そう息まくということは、君なら理想的な答えを与えてやれたということか？」

思わぬ反撃に、千佳の方が戸惑う。

「理想的な答えですか……」

改めて問われると、にわかに応答ができない。大学院生として民俗学を専攻しておきながら、細かいことも考えずに日々をこなしていけるのが、ある意味で千佳の長所と言ってよい。要するに、自分の進路に、格別の哲学や理念があるわけではない。

古屋は、そんな千佳の戸惑いを見透かしたように、冷ややかに見据えたまま応じる。

「ただ古書をあさり、地方を訪ね、珍しい風習や行事があればそれを記録し、ときに論文として発表する。それが民俗学のすべてかね？」

「それは……」と答えかけた千佳は、続く言葉を持たない。

「民俗学という学問が、存外に難しい立ち位置にあるということに気づいているだけ、あの学生は優秀だ。東々大学の学生より、会話のしがいがあるかもしれん」

「そんなこと言って、明日のゼミ休むつもりじゃないですよね」

「明日のゼミ？」

「東々大の先生のゼミです。信濃大学の講義は引き受けておきながら、東々大学のゼミを休講にしていたら、また角が立ちます」

「休講にしなければよい、仁藤がいる」

「先生がやらなければ、同じことです」

仁藤は、千佳と同じく古屋の研究室に所属する大学院生だ。千佳の二年先輩で、博士課程にある優秀な院生だが、優秀ゆえに、古屋は事あるごとに細かな仕事を仁藤に肩替わりさせている。

「あんまり気安く使うと、ジン先輩だっていい気はしないと思いますよ」

「そうだな。仁藤は、君と違って、ただの荷物持ちではないからな」

「どういう意味ですか？」

「怒るものではない。研究者としては二流でも、荷物持ちとしての君は高く評価しているつもりだ」

「余計怒ります」

　ぎゅっと眉を寄せる千佳と、冷然と見返す古屋とに、通りすがりの学生たちが不思議そうな眼を向けていく。

「あら、仲のよいお二人ね」

　ふいに降ってきた声に二人が顔をあげれば、いつのまにか立っていたのは永倉教授であった。つい先刻の講義室では、古屋の脇役に徹していた教授だが、眼前に立つとさすがに静かな貫禄（かんろく）がある。

　慌てて立ち上がって椅子を用意する千佳に会釈を返しながら、永倉は腰をおろした。

「お疲れ様、古屋先生。素晴らしい講義でしたわ。おまけにあんなに学生たちを盛り上げてくださるなんて」

艶やかな微笑とともに告げる永倉の言葉は、皮肉のつもりなのか本心なのか判然しない。一方で「お役に立てたなら何よりです」などと平然と応じる古屋の方も、心中は推し量れない。

上に立つ人間というのは、こういうわかりにくい人たちばかりなのかと、千佳は心中で呆れてしまう。それすら見透かしたように永倉教授はにっこりと千佳に微笑み返し、それから古屋に視線を戻した。

「はるばるこんな田舎町までありがとうございます、古屋先生」

「田舎なのは苦になりません。問題なのは寒さです」

「ご苦労をおかけしていますね。でも、これでも例年より暖かいくらいなんですよ」

くすりと笑うと妙に邪気のない笑みに見える。白く染まった髪のわりに全く老けて見えないのは、この教授の持つ不思議な活力によるものであろう。

「最近の民俗学会を席巻しているビッグニュースって何か知ってます？　古屋先生」

「南西大学の芹沢教授が、セクシャルハラスメントで訴えられましたか？」

「堅物の古屋先生にしてはなかなか出来のよいジョークですけど、残念ながらはずれ」

小脇に抱えた書類の束を机の上に置きながら、

「人間嫌いで有名な東々大学の偏屈先生が、美人の院生を連れてあちこち旅をしてるってニュースですわ。裕子ちゃんが知ったら、きっと焼き餅を焼くと思いますよ」

「世間の目は節穴ですな。何も見えない目なら、かわりにビー玉でも詰めておけばよろしい」

「あら、節穴なのは古屋先生の方かもしれませんわ。可愛らしい学生さんじゃないですの」

「驚きました。教授の目もビー玉でしたか？」

「間接的にひどいこと言われてると思うんですけど」

むっとして口を挟んだ千佳だが、興味は会話の途中で出た〝裕子ちゃん〞にある。一年近く古屋の研究室で学んできた千佳だが、古屋の行動に焼き餅を焼くような女性の噂は聞いたことがない。しかし千佳の興味を遮る調子で、古屋が露骨な話題転換を行った。

「それにしても、かつては民俗の宝庫とまで言われた長野も、民俗学としての地盤はまことに脆弱なものですな。学生たちの態度に如実に反映されています」

「柳田國男なんて、名前すら知らない学生だっていますわ。かく言う私だって、せいぜい『遠野物語』を読んだことがあるくらい」

千佳が不思議そうに問うた。

「専門外の永倉先生が、どうして民俗学の講義を担当しているんですか？」

「本来は私の担当じゃないのよ。もともと教育学部に民俗学の講座なんてないの。今日の講義も、国語教育科、日本文学コースの講師が、ご自分の得意分野の柳田國男を取り入れていただけ。それが突然の病気で休職して、急遽（きゅうきょ）、私のところに穴埋め仕事が回ってきたというわけ」

それはまたずいぶんと迷惑な話である。

「私の専門は日本語学なんだけど、以前に文化人類学を学んだことがあったから、頼まれてしまったの。もちろん文化人類学と民俗学は別の学問だけど、教官の中には理解していない人もいてね。他に交代できる要員もいなかったから、とりあえず私が受け皿になって古屋先生に泣きつかせてもらったのよ」

仏頂面の民俗学者に、にっこりと笑顔を向ける。

「あんな楽しい講義でしたら、また是非お呼びしたいのですけど。いかが？」

「御冗談を。わざわざ『あさま』に二時間近くも揺られて、ぬかに釘（くぎ）を打ちに来る有閑趣味はありません」

誤解の余地もなく拒否を示して、それに、と続ける。

「学生たちも希望せんでしょう。『信州随筆』をいくら読みこなしても、就職活動にはなんら貢献できませんからな」

「それは文学も変わりませんわ。どんな物事でも、金銭に置き換えることでしか判断できないような、品のない人たちばかり幅を利かせている世の中ですもの、お互い気苦労が絶えませんね」

たおやかな笑みを浮かべたまま、なかなか苛烈なことを口にしている。しかもそういう言動にありがちな卑屈な気配は微塵もなく、清風が明月を払うような爽やかささえ漂っている。

「異論はありませんが……」

ちらりと辺りに目を配った古屋が言う。

「学生たちに聞こえますよ、教授」

「無神経に見えて、そういう細かな心配りができるところも、先生の素敵なところですわ。可愛らしい学生さんに慕われるのもうなずけますけど、こんな田舎町にも、先生のファンがいることを、忘れないでくださいね」

永倉教授の柔らかな瞳の中に、ふいに意味ありげな光が明滅したように見えた。

瞬間、信濃大学の教授と東々大学の准教授の間に、目に見えぬ何かが往来したような気配がしたが、千佳にその実態が計れるはずもない。古屋はといえば、その鋭利な目を細めて「恐縮の極みです」と応じただけである。

つかの間の奇妙な沈黙は、しかし通りすがりの学生たちの賑やかな声に押し流され、それを待っていたように、ああ、そうそう、と永倉教授が卓上に置いていた書類の束を押し出した。

「先生が探していた、例の氏神研究会の記録って、これのことじゃありません？」

受け取って書類を繰った古屋が、珍しく目を見開いた。

「柳田國男が松本の浅間温泉でこんな会を開いていたなんて、私初めて知りましたわ」

「よくこんなものを見つけてこられましたね……」

「古屋神寺郎を長野まで呼び付けておいて、手土産なしで帰すほど、私は礼儀知らずじゃありませんの」

「感謝します」という古屋の返答は、彼には珍しく素直に発せられた言葉であった。

「付け加えておくと、その研究会に参加していた人のお孫さんが、今も松本に住んでいるという話です。せっかく長野まで来たんですから、時間があるなら松本経由で帰ってみるのも悪くないかもしれませんわね」

言われた古屋は、すでにジャケットから懐中時計を引き出している。千佳が慌てて鞄からスマートフォンを取り出して時刻表を確認する隣で、古屋は短くつぶやいた。

「特急に乗れれば、一時間で松本だ」

「特急『しなの』が、ちょうど三時発で出ています」

「うまく捕まえれば、四時には松本に着けるな」

そんな二人のやりとりを楽しそうに眺めていた永倉教授は、やがて話は済んだという様子で立ち上がった。立ち上がりながら、永倉はほっそりとした右手を千佳に差し出した。

「一年目の院生さんでしたね、藤崎さん」

千佳は戸惑いがちに、その白い手を握り返した。

「あなたはなぜ民俗学を学ぶのかしら？」

ふいの問いに、もちろん千佳は答えを持たない。

言葉の出ない千佳に優しげな微笑を投げかけながら、永倉は続けた。

「どんな理由でもいいけれど、自分の選んだ学問に誇りを持たなきゃだめよ。あなたの学ぶ民俗学も、私の専門の言語学も、一円にもならない学問だけど、通帳の残高が人生の全てを決定するわけではないわ。世の中には、いくらコインを積んでも交換できないものが、結構たくさんあるものなのよ」

にっこりと微笑み、

「誇りをもって、学問なさいね」

短く告げて、永倉教授は背を向けた。

揺るぎない足取りで出口へ向かう教授に、何人かの学生が軽く頭をさげる。その涼しげな後ろ姿は、年齢を思わせない若々しさを漂わせていた。

千佳は温かな胸の高鳴りとともに、その背を見送った。

なぜ民俗学を学ぶのか。

午後三時長野駅発の特急『しなの』の自由席で、千佳は腕を組み、眉を寄せてそんな問いと対峙していた。

むろん古屋のような気難しい顔をつくったからといって、思考まで同じレベルに達するわけではない。数分も経たぬうちに、難しいことを考えるのは苦手だと苦笑が漏れてくるだけである。昼間の学生の問いかけと永倉教授の言葉に触発されたのであろうが、まとまりのない思考だけが、くるくると頭の中を回っている。

もともと千佳自身、さほど深い思惑があって民俗学の門を叩いたわけではない。偶然と衝動と、古屋という一個の人間の魅力が合わさった結果に過ぎない。人生の重要な岐路であっても、現実的な判断を脇に置いて、楽観的に感性の道を歩いていくのが、千佳の性格というものであった。

「何のための民俗学、か……」

「頭を打ったのか、藤崎」

傍らの師が、千佳の独り言を聞きとめて口を挟んだ。

「どういう意味ですか」

眉を寄せてひと睨みしてみるものの、そういう態度が有効な相手ではない。

「からっぽの頭をいくらひねっても意味はない。水道を止められた家で、風呂に入ろうとするようなものだ。蛇口をひねること自体に間違いがある」

「どうして先生はそういう言い方しかできないんですか。永倉教授みたいに、なんか元気になるようなこと、たまには言ってくれたっていいと思いますけど」

「民俗学は世界平和の役に立つ、とでも言えば満足か？」

「結構です」

『しなの』の車内に、千佳のよく通る声が響いた。

平日の昼間という時間であるから、乗客は少なく静かなものである。

善光寺平(ぜんこうじだいら)をあとにした特急は、小さな横揺れを繰り返しながら、いつのまにか山間部へと入りつつある。

「あんな素敵な教授と知り合いなのに、どうして先生はそうなんですかね」

「彼女は特別だ」

千佳の嫌味に対して、古屋の声は淡々としたものだ。永倉教授から受け取った資料に目を落としたまま、古屋は静かに続けた。

「専門は言語学だ、などといっているが、実際は哲学から社会学にいたるまで実に広範な実績を持っている。それに伴う豊かな人脈も持ち、おまけに、必要とあらば笑顔で平然と切り札を切ってくるような胆力もあるから、各学界に対する影響力も小さなものではない。他大学の教授の中にも、永倉教授に頭のあがらない輩(やから)は、山ほどいる」

「あんまりそんな風には見えませんね」

「そんな風に見える連中は、一流とは言えん」

古屋が人を褒めるなど珍しいことである。それも絶賛と言ってよい褒め方である。それだけ永倉教授という人物が尋常ではないということかもしれない。

「立派なヒトがいるんですね。私なんて、なんで民俗学やってるかさえ、ちゃんと答えられないのに……」

「人にはそれぞれの歩む速度というものがある」

古屋がまた口を開いた。

そのまま、窓外のうっすらと白く染められた山の稜線(りょうせん)へ目を向ける。

「研究室に入る前からはるか遠くを見つめている仁藤のような男もいれば、修士課程に入って一年近くも経つのにまだ足元しか見ていない未熟者もいる」

千佳は思わず小さく肩をすくめるが、古屋は窓の外を見つめたままだ。

「後者を世の中では馬鹿と呼ぶのだろうが、一年や二年で物が見えるようになると思うことこそ危険だ。その意味で、君のように頭の中がからっぽであることは、悪いことではない。十年経ったとき、君があの学生の質問に動じず、一言でも答えてやれるようになれば、それで十分だろう」

明らかに褒めてはいない。だが、単純にからかっているわけでもない。古屋の声の奥底には、永倉教授の涼しげな言葉と通ずるかすかな体温がある。

千佳は、師の横顔を仰ぎ見たまま、小さく笑みをこぼした。

それに気づいた古屋の方がかえって眉をひそめた。

「なんだ？　気色の悪い奴だな」

「先生、ひとつ聞いてもいいですか？」

「だめだ、と言えばとどめる質問か？」

「裕子ちゃんて誰です？」

古屋が怜悧な視線を向けたまま、沈黙した。

余人であれば、この眼光に射すくめられてたちまち質問を撤回するところだが、千佳は物怖じしない。それくらいでないと古屋の下についてはいられない。

「先生に焼き餅を焼くような女の人って興味があります」

「民俗学を学ぶにおいて必要な質問だとは思えんな」

「言えないような人なんですか？」

遠慮のない千佳の問いに、古屋はあからさまなため息とともに答えた。

「皆瀬裕子は、私や永倉教授と同世代の優秀な研究者だ」

「皆瀬？」と千佳が軽く首をかしげたのは、その名前に聞き覚えがあったからだ。しかし古屋は、どうでもよいことだ、と言わんばかりの口調で続ける。

「ずいぶん昔に三人で文化人類学の研究室にいたことがあった。いわば学者仲間だな。言うまでもなく永倉教授が一番の出世頭になったが」

うなずきかけた千佳は、はっとして口を開いた。

「皆瀬先生って……」

「皆瀬裕子は私の妻だった女性だ。少なくとも君の存在に焼き餅を焼くような狭量な女性ではない」

間の悪さに絶句している千佳に、古屋は容赦しない。

「答えに窮するくらいなら、最初からくだらない質問をするものではない」

千佳の目の前に資料を突き出して、

「からっぽの頭を無駄に悩ませている暇があったら、せめて道案内くらいは正確に履行してくれたまえ。松本で道に迷って帰りの『あずさ』に乗り遅れたら、明日の大事なゼミを休講にしなければならなくなるからな」

心にもないことを平然と告げたのち、古屋は資料に視線を戻し思索の沼へと降下していった。

特急『しなの』は、すでに姨捨駅を通過している。

松本駅に到着し、永倉教授のメモに従って訪ねた家は、松本城にほど近いひっそりとした住宅街の一角にあった。建物は、二階建ての入り母屋造りで、正面には豪壮な破風まで備えてある。古くとも由緒があり、家というより屋敷と評した方がよい造りであった。

出迎えた主人は、八十歳近い人の良さそうな老人である。

永倉先生からの連絡は受けていると言って、気持ちよく二人を奥座敷へ案内した老人は、熱いほうじ茶と皿いっぱいの野沢菜で歓待しつつ、件の氏神研究会に関する古い記録簿を取り出してきた。

柳田國男が松本市の浅間温泉で、地元の有識者たちとともに氏神研究会を発足したことは事実である。しかし長野県内での柳田の足跡自体が、もともと不明瞭な点が多いことと、研究会そのものが早期に解散してしまったことから、実態はよくわかっていない。その空白を埋める貴重な情報を期待していたのだが、残念ながらこの日見せてもらった資料は、内容の乏しいものであった。

もっともこういうことは予測の範囲内であり、情報が乏しいから直ちに辞去するといった振る舞いを古屋はしない。むしろ古屋は、普段のとっつきにくい空気が嘘のように穏やかな雰囲気を醸し出し、他愛もない世間話に花を咲かせる。時折格別にこやかになるわけでもなく、口数が増えたりするわけでもないのだが、相槌を打ったり、メモをとったりしつつ、するすると相手から言葉を引きだしていく。最近は信州も暖かくなっただの、野沢菜の出来がいいだの、政治が悪いだの、お金がないだのと、内容はまったくとりとめもない。

古屋に付き従ってあちこち旅をする千佳が、しばしば驚き、ときには静かな感動さえ覚える瞬間である。

彼を〝三本足の古屋〟などと罵倒する人々が、こういう光景を見たらどう感じるだろうか……とささやかな空想をめぐらせながら、千佳は師を見守るのである。

卓上の野沢菜を半分以上平らげ、話を切り上げたころには、すでに冬の短い日は傾き、路上には暗く凍り付くような寒さが停滞し始めていた。

「いつのまに長電話好きになったんだか……」

日もとっぷりと暮れた松本駅前のハンバーガーショップで、千佳はチーズバーガーを頬張りながら、ガラス越しに路上へ目を向けた。

夜七時。

訪問宅を辞去したあと、新宿行の『あずさ』の出発までに、夕食を済ませておくことになって店に入ったのだが、提案した当の古屋は、ネオンに照らされた路上で何事か険しい顔のまま、長々と電話をしていて戻ってこない。

往来を足早に過ぎていく通行人たちが、皆、コートにマフラー、手袋姿であるのに対して、この偏屈学者は、着古したジャケットにステッキ姿といういかにも寒々しい装いで突っ立っているから、不必要に目を引いてしまう。

「どこにいても目立つ人なんだから……」

苦笑まじりにチーズバーガーの最後のかけらを口に放り込んだところで、ようやく古屋が戻ってきた。

「ひどい寒さだ……」

腰をおろして、心底うんざりしたように嘆息する。

髪の上に、かすかに白いものが散っているところを見ると、雪が舞い始めたらしい。

「そのひどい寒さのなかで、電話ばかりしてますけど、何か問題でもあったんですか？」

「君に相談して解決するような事柄は、一般的には問題とは言わん。そういう意味では問題があるということになるな」

不必要にひねくれた応答をしながら、ポケットから薬ケースを取り出した古屋は、それを掌の上でひっくり返したところで小さく眉をふるわせた。薬がなかったのだ。

さすがに千佳が案ずるように口を開く。

「痛むんですか？」

「珍しいことだが、年に一、二度はこういうことがある。気圧の変化と寒暖の差が激しいためだろうな」

舌打ちとともに冷静な論評をくわえているが、顔色はあまりいいものではない。寒さのせいだけではなさそうだ。

「特急『あずさ』の出発まであと二十分ほどです。もう少しの我慢です」

「それは残念だ。明日のゼミに間に合ってしまう」

この期に及んでなお毒を吐いている。

「だがまあいい。このろくでもない町で痛む足を抱えて震えているくらいなら、暖かい研究室で居眠りをしている学生相手に、独り言を言っている方がはるかにマシだ」

「そうだとしても、わざわざ口に出して言う必要はありません。それに、この寒さの中をがんばって出掛けてきただけの収穫はありました」

呆れ顔のまま、千佳は手元のノートの束を持ち上げた。

それは先刻訪ねた家で、帰りがけに老人がくれたものである。

先々代の主人は自らも在野の民俗学者を称していただけあって、松本平中を歩き回り、道祖神の位置やその規模を詳細に記録にとっていたのだ。その貴重なノートを「うちにあってもゴミになるだけですから」と老人はまるごと進呈してくれたのである。氏神研究会の記録が得るものがなかったのに比して、こちらは実地に足を運んで作られた重厚な資料であった。

「電話やメールでのやりとりだと、こういう収穫は得られませんものね」

言われた古屋は、しかしかえって不機嫌そうに眉を動かしただけだ。千佳の方が拍子抜けをする。そういう心中を見透かしたように、古屋は口を開いた。

「藤崎、ひとつだけ君に言っておく」

古屋は卓上のコーヒーの入った紙コップを握ったまま低い声で続けた。

「松本平中の道祖神について、これは確かに貴重な資料だ。だが、ここには大事なものが欠けている。わかるかね？」

無論、千佳に答えられる問いではない。ゆえに沈黙とともに見返せば、古屋は短く続けた。

「研究の目的だ」

小さくとも鋭い声であった。

「何のために、これだけの資料を作り上げていったのか、という目的意識が完全に欠落している。道祖神の位置から何を確かめようとしたのか。何がわかると考えたのか。膨大な資料は資料だが、その先に何を見ていたのかが、全く明確ではない。課題を設定せず、ただ日々記録することに満足し、記録そのものについてはいつかどこかの偉い学者が役立ててくれるだろうと考えていたのだとすれば、少なくともそれは研究者の態度ではない。柳田を失った民俗学が、そのテリトリーを考古学や文化人類学に侵食され、徐々に衰退していったのには、こういう民俗学者たちの無自覚な態度があったことは否めない事実だ」

古屋が視線をそっと窓外へ向ける。

「我々は研究者だ。記録係ではない。そのことだけは忘れるな」

いつのまにか真っ白な雪が路上を染め始めていた。それに追い立てられるように、ときおり雪を肩に載せた客が駆けこんでくるが、店内はさほどの混雑ではない。

千佳はオレンジジュースのカップを持ったまま、じっと耳を傾けていた。

脳裏には、昼間の学生に対して答えた古屋の言葉がよみがえっている。

〝民俗学は迷走している〟

多くは説明しなかったその言葉の本質が、垣間(かいまみ)見えた気がした。

そうしてちらりと見えたものは、変わり者の准教授という普段の姿とは異なる、忍耐強さと実直さを兼ね備えた切れ者の民俗学者の姿であった。

こういうまとまった話を古屋が口にすることは珍しい。もしかしたら、足の調子の悪さが、心中に押し込めている思いを表出させるきっかけになったのかもしれない。

「少し長話が過ぎたな」

ふいに我に返ったように古屋がつぶやいた。

「長話というほど時間は経っていません」

「長話でなければ無駄口のたぐいだ。この百円バーガーほどの価値もない」

不機嫌そうに古屋は口をつぐんだ。

そのまま紙コップのコーヒーをすする古屋を見つめていた千佳は、しばし考え込んでのち、ふいに口を開いた。

「先生は、どうして民俗学を選んだんですか？」

千佳の唐突な問いは、むしろごく自然に流れ出たものだった。

古屋はすぐには答えない。

「先生は、今の研究の先に、何を見ているんですか？」

「院生になって十か月目にしてようやくそういう質問をするというのは、君らしいといえば君らしい」

かすかに古屋が苦笑したように見えた。

そういう笑い方自体が、古屋らしくない反応であったがゆえに、千佳は改めて相手を見返した。そして古屋の額に大粒の汗が光っていることに気づいた。

「先生……？」

つぶやいた千佳の前で、古屋がゆっくりと身を傾け、そのまま窓枠に額をおしつけるように倒れかかった。

「先生！」

千佳は驚いて席を蹴って立ち上がる。

甲高い声に、店内にいた何人かの客が振り返った。

「落ち着け、藤崎……」

額を窓枠に押し当てたままの、古屋のくぐもった声が聞こえた。

その骨ばった左手が、左ひざを摑(つか)んだまま、小刻みに震えている。

「痛みがあるのは、君ではない、私だ……」

つぶやくその声もまた、小さく震えていた。

赤い回転灯が、自動ドアのすぐ外でくるくると回っている。その無機質な赤い光は、うっすらと雪の積もった夜の街並みを明滅させ、底冷えの感を強めている。

寒々とした街の景色から、建物の中へ視線を戻した千佳は、小さくため息をもらした。

千佳が立っているのは、『救急外来入り口』と書かれた赤いプレートのすぐ下だ。奥には、看護師や事務員たちが忙しげに行きかう受付カウンターがあり、カウンターと千佳の間の廊下には、様々な装いの人が往来している。

車椅子を押しながら足早に受付へ向かう女性、松葉杖を突きながら外へ出ていく青年、何事か問いかけている老婆と、懸命に応対している警備員。

とっぷりと日の暮れた救急病院の入り口は、思いのほか喧騒(けんそう)に包まれていた。

『……で、古屋先生は大丈夫なんだな？』

電話の向こうから聞こえてきた声に、千佳はもう一度ため息をついてから応答した。

「大丈夫は大丈夫みたいです。ときどきこういう強い痛みが出ることがあるみたいですし、お医者さんも命にかかわる状態じゃないって……」

『とりあえず一安心ってわけだ』

緊迫感のある状況に比して、どこか飄々(ひょうひょう)とした調子のあるその声は、東京の研究室にいる仁藤仁のものだ。

仁藤は、千佳の二年先輩にあたる大学院博士課程の一年生である。年齢の割に飄然たる空気をまとっていて、いかにも偏屈な古屋の下で学び続けてきたのだと納得させる柔軟な精神の持ち主でもある。しかし単に柔軟なだけではない。柔らかな風貌の中にしばしば切れ者の片鱗（へんりん）を見せ、少壮の研究者として古屋からの信頼も厚い。

もちろん千佳にとっては、研究室内で直接様々な相談を持ち掛けることのできるただ一人の先輩だ。

「古屋先生の方は、大丈夫ですけど、私が心配なのは、さっきジン先輩が言ったことの方です」

問い詰めるような調子を含んだ千佳の声に、電話の向こうの仁藤が沈黙した。余計なことを言った、という雰囲気が如実に伝わってくる。

千佳にとって仁藤は頼りがいのある先輩だが、仁藤の方は頼られて素直に喜ぶような単純な人間ではない。つかみどころのない笑顔を浮かべたまま、自身の真意は容易に語らない。切れ者と古屋が評価するだけあって、一筋縄ではいかないところがある。

「さっき言ったこと、本当なんですか？」

『……本当だよ』

観念したような仁藤の声が聞こえた。

『むしろ藤崎がなんにも聞かされていなかったことに驚いた。ここ二、三日の間にも、尾形教授が何度も古屋先生に電話しているんだ。結構な長電話もしてるんだから、言い忘れたってレベルの話じゃないぞ』

千佳はにわかに頭痛を覚えて、額に手を当てた。

　それなら思い当たる節がある。

　新幹線の中、信濃大学のキャンパス、駅前のハンバーガーショップの前……。あの度重なる古屋の長電話の正体がようやく明らかになってきたわけだ。

　いずれにしても、と仁藤が続けた。

『民俗学講座が、今年度で廃止になるかもしれないって話は本当だ。尾形教授は連日関連会議で走りまわっている状態だよ』

　千佳は電話を耳に当てたまま、窓越しに冬の夜空を見上げた。

　雪の止んだ空は、いつのまにか雲が流れ、光のかけらがちりばめられている。オリオン座がずいぶんきれいに見えるものだと、場違いな感慨がよぎった。

　古屋が運ばれたのは、松本駅にほど近い救急病院である。

　ハンバーガーショップで突然倒れた古屋を見て、店内にいた客の誰かが救急車を呼んでくれたのだ。病院など無用だ、と告げる古屋は、しかし普段の毒舌もふるわず、千佳としてもこの状況で黙って見ているわけにもいかない。なかば強引に救急車に乗せ病院へ運んでもらったのである。

　病院で診察を受け、少なくとも命に別状はないと聞かされた千佳は、とりあえず明日以降の行動について相談すべく仁藤に連絡をとったのだ。

しかし電話に応じた仁藤は、心配するよりも先に、呆れるような口調で答えたのである。

『こんな大事なときに大学を離れたあげくに、救急車で運ばれているのか？』と。

大事なとき？　と聞き返す千佳に、仁藤はため息交じりに、

『今は講座が廃止になるかもしれないって大変な時だろ。それなのに、当の担当教官がいなくなったって結構な騒ぎになってるんだよ。あの寡黙な尾形教授もさすがにお怒りなんだ』

千佳にとっては青天の霹靂であった。そして、千佳にとって青天の霹靂であったと仁藤が気付いたのは、口に出したあとのことであった。

『本当に何も聞いていないのか、講座廃止の話』

「初めて聞きました」

『ひどい話だな、そりゃ……』

仁藤のつぶやきは、むしろ千佳自身が言いたい言葉であった。

「とりあえずなんでそういうことになっているのか、教えてくれませんか、先輩」

問う千佳に、仁藤は順を追って状況を説明した。

昨今、全国的な少子化と学生数の減少に伴って、各大学に高い競争力が求められる

時代になっている。歴史ある東々大学も御多分にもれず、経営再建や組織変革の声が大きくなり始め、まずは就職率の低い講座や、小規模な講座を閉鎖しようとする動きが顕著になりつつある。その中で、真っ先にやり玉に挙がっている講座のひとつが民俗学講座ということであるらしい。

『とにかくまずは講座担当の古屋先生自身に教授会への出席が求められている状況なんだが、そのさなかに、当の先生が長野にお出掛けってことで、教授会もだいぶ荒れてるらしい』

もともと評判のいい先生じゃないからなぁ、と仁藤らしい遠慮のない感想が漏れる。

『俺も一回電話かけてみたんだけど、〝政治は政治屋の仕事だ、私は民俗学者だ〟とかって勝手なこと言われて切られたよ。教授がぶち切れるのも、まあ時間の問題だな』

ろくでもないことを気楽な口調でうそぶいている。

仁藤の声を聞きながら、千佳の頭のなかで、いくつかのパズルのピースが音もなく収まっていく。

いつになく他大学の学生講義など引き受けて出掛けてきたのも、面倒な会議から逃げ出すためだったと考えれば釈然とする。おまけに、足の調子が悪いにも拘わらず、わざわざ松本に立ち寄ったのは、東京に戻るタイミングを少しでも遅らせるためだったと推測するのは、勘繰りすぎであろうか。

考えるほどに虚脱感に襲われる千佳は、しかしこのまま身勝手な指導教官を放置して、勝手に東京に帰るわけにもいかない。

「……本当に民俗学講座、危ないんですか？」

『正直、こればかりは俺にもわからない。民俗学が金にならない分野で、古屋先生が嫌われ者だってのは確かだけど、学者としての先生の業績は、ずば抜けたものがある。その辺りのことを冷静に観察すれば、うちより他につぶした方がいい講座はいくらでもあるって、わかるはずなんだけどな』

口調は能天気でありながら、論評は辛辣だ。

自分自身が問題の渦中にあっても、あくまで分析的であり続けるところは、いかにも仁藤らしい。

とりあえず今どうしたらいいかと問う千佳に、仁藤の声は超然として変わらない。

『どうしようもないだろうな。まさか病人を病院から引きずり出して夜の特急に放りこむわけにもいかない。今日は近場のビジネスホテルで休んで明日戻ってくるってものだろ』

「それはそうですけど……」

『今は考えても仕方がないさ。明日のゼミは俺が対応しておくし、教授たちは、適当に言いくるめておくから、とにかく早めに帰って来てくれることを期待するよ』

今の論文を仕上げるのにあと二年はほしいんだけどなぁ、などと、勝手な独り言とともに仁藤の電話は切れた。

切れた途端に、凍てつくような冷気を感じたのは、入り口の自動ドアが開いて新たな来院者が入ってきたからだ。

時計が示すのは夜の九時。雪は止んだが、気温はなお低下して、わずかな外気に触れただけで体の芯まで冷える心地がする。

「こんな寒さの中で、長電話ばかりしてれば、私だってあちこち痛くなるわよ……」

吐き出した恨み事は、たちまち白い吐息となって散っていった。


電話を終えた千佳が救急部に戻り、そっと処置室を覗き込むと、点滴の管を繋がれた古屋が、千佳が出て行ったときと同じ体勢で眠っている。

起こさぬように気を配りつつそばの椅子に腰をおろしたところで、聞き慣れた低い声が耳を打った。

「救急車というのは、ずいぶんと乗り心地の悪い乗り物だな」

驚いた千佳が目を向けると、古屋は目を閉じたまま、身じろぎもしないでいる。

「あんな物に無理やり乗せられては、具合がいい人間でも悪くなる」

「目が覚めているなら、ひねくれたことを口にする前に、言うべきことがあるんじゃないですか？」

精一杯の嫌味を込めて千佳が応じれば、わずかに間をおいてから古屋が目を開けた。

「外傷後の神経因性疼痛、と言うらしい」

耳慣れない言葉の羅列が、自身の足の痛みに関する説明と気がついて、千佳は口をつぐんだ。

「痛みの発作は、特にきっかけなく出現することもあれば、物理的な負荷や、気温差で出てくることもある。いずれにしても特別な治療が必要なわけではない。しばらく耐えれば消えていく」

「物理的負荷と気温差がよくないことを承知で、真冬の信州を歩きまわっていたんですね。先生の研究熱心さには脱帽です」

古屋が天井に向けていた視線を千佳へとめぐらせた。

「珍しく、藤崎が本気で怒っているように見えるな」

「先生の目玉がビー玉じゃないとわかって、一安心です」

千佳の舌鋒はさらに鋭くなる。

「言っておきますけど、先生の性格がひねくれていることも、足の調子が悪いことを黙っていたことも、院生を荷物持ち扱いすることも、私が怒っている理由ではありませんよ」

睨みつける千佳に対して、しばし沈黙を守っていた古屋は、ふいに眉を動かしてから舌打ちした。

「……仁藤め」

「ジン先輩は何も悪くありません。講座廃止なんて大事件が持ち上がっていることを黙っていた先生に怒っているんです！」

思わず千佳の声も大きくなる。

「なんでそんな大事なこと、言ってくれなかったんですか？」

「君に告げたら、なにか名案でも浮かんだのかね？」

「そういう問題じゃありません。わかっていれば、せめて長野で講義が終わった時点ですぐに東京に戻るよう勧めていました」

「君が勧めたところで、私に戻る気がなければ関係ないだろう。なにより院生の君が気を回すような問題ではない。金にならんから講座を閉じるというのは、大学の態度ではない。銀行の考え方だ。そんな理屈が通るはずもない」

「通るかどうかを決めるのは、先生じゃなくて教授会です」

言っているうちに、余計に腹が立ってくる。

「だいたい、教授会が嫌だからって、東京から逃げ出してくるなんて、子供の喧嘩じゃないんですよ」

「別に逃げ出してきたわけではない。政治は政治屋に任せておくものだ。私が教授会で教授たちにむかって馬鹿めと叫ぶより、尾形教授が黙って頭をさげてくれた方が、明らかに効果がある」

「古屋准教授が教授会で黙って頭をさげる、という選択肢はどこにいったんですか」

にわかに古屋が大きく目を見開いた。

「なるほど、その手があったか。気付かなかった」

この状況下でいかにもわざとらしい態度に、千佳は呆れ返って言葉もない。

「そういう顔をするものではない」

古屋の声はどこまでも冷静だ。

「君と仁藤を預かっているのは私だ。君たちの学業に、無用な圧迫を与えるような結果にはさせん」

「落ち着き払って言っても、全然、説得力ありません」

言い返してから、はっと気が付いたように眉をひそめる。

「先生、まさか自分だけ東々大学を出ていくつもりじゃないでしょうね。もうほかのどこかの大学に次のポストを見つけていたなんて、冗談じゃないですよ」

「普段はろくに頭の働かん藤崎が、次々と妙案を思いつくものだな」

「そんなの私、全然納得しませんから。論文だって……」

ふいに千佳が声を途切れさせたのは、処置室のカーテンが開いて、若い医師が顔を見せたからだ。

「大丈夫ですか？」と、穏やかな笑みを浮かべた医師の姿に、千佳は慌てて口をつぐみ、かわって、ゆっくりと半身を起こした古屋が目礼した。

「ご迷惑をおかけしました。痛み止めが切れたのが想定外でした」

「血液検査の結果も問題ありませんでした。痛みが落ち着いたのなら、帰宅できると思います」

点滴の中身を確認した医師が、しかし、と古屋の変形した左足へ目を向けた。

「このまま放置しておけば、また同じような疼痛発作を繰り返してしまうと思います。今からでも手術を受ければ、少しはよくなる可能性も……」

「承知していることです」

淡々と、しかし揺るぎなく答える古屋の声に、医師はそれ以上多くを問わなかった。

「進藤先生！」と呼ぶ声とともに、ふいにカーテンが開いて、今度は看護師が顔を覗かせた。

「まもなく救急車入ります。浅間温泉からの胸痛発作」

「すぐ行きます」

短く応じてから視線を戻し、

「数回分の痛み止めを出しておきます。点滴が終了したら帰宅で構いません。お大事にしてください」

医師は穏やかな物腰を崩さずうなずくと、背を向けて出て行った。

その広い背中を見送った千佳が、肩越しに古屋を振り返り、目を細めた。

「なんだ？」

「立派な先生ですね。同じ先生でもずいぶん違います」

「君の好みはよくわかったが、やめた方がいい。既婚者だ。指輪をしていた」

「そういう話をしているんじゃありません！」

千佳のいくらか上ずった声は、その途中から、近づいてくるサイレンの音にかき消されてしまった。


翌朝、ビジネスホテルのロビーに現れた古屋は、まったく普段と変わらない様子であった。

早朝六時前という早い時間の待ち合わせであったから、少しくらいは遅れてくることも予想していたが、まるで前日病院へ運ばれたことが夢であったかと思うほど、いつも通りの無愛想な顔で、こつりこつりとステッキの音を響かせながら現れた。

「大丈夫ですか」と問う千佳にも、「問題ない」と応じただけである。

いまだ夜も明けきらぬ薄暗い朝もやの中、ホテルから駅までの一ブロックを歩き、構内に入れば、始発の『あずさ』が淡い光に包まれて休らっている。平日早朝のこの時間に特急を利用する人の姿は多くない。身も凍るような氷点下の外気を振り切るように千佳は、車内に乗りこみ、小さな振動とともに車両が滑り出したことを確認して、ようやく肩の荷が下りたように、シートに身をもたせかけた。

そのまま、顔だけを隣席に向ける。

「先生も、少しはジン先輩のこと、心配しているんですね」

ペットボトルの茶をすすっていた古屋は、黙って見返す。

「急いで東京に帰るにしても、まさか始発に乗るんだとは思いませんでした。これなら昼前には大学に戻れます」

「真っ直ぐ東京へ帰るとは言っていない」

「そうですね」

笑ってうなずいた千佳は、一瞬後にその笑顔を凍り付かせた。は、と間の抜けた声とともに隣を見上げる。

「少し立ち寄る場所がある。すぐ乗り換えるから準備をしておけ」

古屋は悠々と手元の本を開きながら応じる。しばし口を半開きにしたままの千佳に、

「あまり情けない顔をするな。心配しなくても、昨夜のうちに尾形教授には電話をしておいた。足の調子が悪いから、東京へ戻るのは『明日の夜』になるとな」

最初の衝撃からようやく立ち直ってきた千佳は、もはや怒るよりも呆れる思いだ。

「この大変な時でも、敢えて行かなければいけない場所なんですか？」

「そうだ」

古屋の返答は迅速で、かつ明快である。

「次の旅のときじゃだめなんですか」

「君に見せておきたいものがある」

古屋がさらりと意外なことを言う。

「民俗学を学ぶなら、少しばかり無理をしてでも足を運んでおいて損はない場所だ」

千佳は軽く目を見張って、古屋を見返した。古屋が千佳に向かってこういう言葉を語ること自体が珍しい。

そういう千佳の戸惑いさえ見透かしたように、古屋は書物から顔も上げないまま続けた。

「荷物持ちをさせたり、病院へ運ばせたりするくらいしか能がないと思われては、学者としていささか不本意だからな」

千佳は当惑とともに、二度ほど瞬きをした。

昨夜の救急車騒ぎについて、古屋は意外に気にしているのかもしれない。

「私がこのような気持ちになることは、二度とないかもしれん。そういう意味では、次の旅ではだめだろう」

「……なんだか、ずるい言い方ですね」

千佳は頰を膨らませたまま、しばらく沈黙した。

列車の振動が大きくなり、やがてまた小さくなった。かすかに遮断機の警報が近づき、また遠ざかっていった。

じっと古屋の横顔を見つめていた千佳は、ようやく口を開いた。

「じゃあ、ひとつだけ約束してください」

千佳の声に、古屋は本から顔を上げた。

「足の調子が悪くなったら、早めに教えてください。黙っているのはナシです。いいですか？」

軽く眉を動かした古屋は、静かに首肯した。

「なら、構いません。ついていきます」

「……相変わらず、切り替えが早いな」

古屋のつぶやきに、千佳の方はむしろさっぱりとした顔で、とんとシートに身を預けた。

「それが私の取り柄ですから」

コンビニで買ってきた袋を開け、取り出したクロワッサンに勢いよく齧り付いた。

唐突な古屋の寄り道は、思いのほか長い旅になった。

特急『あずさ』を岡谷駅で下車、中央本線支線から天竜峡行の各駅停車に乗車し、辰野駅をすぎれば、飯田線に入る。そのまま南下すること一時間。

朝霧が溶けるように薄らぎ、徐々に夜が朝へと切り替わっていく黎明の中を、二人の乗った各駅停車が進んで行く。

飯田線が縦断する伊那谷は、辰野から飯田にまで広がる細長い盆地地帯である。東西を三千メートル級の山脈にはさまれているとはいえ、その間は広く、山の差し迫った木曽谷のような暗さはない。

集落があり、田畑があり、また集落がある。そういう反復のときどきに、にわかに山が迫っては、遠ざかる。

古屋は、そんな静かな農村風景の中で、唐突に下車した。

駒ヶ岳から伊那谷へと傾斜する東向きの斜面のふもとに、ぽつんと投げ出されたような小さな無人駅である。

車中で古屋が「気軽に行ける場所ではない」と言ったとおり、なるほどこれは、そうそう東京から足を運べる土地ではない。

何もない駅のホームから山の手を見上げれば、白く染められた田畑と、ところどころに黒くうずくまるような雑木林が広がっている。ようやく朝の眠りから覚め始めたばかりの小さな集落は、いまだそこかしこに朝霧がたむろし、茫洋として視点が定まらない。

古屋は静まり返った村の中に、無造作にステッキを振って歩き出した。

どこまで行くのか、という問いは、おそらく返答を得られない。ゆえに千佳もまた大きく吐息をついてから、スーツケースを引いてあとに続いた。

駅周辺の数軒の民家の間を抜け、田畑の間を区切るような轍の深い農道を、登って行く。田畑は白く染められているが、道は比較的雪がない。気温も松本に比べれば高く、しばらく歩いているうちに、コートの下が軽く汗ばむようだ。

ときおり遠くの農道を軽トラックが走っていくのと、丘のところどころの民家から立ち昇る白い炊事の煙が、人の気配を伝えているが、実際に人影を見ることはない。

坂の途中で古屋が一息をつくように立ち止まった。

先に続く坂は幾分急になっており、二百メートルほど先で切れて小高い丘を形成している。下から見上げると小さな農家の屋根がかすかに見えるだけだ。

古屋が前方を指差したのは、そこが目的地だという意味であろう。千佳が追いつくと、そのまま何も言わず再び歩行を開始した。

登るにつれてゆっくりと視界が開けてくる。やがて最後の傾斜を登り終え丘の上に出たところで、ふいに視野が広くなった。と同時に千佳は軽く目を見張った。

そこに、黒々とそびえたつ、異様な形のものが見えたのだ。

農家の庭先の奥、手前の雪をかぶった木組みはリンゴ園であろうか。その向こうにうずくまる物体が、千佳には最初、奇妙にいびつな一個の岩に見えた。

だが黒い塊から無骨に突きあげられた太い曲線と、ところどころ雪の下に見え隠れする緑の葉が、それが途方もない年月を経た老木であると告げていた。

半ばは枯れ、半ばは生き、葉をしげらせた枝と、骨ばった黒い枝とが、たがいに重なりあいながら、空に向かって開いている。そこかしこに雪を載せたまま伸びあがった枝は、手前の農家の屋根をはるかに越えて、なお高い。

それはまるで、無骨な老人の手が天を摑まんとして伸ばしたかのような、異形を呈していた。

「伊那谷の大柊（おおひいらぎ）だ」

古屋は小さくつぶやき、そのまま案内も請わずに入り口の砂利を踏んで奥へと入っていく。千佳も慌ててあとを追う。

「樹高十二メートル、胸高直径三・四メートル、特別高いというわけではないが、幹は太い。樹齢は四百年から五百年と言われている」

大樹の根に至れば、そこには小さな祠（ほこら）があり、傍らに古びた立て看板が見えた。

看板の文字は、風雨に傷んで判別も容易でないが、「氏神」「記念碑」などの字をかろうじて読み取ることができる。

「これ……、木なんですね」

そのつぶやきが、もっとも率直な表現であったかもしれない。それほど一般的な「木」という印象からは遠い、不可思議な迫力を持った存在であったのだ。

「あの農家の一族が五百年間守り続けてきた氏神の木だ。日本における神という存在の、もっとも素朴な姿といえるだろう。と同時に、滅びゆく日本の神の最後の痕跡と言っていい」

古屋はゆっくりと大樹を振り仰ぎ、それから深みのある声で告げた。

「ここから、私の民俗学は始まったのだ」

言葉が流れた。

千佳は、ゆっくりと視線をめぐらして、師の横顔を見上げた。

吹き抜けていく風の中で、その顔には何の表情も浮かばない。しかし千佳は唐突に理解した。

古屋は、昨夜の千佳の問いに対して、古屋なりの返答を提示しようとしているのだ。

〝先生は、どうして民俗学を選んだんですか？〟

なにげなく千佳が投げかけた問いに対する、この場所が古屋の答えなのだ。

そう気づいた途端、千佳の感性が最大限に開いていくかのように、目前の大木がさらに一回り大きくなって見えた。

古屋は一度ステッキの先で地面をとんと突くと、大樹の根をめぐるように歩き出した。

「かつて、この国にはいたるところに無数の神がいた」

古屋は、淡く雪のつもった根回りに一歩ずつ足跡を刻んでいく。

「木や岩に、森や山に、当たり前のように日本人は神を見ていた。その神々は、言うまでもなく大陸の一神教的な強力な神とは、大きく性質を異にしている」

講義室で『遠野物語』を読み上げるときの、あの深く、低く、ゆったりと胸に染み入ってくる声が、老木と雪原の狭間(はざま)に消えていく。

「日本人にとっての神とは、信じる者だけに救いの手を差し伸べる排他的な神ではない。人間は皆生まれながらに罪人だと宣言する恐ろしい神でもない。ただ土地の人々のそばに寄り添い、見守るだけの存在だ。まさにこの大柊のようにな」

古屋について木の裏側まで回ると、その根元にはまだ新しい一升瓶が置かれている。お供え物であろう。一方で視線をあげると、木の枝には壊れかけた風鈴がぶらさがったままであり、幹には古びた鍬（くわ）が無造作に立て懸けられている。

「ここには、古代から綿々と続いてきた人と神の、ごく自然な生活が残っている。もはや日本中を歩き回っても、こういう風景に出会えることはない」

まるで古屋の声に答えるように、かすかな風が吹き抜けて、風鈴がちんと乾いた音を立てた。

「日本の神には、大陸の神に見られるような戒律も儀式もない。教会もモスクも持たない。それゆえ、都市化とともにその憑代（よりしろ）である巨岩や巨木を失えば、神々は、その名残りさえ残さず消滅していくことになる。ニーチェは『神は死んだ』と告げたが、その死に自覚さえ持たなかったという点で、欧米人より日本人にとっての方がはるかに深刻な死であったと言えるかもしれない」

古屋は大柊の正面まで戻ってきたところで、頭上をゆったりと振り仰いだ。

「この国の人々にとって、神は心を照らす灯台だった」

不思議な言葉が響いた。

「灯台にすぎなかった、と言い換えてもいい。もとより灯台が船の目的地を決めてくれるわけではない。航路を決めるのは人間だし、船を動かすのも人間だ。何が正しくて、何が間違っているのか、灯台は一言も語らない。静まり返った広大な海で、人は自ら風を読み、星に問い、航路を切り開くしかない。絶対的な神の声がない以上、船はしばしば迷い、傷つき、ときには余人の船と衝突することもある。しかし絶対的な教えがないからこそ、船人たちは、自分の船を止め、他者と語り合うこともできたのだ。己の船が航路を誤っていないか、領分を越えて他者の海に迷い込んでいないか、そのことは、寄って来る港を振り返りさえすれば、灯台の火が教えてくれる。船が今どこにいるのか、どれほど港と離れているか、人はささやかな灯を見て航路を改め、再び帆を張ることになる。この国の人々はそうして神とともに生きてきた。この地の神とはそういう存在だったのだ。その神が、今姿を消しつつある。それはつまり、灯台の光が消えようとしているということだ」

一度言葉を切った古屋が、静かに続けた。

「今、世界という名の海は、穏やかとは程遠い暗雲の中にある。嵐が近いと言ってもいい。灯台の消えた海で、どうやってその嵐を渡っていくのか。すなわち、神を失った日本人は、どこへ向かうのか。それが皆瀬裕子の研究テーマだった」

ふいに流れた冷ややかな冬の風が、立ち尽くしていた千佳を現実に立ち戻らせた。

古屋の個人授業が、唐突に終わりを告げたようであった。

千佳はゆっくりと師を振り仰いで問うた。

「奥さんが、先生をここに？」

「……皆瀬は私よりはるかにすぐれた研究者だった。多くの日本人が、ともに歩んできた神々の存在を無自覚に失いつつあることに、いち早く気づき、丹念にその行く末を調べ続けていた。彼女の導きがなければ、今の私はなかっただろう。自分という船がどこに向かうべきかを考えもせず、ただ漠然と資料の中で死に絶えた神の物語ばかりをかき集めていた私は、ここで初めて生きた神に出会い、皆瀬の歩いてきた道を、ともに歩き始めたのだ」

古屋の声が風に乗って昇っていく。

「民俗学にとって、この大柊は最後の神の木と言われている。しかし、私にとってはむしろ……」

古屋はかすかに目を細めた。

「始まりの木……、彼女はそんな風に言ったものだ」

ふいに辺りが明るくなった。

雲間に隠れていた日差しが、大気を割って降り注いできたのだ。

まばゆい朝日の中、何気なく背後を振り返って、千佳は軽く息を呑んだ。背後に広がるのは広大な伊那谷の風景だ。千佳が立っている丘からは、谷を埋める集落が霧の中に茫洋と広がる様子を一望できる。

早朝の冷気をはらんだ風が音もなく過ぎ、それとともに霧が流れて、ゆっくりと谷が全貌を現す。浅く差し込む日差しの光が、一瞬一瞬色を変えながら、小さな村の朝を彩っていく。

千佳はしばし言葉もないまま谷を眺め、やがて彼方を見つめたまま口を開いた。

「いいんですか、先生。そんな大事な話、私にして」

「言ったはずだ。もう二度とないかもしれんとな」

古屋の声は相変わらず抑揚がない。要するに、と続けた。

「気の迷い、というやつだな」

千佳は小さく苦笑した。

ふいに古屋が手をあげたのは、菜園の向こうの農家から、小柄な背の曲がった老人が出てきたからだ。老人は少し驚いたような顔をしてから、すぐに満面の笑みになってうなずいた。古屋は、すでに何度もここを訪れているにちがいない。

歩きだそうとした古屋がふいに足を止めたのは、胸ポケットで、携帯電話がけたたましく鳴り響いたからだ。

千佳は思わず、ひやりと肩をすくめる。このタイミングでかかってくるということは、電話の相手は、尾形教授か仁藤のどちらかだろう。

古屋はしかし、取り出した携帯を一瞥してから、それを無造作に千佳に投げてよこした。

「私は多忙だ。かわりに受けたまえ」

勝手なことを言って、古屋は家の方に歩きだした。

無視するわけにもいかないから、千佳はやむをえず通話ボタンを押した。聞こえてきた声は仁藤のものだ。

『藤崎、なんでお前が出るんだ？』

「先生の指示です。よくわかりませんけど……」

『そうなのか』とつぶやく仁藤の声は、珍しく落ち着きがない。

『今どこにいる？』

「どこって……」

『その様子じゃ、真っ直ぐ東京に向かってないな？』

「たぶん、伊那谷のどこかです。なにかあったんですか？」

『伊那谷ね……』

ようやく苦笑した仁藤が、すぐに語を継いだ。

『講座廃止の話だけど、いきなり話自体がなくなったんだ。その連絡だよ』

千佳が二度ほど瞬きをする。

「……どういう意味ですか？」

『よくわからない。今朝研究室に来たら尾形教授から呼び出されてさ。民俗学講座を廃止するって話はなくなったから、しばらくは心配ないってさ。このタイミングでいきなり大逆転になる意味がさっぱりわからないんだけど、とりあえず朗報だから連絡しようと思ってかけた』

千佳が視線をめぐらせれば、古屋は、農家の軒先で老人と親しげに言葉をかわしている。電話の内容にはいっこう頓着していない。

穏やかに挨拶の言葉をかける古屋に対して、背の曲がった老人は、「御無沙汰でしたな、先生」などと、しわがれた声でずいぶん嬉しそうな様子だ。

『なにかとてつもなく運がいいことが起こったのか、それともこれが古屋マジックってやつなのか……』

戸惑いがちにつぶやいた仁藤は、

『どっちにしても、慌てて帰ってこなくてもいいって連絡だよ。先生にもそう伝えてくれ。またなにかあれば連絡する』

矢継ぎ早にそう言って、電話を切ってしまった。

縁先では、いつのまにか古屋が老人から茶を馳走になっている。「市田柿でも持ってまいりますよ」と告げた老人は、千佳の方に軽く会釈をしてから奥へ引っ込んで行った。

電話を返しにいった千佳に、古屋は腰かけたまま目だけで問いかけた。

「講座廃止の話がいきなり立ち消えになったそうです。慌てて帰ってこなくても大丈夫だって、ジン先輩から」

千佳の声に、かすかに目を細めた古屋は、何も言わず、そっと湯呑を取り上げて茶をすすった。

それから庭向こうの大柊に目を向けて、ひとりかすかに首肯した。

「なにかあったんですか？」

「なにかとは？」

「ジン先輩は、古屋マジックだって言っていましたけど」

「マジックなものか」

あくまで恬淡と構えて無感動な古屋に比し、千佳は一向に釈然としない。

「だって、昨日まで大騒ぎしていた廃止の話が急になくなるなんて、どういうことなのか……」

「どうもこうもない。政治は政治屋に任せるものだと言っただろう」

「尾形教授って、そんなに頼りになる先生でしたっけ？」

千佳の声に、古屋はどこまでも淡々と応じる。

「教授は善人で、かつ努力家だが、詐略家ではない。その意味ではもっとも政治的ではない。奔走してくれたことは確かだが、教授会をひっくり返すような芸当はできんさ」

「じゃ、なんで急に……」

首をかしげる千佳に、古屋はいかにも小馬鹿にしたような目を向けた。

「誰よりも君の目がビー玉だったのだな。なんのために、わざわざくだらない学生講義を引き受けたと思っているんだ？」

え、と声を途切れさせた千佳は、一瞬遅れて、唐突に多くのことがひらめいた。

「永倉教授……」

〝他大学の教授の中にも、永倉教授に頭のあがらない輩は、山ほどいる〟

そう言ったのは、古屋だったはずだ。

同時に学生食堂で見た、永倉教授の意味ありげな微笑が頭をよぎった。

〝こんな田舎町にも、先生のファンがいることを、忘れないでくださいね〟と。

千佳は全身から力が抜けていくのを実感した。

「さすがは永倉教授だな。どういう手を使ったのかは知らんが、あまり上品な手法でないことは確かだろう」

眉ひとつ動かさず、古屋が勝手なことをつぶやいている。

つまり最初から古屋は、学外から圧力をかけてもらうつもりで、永倉教授からの学生講義の依頼を引き受けたということだ。

自分自身は、講義という名目をかかげて面倒な教授会から逃げ出しつつ、教授会に対しては外から圧力をかけてもらって講座の安泰をはかる。柳田國男の講義に困っていた永倉教授にとっても、悪い話ではなかったに違いない。

千佳はゆっくりとため息をつきながら、眼前の師を眺めやった。

「全部先生の作戦どおりってことじゃないですか」

「結果的にはそうなった。尾形教授も存外に活躍してくれたのかもしれん」

「結果的にってことは、結構危なかったってことですか？」

「危なくない勝負に切り札は使わんさ」

あっさりと言い切ってから、いずれにしても、と目を向けた。

「こんなくだらん騒動に気を回すのは、私や教授だけで十分だ。言ったはずだ。学生は学業に専念すればいい。政治は政治屋の仕事だとな」

「つまり先生も意外と政治屋ってことですか」

「買い被(かぶ)ってもらっては困るな」

古屋は何事もなかったような口ぶりでそう告げ、再びゆったりと湯呑を傾けてから、付け加えた。

「私はただの民俗学者だ」

古屋の細められた目は、朝の陽光に陰影を刻む大柊を、変わらず見つめている。

呆れ顔に苦笑を交えつつ、千佳もまた、背後を振り返った。

天高く黒々とした枝を伸ばした大樹。その向こうに広がる伊那谷の朝。きっちりと区画された田畑、その境界線上をときどき思い出したように往来する白い軽トラック、はるかかなたに残雪を頂いて連なるのは赤石山脈であろうか。

晴れ渡った真冬の空から午前の澄んだ陽光が、鮮やかに谷を照らし出している。

ふいに千佳は身を翻して、古屋の方に向き直った。ちらりと見返す古屋に向かって、そのましっかりと頭を下げた。

言葉はなかった。

古屋も何も答えなかったが、それは問題ではなかった。

頭を上げれば目の前に、古屋が千佳の分の湯呑を差し出している。笑って受け取った千佳が、そのまま青空を見上げれば、はるか頭上を真っ白な飛行機雲がわずかも乱れず伸びていく。

古屋がゆっくりと茶をすすった。

千佳もまたそっと湯呑に口をつけた。

そんな二人の旅人を、始まりの木は身じろぎもせず見守っていた。

第四話　同行二人(どうぎょうににん)

特急『あしずり』一号は、青々と生い茂る緑の中を、一路足摺岬(あしずりみさき)へ向けて走り続けていた。

暦は三月である。

北国ではまだ冬の名残りが厳しいこの季節も、南国土佐(とさ)においては春の気配が濃厚だ。日差しはどこまでも明るく、吹き抜ける風は陽気に満ちている。

土佐湾沿いを走るとはいえ、路線の多くが海辺ではなく山中を走るのが土讃(どさん)線である。視界に海は少なく、時折谷あいに里が見える以外は、起伏に富んだ山ばかりだ。

山ばかりでも閉塞感がないのは、木々の緑もまた、海の青に劣らず鮮やかだからである。陽光に恵まれた土佐という土地は、海も山もことごとく色彩が濃い。

そんな華やかな景色を眺めながら、藤崎千佳は、窓際に肘を突いたまま、不景気な顔でため息をついていた。

「まったくどこまで行くつもりなんだか……」

千佳のつぶやきは、気動車のにぶい響きの中に消えていく。

そのまま視線を車内へ戻すと、向かい合う座席に目を閉じて微動だにしない古屋神寺郎がいる。

この陽気な春の窓際の席で、着古した白いワイシャツの上にくたびれたジャケットを着たまま、汗もかかず目を閉じて身じろぎもしない。

左右の掌を、両膝の間に立てた古びたステッキの上に置き、黙然と鎮座している有り様は、なにやら戦場で軍略を練る将軍のようで、いたずらに威圧的だ。

千佳のつぶやきが聞こえているのかいないのか、古屋は眉ひとつ動かす気配はない。

「ほんと物好きだわ」

千佳はぼやきながら、窓辺に置かれた菓子箱から小さな餅菓子を手に取って口中に放り込んだ。高知駅で買った『土左日記』という名のそれは、ふんわりと柔らかな求肥餅に濃厚な小豆こしあんが驚くほど美味で、ひと箱十個入だが、もう二つばかり残っているだけだ。ほとんどを千佳がひとりで食べている。

心地よい甘味に身をゆだねながら、車内に視線をめぐらせば、人影は少なく、旅行者らしき若いカップルが少し離れた席に座っているほかは、白衣を着たお遍路姿の老夫婦が見えるくらいである。列車の中に白衣を目にするというのは、いかにも四国らしい風情というものだろう。

暇にあかして、さらにもうひとつ『土左日記』に手を伸ばしたところで、ふいに低い声が響いた。

「ひとりで全部食うつもりか」

見れば、いつのまにか古屋が薄く目を開いている。

「年配者を差し置いて完食しようとは、いい度胸だ」

貫くような厳しい眼光に、しかし千佳は動じない。

「都合のいいときだけ目が覚めるんですね」

「覚めるも何もない。最初から起きている」

「だったら愚痴も聞こえたはずです。長旅で疲れている可愛い女学生を少しくらい気遣ってくれてもいいんじゃないですか？」

「可愛い女学生？　あまり突拍子もない言葉で驚かせるものではない。君の出来の悪いジョークは、繊細な中年の心臓には刺激が強すぎる」

繊細とは無縁の冷然たる声が投げ返されてくる。千佳も負けじと眉を寄せて睨み返してみるが、古屋の分厚い面の皮にはわずかな変化も生じない。

「今、午前十時です」

「それがどうした？」

「東京を出発したのは、昨日の夜の十時です」

「奇遇だな。私も同じだ」

千佳はめげそうになる気持ちを励まして、語を継ぐ。

「東京発のサンライズ瀬戸に乗車してから、児島と高知での乗り換え以外、十二時間ずっと列車の中です。今時十二時間もあれば、海外旅行だってできるのに、私たちがいるのは、ハワイでもフランクフルトでもなく高知県です。どこまで行くつもりですか？」

「言わなかったか？」

「私が聞いたのは高知ということだけですが、高知駅はとっくに過ぎています」

「長旅で疲れているわりには、口は達者ではないか。君も学者の端くれなら、もう少ししゃべることと食うことを控えて、考えるということに時間を使ってみたらどうかね」

古屋は毒舌をおさめる様子もなく、窓際に置かれた『土左日記』の箱に手を伸ばす。しかし一瞬早く千佳が箱ごと取り上げた。

「どこへ行くんですか。いい加減、目的地くらい教えてください」

「教えてほしいなら、まずそれをよこせ」

「教えてくれたら残りの二個とも差し上げます」

「あと二個しか残っていないのか」

古屋はこれ見よがしに右手を広げ、おおげさに首を左右に振る。

「なんという不心得者だ。君には民俗学を教える前に、まず年配者に対する礼儀と節度というものについて……」

ふいに言葉が途切れたのは、千佳が膝の菓子箱からひとつを手に取って包みを解き、そのまま口の中に放り込んだからだ。

つかの間の沈黙のうちに、『土左日記』が残りひとつとなる。

わずかに眉を動かす相手にかまわず、千佳は問うた。

「どこへ行くんですか?」

「……宿毛(すくも)だ」

ふいに窓の外がまぶしくなったのは、左右を遮っていた山の緑が途切れ、にわかに海辺に出たからだ。列車の左手に、青々と輝く土佐湾が飛び込んできた。

青い空よりなお青い。そう言われるのが土佐の海である。つい先ほどまでの山中の景色から一転して空も海もどこまでも広い。ときおり海面できらりと何かが光るのは、ボートかヨットがいるからであろうか。

千佳が思わず感嘆の吐息をついている間に、古屋の手が器用に最後の『土左日記』

を取り上げた。

「あと一時間で中村だ。そこで普通に乗りかえて三十分で宿毛に着く」

「そこにジン先輩が待っているんですね」

「そういうことだ」

返事とともに包みを解いた餅菓子をひょいと口中に放り込んだ。

ふいに車内の空気に潮の香がくわわったのは、どこかの窓が開いているからであろう。風とともに列車が揺れたその拍子に、荷棚に置かれていた古びた菅笠がお遍路夫婦の足元に落ちてきた。夫の方がゆっくりと立ち上がって拾い上げると、向かいの夫人が受け取って大切そうに膝の上に置いた。

そんな動作のひとつひとつに、老夫婦の真摯な人となりがにじみ出るようで、毒舌を振り撒く眼前の男との対照が際立つようだ。

やれやれと心中ため息をつきつつ視線を戻すと、古屋は相変わらずの仏頂面で口中の餅菓子を咀嚼している。

「うまい菓子だ」

潮風とともに、妙に実感のこもったつぶやきが流れていった。

「藤崎、旅の準備をしたまえ」

古屋のいつもの決まり文句が飛び出してきたのは、東京にも春の気配が漂い始めた三月のなかばである。

千佳の二年先輩にあたる仁藤仁が、四国の高知県で二週間ほどフィールドワークを進めており、その研究の確認と詰めを行うというのが目的であったのだが、細かい説明など一切せずに、唐突に出発を告げるのが古屋という偏屈学者のいつもの流れであった。

もちろん仁藤に直接電話をすればもう少し目的地が明確になるのだが、濃密な研究計画を立て、確実に成果をあげつつある頭脳明晰な先輩に、あまり気安く電話をかけるのも憚られる。なにより千佳は、こういう唐突な旅の出発が存外、苦手ではない。与えられた状況に即応し、なんとなく楽しめるのが千佳の性格の長所というものであろう。

そうしていつものごとく気楽に東京を発ったのだが、しかし今回古屋が目指した高知県の宿毛という町は、たどり着くだけでも大変な場所であった。

東京を寝台列車で出発した二人は延々本州を西進したのち、瀬戸大橋を渡り、四国山地を縦断してようやく高知駅についたかと思えば、さらにそこから土佐湾沿いにひたすら四国最南端の足摺岬方面へ向けて進み続ける。

二十二時に東京を出発した二人が、宿毛の地に着いたのは翌日の昼の十二時ころ。最終的に、長路十四時間を超える鉄道の旅であった。

「正気の沙汰じゃないな」

ホームと階段だけの無人駅で、二人を出迎えた仁藤仁は、千佳を見るなり開口一番そう告げた。

千佳が降り立った場所は、宿毛市平田（ひらた）駅。土佐くろしお鉄道の終着宿毛駅から二つ手前の駅で、単線の高架線路の横にへばりつくような小さなホームがあるだけの、潔いほど殺風景な無人駅である。

リュックサックを背負い、スーツケースを引っ張りながら階段を下りてきた千佳に、仁藤は呆（あき）れ顔を向けている。

「先生の飛行機嫌いは知っていたけど、東京からここまで全部鉄道で来るとはさすがに思わなかった。正気の沙汰じゃないぞ」

「同感です、先輩」

「飛行機を使えばその三分の一の時間で来られるし、高知空港でレンタカーを借りればさらに短縮できる」

「それも同感です、ジン先輩」

簡潔そのものの千佳の応答が、かえって多くを物語っている。

仁藤は苦笑とともに、千佳のスーツケースを受け取った。


仁藤仁は、一言で言って英才である。

長身で縁なし眼鏡をかけていつも飄然(ひょうぜん)たる空気をまとっているが、隙のない論理と明快なプレゼンテーションを武器とし、院生の段階ですでに気鋭の論客として学会でも徐々に頭角を現しつつある。やわらかな風貌の中に、しばしば切れ者の片鱗(へんりん)を見せるこの少壮の研究者は女学生からも人気があり、古屋のゼミより、その代講に仁藤が出たときの方が出席者が多い理由も、そのあたりにある。

そんな仁藤は、南国の陽気の下でも涼しい顔で千佳たちを出迎えた。

「相変わらずってわけだな、先生の変人ぶりは」

レンタカーのラパンにリュックとスーツケースを積み込んだ仁藤は、額に手をかざしながら、千佳の背後に目を向けた。

こつりこつりとステッキを突きながら、ゆっくりと階段を下りてくる古屋の姿が見える。左足を引きずりながら歩く姿は、一足ごとに大きく肩がゆれて危なっかしい限りだが、うかつに手を貸すとかえって怒鳴りつけられるだけだから見守るしかないことを、二人ともよく知っている。

「あの足で日本中駆け回るんだから、たいしたもんだよ」

「さっきのセリフ、先生に言ってください」

「ん？」

「正気の沙汰じゃないって」

軽く眉を動かした仁藤は、すぐに「遠慮しとくよ」と笑い返した。多くの女学生を虜(とりこ)にするまことに爽やかな笑顔が、春の陽光の下で輝いている。

そんな仁藤と同じ研究室にいる千佳を、友人たちはこぞってうらやましがっているのだが、当の千佳自身は、格別の感興も覚えない。

仁藤の笑顔に見惚(みと)れるよりも、偏屈学者に付いて旅をすることに面白みを感じている自分は、一般的な感性からだいぶずれているのだろうという自覚が千佳自身にもある。

「出迎えご苦労」

古屋の低い声に、仁藤は一礼する。

「すみません、こんな遠くまで来てもらって」

「詫(わ)びなら、隣の後輩に言ってやれ。特急の中でさんざん愚痴ばかり聞かされてきた」

「私が愚痴を言ったのは、十四時間の列車移動について一言も事前に説明がなかったからです」

「研究の詰めは進んでいるか？」

千佳の反論をあっさり黙殺して、古屋は問う。

「順調ですよ」

うなずいた仁藤が、背後のラパンを示した。

「せっかくですから、まずは見に行きますか？」

ほのかな笑みを浮かべた仁藤の横顔は、すでに学者の風貌であった。


『浜田（はまだ）の泊り屋』

そういう趣深い建物が、平田駅からさらに山中に入った小さな集落にある。

泊り屋という言葉を、千佳が以前にも聞いたことがあったのは、それが仁藤の研究テーマの大きな部分を占めていたからだ。

かつて集落の若者たちが共同で生活を営み起居したというその泊り屋は、地味な古民家を思い描いていた千佳の想像とはずいぶん異なる特異な建築であった。

山あいの集落の入り口に建てられたそれは、まず第一に高床式である。一見櫓（やぐら）のような造りだが、高床を支えている四隅の柱が自然のまま削らずに使われているため、遠方から眺めると大地からそそり立つ自然木の上に、入り母屋（いりもや）の家屋がそのまま載せられているように見える。

かつてはこの泊り屋で、十五歳ころから妻帯するまでの独身男性が集まって寝泊まりし、青年たちは、村落共同体の中で身に付けるべき道徳や習慣、義務といったものを教え込まれたという。かつて、と言ってもまったく昔の忘れられた伝承ではなく昭和初年代ころまで実際に履行されていた社会様式であった。

そういう話を仁藤が語ってくれたのは、泊り屋を見て回ったあとに立ち寄った小さなうどん屋でのことである。

「泊り屋というのはとても面白い民俗でね」

つるりとうどんをすすりながら仁藤は言う。

「泊り屋に集う若者たちは、その集落において、ある種の独立した権限を持っていたんだ。若い男たちの集団だから、警察力や消防力になるというのは当然だけど、それだけにとどまらず、時に長老たちをしのぐほどの発言権を持っていた地方もある。年功序列を強く重んじる中国や朝鮮半島には見られない風習だよ」

「日本独自ということですか？」

千佳の問いに、仁藤は緩やかに首を左右に振る。

「もっと南の東南アジアの方には同じような慣習が見られている。つまりこの国には、大陸から来た年功序列の儒教的社会倫理と、南から伝わってきた若衆の独立を重んじる気風という、相反する価値観が混在してきたわけだ。その相反する価値観がどんな風に共存していたか、そしてその両方が消失しつつある今の社会がどんな風に変化していくか、そのあたりが俺の興味の中心なわけ」

自身の研究テーマである以上、よほど語りたいことがあるだろうが、仁藤はそういう気負いを感じさせず、わかりやすい言葉だけで簡潔に述べてくれる。頭がいいというのはこういうことを言うのだろうと、千佳は率直に感心するしかない。

「泊り屋のようなものは、ほかにも奈良や九州にいくらか残っているんだけど、見に来ることができたのは俺も今回が初めてなのさ」

よいしょ、と立ち上がった仁藤は、食べ終えた丼を持ってカウンターの方へ歩いていく。

カウンターで最初に勘定を払う。それからすぐ隣で、うどんの入ったゆでざるを自分で手に取り、目の前の湯でさらりと湯がいて丼に入れると、すぐ隣に並んでいる水道の蛇口の前へ移動する。蛇口をひねると出てくるのは水ではなくうどんのつゆであり、これを丼に注ぐと、一杯百八十円のかけうどんのできあがりだ。

一連の動作は東京では見たこともない景色だが、四国の田舎のうどん屋では一般的なものであるという。

「それにしてもうまいものだな」

うどんを食べ終えた古屋のつぶやきに、千佳も今回は反論の余地がない。

うまいと言ってもただうまいだけではない。ちょっと唖然とするほどにうまい。麺はこしがあり、ほどよい歯ごたえがあり、つゆの味は濃くはなく、しかし出汁が利いている。要するに、素朴でありながら品がいい。

「なんか違う食べ物みたいですね」

「この国の物流はよほど発達したというが、どうしても運べないものがあるらしい」

落ち着き払った口調ではあるが、毒舌の古屋にして、これは絶賛といってよい表現であろう。

店を見回せば、この片田舎の小さな店に、当たり前のように客が来て、自らうどんをゆで、つゆを注ぎ、さらりとすすって去っていく。ときどき常連客が、奥でうどんを打っている店主に声をかけていくが、独特の音律とやわらかさを伴った土地の言葉が心地よい。

仁藤も何やら朗らかな笑顔で店員に話しかけている。

学内の図書館で黙々と書籍を繰っている姿ばかりが印象的であったが、こうして土地の景色に溶け込んでいる様子は新鮮だ。

「やっぱりすごいですね、ジン先輩」

千佳は、いくらか圧倒される思いでつぶやいていた。

「先生がわざわざ研究のチェックをしにくることなんてなかったんじゃないですか？」

「当然だ。仁藤は特別な頭のつくりをしている。今さら私が口を挟むことなどなにもない」

さらりとしたその返答に、千佳は戸惑いがちに、

「じゃあなんでわざわざここまで来たんですか？」

「公然と研究費を使って旅ができる機会なんだ。何を思い悩むことがある」

「そうやって、いたずらに敵を作る発言をするのは、先生の悪い癖ですよ」

「では、もうすぐ修士一年目が終わろうとしているのに、いまだにのん気に構えているお気楽な院生に刺激を与えるためだ、とでも言っておけば良いか？」

思わず千佳はぐっとうなって口を閉ざした。

なんとなく古屋の研究を手伝いながらすでに一年近くが過ぎつつあるが、積極的に自ら研究を進めているかと問われれば、返答は甚だ頼りない。

「まあ焦ることはない」

古屋がうどんのつゆを飲み干してから告げた。

「いつも言っていることだが、仁藤は特別だ。並みの院生とは比較にならぬほど頭が切れる。ああいうやり方を、からっぽの頭の君がそのまま見習おうとする必要はないし、なにより不可能だ。君には君のやり方があるだろう」

「それって慰めているんですか、バカにしているんですか」

「無論、後者だ」

　にこりともせず古屋が応じたとき、ふいにどこからともなく低くうなるような音が聞こえてきた。

　何の音かと驚いて振り返ると、店の暖簾(のれん)のすぐ外に、いつのまにか大きな人影がひとつ見えていた。薄汚れた袈裟(けさ)姿の、背の高い僧が両手を合わせて立っている。

　笠の下であるから顔までは見えないが、体格からはまだ若い青年僧であろう。聞き慣れない低く重い響きが、その若い僧のあげる読経の声だと気づくのに、わずかながら時間が必要であった。

　声は、言葉というより旋律という方が近い。独特の抑揚が、厳しい修行を積んで鍛えられた太く低い声によって紡ぎだされていく。何かゆっくりと辺りの空気に染み出していくような強さと深さがそこにある。

「お遍路のお坊さんだよ」

言ったのは、おかわりの丼を片手に戻ってきた仁藤だ。

「八十八か所の遍路道は、もともと密教僧の修行の場だからね。最近だと、実際のお坊さんを見る機会はずいぶん減っているらしいけど」

見ているうちに、店の奥から出てきた店主が、僧の前で丁寧にお辞儀をした。その手には米を盛った一升枡（ます）があり、僧が捧（ささ）げた布袋に枡の米をざっと流し込む。米を受け取った僧は深々と頭を下げ、再び経を読み上げながら、ゆっくりと山の手へ歩き出していった。

一連の動作はまことに自然で、どこにも無駄がない。僧の背にもう一度軽く頭を下げた店主はまるで何事もなかったかのように店内に戻り、再びもうもうと湯気のあがる店の奥へ消えて行った。

なにかふいに古い絵巻物の世界に入りこみ、すぐまた現実の世界に戻ってきたような、ふわりとした風韻だけが残っていた。

「よく見ておけ、藤崎」

暖簾の外を見つめたまま古屋が告げた。

「今君が目にしているもののひとつひとつが、この国が積み上げてきた歴史そのものだ。それも、もう二度と目にすることはできないかもしれない貴重な風景だ」

そんな場面に同席できるのは、古屋がここまで連れてきてくれたからである。

古屋がそこまで意図しているのか、単なる荷物持ちの役得であるのかはわからない。

けれども大切な経験であることだけは、千佳にもわかる。それは、民俗もうどんも同じということだ。

「現地に足を運んでみなければわからない」

古屋は、どこまでも淡々とした口調でそう告げた。

延光寺へ寄ってくれ。

古屋がそんな言葉を口にしたのは、うどん屋を出て車に乗ったあとである。

それが四国八十八か所霊場の札所のひとつであることを教えてくれたのは、もちろん運転席の仁藤で、三十九番札所の延光寺が、すぐ近くにあるという。

唐突な古屋の思い付きは日常的であるから、千佳も仁藤も驚かない。車はすみやかに山中の蛇行する道に入っていく。

赤亀山延光寺は、浜田の泊り屋からさほど遠くない山の際にある。

寺域はけして広くない。けれども古格をまとった山門と掃き清められた石段と、辺りを行きかう白衣姿のお遍路とが、そこが祈りの霊場であることを教えてくれる。

訪ね来るお遍路の様子も様々だ。

列車で見かけたような老夫婦もあれば、若い女性や、中年男性のひとり旅もある。

無論中には、Tシャツ姿の若者もいれば、カメラを首から下げた人もいる。けれども多くが、白衣を帯び、金剛杖（こんごうづえ）を持ち、線香をあげ、納め札を入れ、経を読み上げて去っていく。

長らく同じ道のりを歩いていれば、互いに顔を知ることもあるのか、通りすがりに親しげな挨拶をかわしていく者の姿もある。

そのいちいちが、千佳の知る、一般的な寺の景色とは大きく違う。

「長い遍路の旅の中でも、特に高知は修行の道場と言われている」

参拝を終えた戻り道で、ふいに古屋がそんなことを口にした。

ステッキを突くたびに大きく揺れる背中を見ながら、千佳は黙ってついていく。仁藤の方は、もう何度か来ているからと駐車場で待っているため、今は二人だけだ。

「修行の道場ですか？」

「四国四県の中で、もっとも歩く距離が長いにもかかわらず、もっとも札所が少ないのが高知だ。長い長い道のりを歩いてようやく札所にたどり着く。ときには一日ではとてもたどり着けない札所を目指して歩き続ける。高知の遍路だけで四百キロ近い距離があるのだからな」

「四百キロ……」

千佳は思わず絶句する。

「交通手段が発達し、車でも鉄道でも自由に使える現代でも、自分の足で巡礼を続ける者が引きもきらない。そうして自ら八十八の寺をめぐり、御本尊と弘法大師とに祈りを捧げることで、発願を遂げるという」

「ホツガンを遂げる？」

困惑顔の千佳に、古屋は小さくため息をつきながら、一瞥を投げかけた。

「願いがかなうということだ。ここまで頭の中がからっぽだと、なんでも新鮮に教えることができて、教師冥利に尽きるというものだな」

「ありがとうございます」

「嫌味で言っているのだぞ」

「わかっています」

頬を赤らめたまま、千佳は大きくうなずいた。

自分が出来のいい学生だとは千佳も思ってはいない。学業に専心しているかと問われればとても胸を張って答えることはできない。だからせめて、見栄も矜持も振り捨てて、古屋の言葉にだけは耳を傾けるようにしている。それが千佳なりの努力ということなのである。

そうして山門まで歩いてきたところで、ふいに騒がしい声が聞こえて、二人は足を止めた。

見れば七、八段ばかりの石段の下に、派手なエンジン音を響かせたワゴン車が横付けされ、そこから出てきた男女四人組のグループが、なにやらけたたましい笑い声をあげている。

門前の道はけして広くない。だからこそ駐車場も山門から少し離れた場所にあり、直接寺に乗りつけることはできなくなっている。

しかしその静かな小道は、大きな車で占拠され、景気のいい音楽まで垂れ流しになっている中で、若者のひとりはご丁寧に菅笠までかぶってカメラに向け滑稽なポーズを決めている。

「今日中にあと三か所は回ろうぜ！」

そんな品のない掛け声が、恥ずかしげもなく響き渡った。

「春休みの大学生ってとこでしょうか？」

ため息交じりの千佳のつぶやきに重なるように、「私ハンコもらってくる」と納経帳を片手にしたハーフパンツの女性が階段を駆け上ってきた。ちょうど門を出てきたお遍路の小柄な老人を、ほとんど突き飛ばさんばかりの勢いで、境内に飛び込んでいく。

「すごい人たちですね」

千佳が振り返ったときには、すでに古屋はステッキを動かして歩き出していた。

古屋は階段下には一瞥もくれず、山門を出て、にわかに右手に折れる。

延光寺は山門外側のすぐ脇に手水場(ちょうずば)があるという少し変わった配置になっている。

古屋は手水場まで足を進めると、にわかに柄杓(ひしゃく)で水を汲(く)んで、身をひるがえした。

あ、と千佳が止めるまもない。

直後に石段下から甲高い悲鳴が舞い上がった。

古屋が石段上から、柄杓の水を振り撒(ま)いたのだ。

たいした量ではない。しかし唐突な冷水の襲来が巻き起こした騒動は、なかなか激しいものだ。男女の、言葉にならない奇声が響き渡る間にも、手水場を一往復した古屋はさらに二杯目の水を振り撒く。

「てめえ、なにすんだよ！」

ようやく頭上の柄杓を持った男に気づいたひとりが、怒鳴り声をあげた。一瞬、すぐ背後の千佳がひるむほどの怒声だが、古屋はまるで聞こえていないかのように、三杯目を派手に撒き散らす。

「おい、ふざけんな！」

石段を駆け上ってきた男は、ほとんどつかみかからんばかりの勢いだ。

「どういうつもりだ！」

「あまりに門前が汚れていたのでな」

古屋は眉ひとつ動かさず応じる。

「清めの水を撒いていたのだ」

「喧嘩売ってんのか、おっさん」

「バカでも言葉くらいはわかるのか。何よりだ」

冷然たる返答に、男の頬がひきつった。

千佳の背中を冷や汗が流れていく。

しかし古屋は止まらない。

「ここは祈りの霊場だ。観光地ではないし、まして子供の遊園地でもない。言葉が理解できるなら、今すぐ口を閉じ、騒音を消して、車をどけたまえ」

古屋が言い終えるのと、男が太い腕を突き出すのが同時だった。

千佳の短い悲鳴と、古屋が倒れる音も同時だった。

右手にステッキ、左手に柄杓を持っている古屋が受け身のとれるはずもない。まして相手は二十歳前後の若者で腕力だけは十分だ。古屋は腰と背中を石畳に強かに打ち付ける格好となった。

「ちょっと何やってんのよ」

制止の声をあげたのは、先刻「ハンコ」をもらいに走っていった女性である。

倒れた古屋と駆け寄る千佳を一目見るなり、「やめなよ、行こうよ」と気まずそうな顔をして階段を下りていく。男も舌打ちしながら背を向け、さっさと車に乗り込むと、やがてワゴン車は、不必要に巨大なエンジン音を響かせて坂道を走り去っていった。

まるで一陣の嵐が過ぎていったかのように、あとには、ただ森閑とした静寂が広がるばかりだ。騒動の名残りをわずかにとどめるように、石段下に菅笠がひとつ落ちている。

古屋のそばに膝を突いたまま、しばし呆然としていた千佳は、つかの間を過ぎてようやく額の冷や汗をぬぐった。

「大丈夫ですか？」

「大丈夫に見えるか？」

古屋はぶっきらぼうに応じるだけだ。それでもいつものように振り払うこともせず、千佳の細い肩につかまったのは、常にあることではない。

「時代が変わったのか。昔は老人と障碍者は大切にするものだったはずだが」

やっと立ちあがった古屋は、打ち付けた腰をおさえながら、車の走り去った小道をいまいましげに睨みつける。

「普通の老人と障碍者なら、こんな目に遭わされることはないと思いますけど……」

「そうだな。不届きな若僧を見つけても、しかめっ面をするだけで見て見ぬふりをするような普通の障碍者なら、特段の問題も起こらなかっただろうな」

舌打ちをしながら、それでも自分で石段を下り始める。ただでさえ足元の不安定な古屋は、腰を痛めてわずかな階段もきつそうで、慌てて千佳は駆け寄って背中を支えた。

「先生の正義感には頭が下がりますが、自分の体のことも考えてください。あんな態度をとったら危ないことは目に見えています」

「君にしては的確な忠告だ。面と向かってバカと言ったのは悪かった。どうせなら、より正確に大バカ野郎と言ってやるべきだった」

吐き捨てるように言った古屋は、ようやく石段を下り切ると、道端に転がっていた笠を、膝を折って手に取った。祈りの旅の象徴であるはずの菅笠は、半分ひしゃげて見る影もない。

いつのまにか境内からかすかに、読経の声が聞こえてくる。千佳は車の走り去った門前道を向こうの方まで眺めやったが、今はワゴン車の影も見えない。思わずこぼれた言葉は、いくらか皮肉めいた響きを帯びていた。

「ああいう人たちも、全部回ると発願を遂げるんですか?」

「仏の心は我々の想像もつかぬほど寛大だ」

古屋はゆっくりと立ち上がって、笠の形を直しながら、

「だがそれでも、限度というものがあると思うがね」

言って笠を頭に載せると、腰に左手を当てながら頼りない足取りで駐車場へ向けて歩き出した。

笠に書かれた『同行二人』の四文字が、いくらか歪んだまま大きく揺れていた。

「清家歯科医院」という古い板看板を下げたその屋敷は、宿毛市の中でも海際にある片島という小さな港町にある。

いかにも旧家という建物で、道路に面して白いレンガ造りの診療所を置き、その背後にコの字型の豪壮な入り母屋造りの日本家屋が配されている。中庭にはかつて錦鯉が泳いでいたという池のあとまであり、往時のにぎわいが偲ばれるような邸宅である。

二週間前からフィールドワークに来た仁藤が泊めてもらっているのがこの屋敷だ。

歯科医院を切り回していた主人の清家氏はすでに他界し閉院となっているが、生前の氏が診療のかたわら宿毛の市史を編み、自費出版などをして民俗学会とのかかわりがあった縁から、健在の夫人が、仁藤のために屋敷の一室を提供してくれたのである。

のみならず、あとから来た古屋と千佳のためにも、二間続きの座敷をあっさり貸してくれたことを思えば、よほど豪儀な人であろう。

「九十二歳とは思えないほど元気な人でね。頼めば食事も出してくれるから、ありがたいよ。早口で何を言っているのか聞き取りにくいのが唯一の難点だけど」

千佳のスーツケースを隣の和室に運び入れた仁藤の声が、襖越しに聞こえてきた。

「すみません、ジン先輩。私の荷物まで」

「いいってことさ。藤崎は、もっと手のかかる大きな荷物の面倒を見てるんだから」

こともなげにそんなことを言いながら、からりと襖を開いて、仁藤が顔を見せた。

「で、大丈夫なんですか、先生」

問われた方の古屋は、部屋の中央で、三枚並べた座布団の上にうつ伏せになっている。そばに膝を突いた千佳が懸命に背中を揉んでいるという、稀に見る情けない景色である。

「なんの問題もない」

「問題ないなら、マッサージやめますよ」

「マッサージのおかげでいくらか問題ない。やめられると問題がある」

「素直にありがとうって言えないんですか、先生は」

屋敷に到着後、清家夫人と簡単な挨拶を交わしている間は何も言わなかった古屋だが、夫人が去ったとたんに背中が痛むと訴えだしたのだ。まずもって自分のことで愚痴をこぼさない人物であるから、さすがに千佳は心配して背中を揉んでやっているのである。

畳に腰をおろした仁藤が面白そうな顔で二人を眺めやる。

「しかし先生でも、不覚をとることがあるんですね。珍しいじゃないですか」

「神仏の加護をいささか過信したらしい。寺の門前であれほど堂々と狼藉を働く輩がいるとは思わなかった」

「どっちが狼藉なんだか……」

千佳はため息をつくしかない。

「今の時代の人たちは、〝神様が見ている〟なんて思いもしないんですよ」

仁藤は苦笑まじりにつぶやいた。

そのつぶやきは、しかし単なる愚痴にとどまらない。

失われつつある神の存在というテーマが、古屋のライフワークであるからだ。

〝神は人の心を照らす灯台だ〟

古屋は講義の中でしばしばそんな言葉を口にする。

〝もとより灯台が船の航路を決めてくれるわけではないし、晴れた昼間の航海なら灯台に頼ることもない。しかし海が荒れ、船が傷ついた夜には、そのささやかな灯が、休むべき港の在り処を教えてくれる〟

神について語る古屋の声は、しばしば熱を帯びる。

〝無論、私がここで言う神とは、迷える子羊を導いてくれる慈悲深い存在ではない。弱者を律し、悪者を罰する厳格な審判者でもない。たとえ目には見えなくても、人とともにあり、人とともに暮らす身近な存在だ。この神は、人を導くこともあれば、ときに人を迷わせたり、人と争ったり、人を傷つけることさえある。かかる不可思議な神々とともに生きていると感じればこそ、この国の人々は、聖書も十戒も必要としないまま、道徳心や倫理観を育んでこられたのだと私は考えている〟

こういう古屋の大胆なフィールドから見れば、神と仏を区別する議論や、日本人が宗教を持つ民族であるか否かを問う議論そのものが、見当違いということになるだろう。

少なくともこの国の人々は、古代から路傍の巨石や森の大樹をはじめとして、山や滝や海や島や、あらゆるものに手を合わせてきたのである。

「先生の講義の流れで言えば、この国は今度こそ本当に無宗教になりつつあるのかもしれませんね」

千佳の素朴なつぶやきを、仁藤が肩をすくめながら拾い上げる。

「でもさ、神様が見ていなくても、人は見ているわけだ。隠れて悪さをするならまだしも、目の前のいかにも非力な中年学者を堂々とどつき倒す神経ってのは、どこまで神様の有無と関係があるか……」

「あると思いますよ」

千佳の返答は坦懐だ。

「神様がいるって感じることは、世の中には目に見えないものもあると感じることと同じです。目に見えないものがある、理屈の通らない出来事がある、どうしようもなく不思議な偶然がある、そういう感じ方が、自分の生きている世界に対する畏敬や畏怖や感謝の念につながるんです。もし、目に映ることだけが全てだと考えるようになれば、世界はとてもシンプルで、即物的です。そういう世界だと、自分より力の弱い者を倒すことは、倫理に反するどころか、とても理にかなった生き方になるかもしれません。つまり勝てばいいんですから」

千佳は一通り話してから、自分らしからぬ長広舌に、急に気恥ずかしさを覚えて口をつぐんだ。

うつぶせになったままの古屋は何も言わない。仁藤に至っては、いつもの爽やかな微笑とともに、面白そうな目を向けている。

なんとなく千佳は居心地が悪い。

「変なこと言いました？」

「変じゃないさ、ねえ先生」

話を振られた古屋の方は、相変わらず沈黙のままだ。

「しかし藤崎の論法でいくと、世の中はますます困った人が増えてくることになります。せめてこれからは、お寺で馬鹿騒ぎをする人を見かけたら、神様が見ているぞって教え諭してやりますか」

「それは新興宗教の役割であって、民俗学者の仕事ではない」

おもむろに古屋が答えた。

「神の存在を説くことも、神が存在するかどうかを議論することも、私の興味の範疇にはない。私はただ、神を感じることができなくなった日本人がどこへ行くのか、それを知りたいだけだ」

小さくうなずいた仁藤は、しかしふち無し眼鏡を軽く持ち上げながら笑う。

「あまり明るい未来像には思えませんが」

「だろうな。現に昼間の連中は、門前で騒ごうが、ひ弱な障碍者を突き飛ばそうが、良心の呵責を感じることはないのだろう。彼らは頭が悪いわけではあるまい。ただ判断の基準を持たぬだけだ。なぜ弱い者を痛めつけてはいけないのか、考えるきっかけもなければ、教えてくれる人にも出会わなかったのだろう。そうした社会で、幅を利かせてくるのは腕力と金力ということになる。しかし腕と金だけが頼りとなれば、生きていくのもさぞ息苦しかろう」

なるほど、とうなずいた仁藤はゆっくりと立ち上がりながら、

「突き倒されたばかりの人が言うと、とても説得力がありますよ」

そのまま、ごく自然に千佳とマッサージを交代する。

「まだ大丈夫ですよ、ジン先輩」

「藤崎が大丈夫でも、古屋先生が大丈夫じゃないさ。なにせ先生には敵が多いから、旅先で女学生に背中を揉んでもらってるなんて誰かに知られたら、たちまちセクハラスキャンダルで、来年の教授選にも響いてしまう」

からかうような仁藤のセリフに、古屋はあくまで冷然と応じる。

「結構なことだ。教授などという暑苦しい肩書を受け取らなくて済むようになる」

「またそんなこと言って。尾形教授は次期教授に先生を推薦しているんですよ。先生が教授にならないと、南西大学から立候補者が送り込まれてきて、東々大の研究室が乗っ取られることになります」

「次期教授などずいぶん先の話だし、よしんば君の言うとおりになったとしても、それはそれで結構なことだ。閉鎖的で知られた民俗学の世界も少しくらい風通しがよくなるだろう」

「風通しがよくなっても、先生がいなくなれば僕らの居場所がなくなります」

「君くらいの実力があれば、派閥に頼らなくても自力でやっていけるだろう。博士論文も、見通しが立ちつつある。君もいつまでも私の下にいるつもりではあるまい」

「否定はしませんけど」

余裕の微笑とともに仁藤がちらりと千佳に一瞥を投げかける。

「俺は置いといて、藤崎はどうするんですか。こいつもひとりでやってけますか」

「それが最大の難問だな」

いたずらに大仰な返答が戻ってくる。

「頭の中は空っぽだが、平然と私のあとについてくる胆力だけはある。君も論文が仕上がったら、その優秀な頭脳をこの能天気な後輩の将来設計のために使ってくれれば、存外どうにかなる……」

にわかに古屋がぐっと奇妙なうなり声をあげたのは、千佳がすぐそばから手を伸ばして痛むらしい背中を思いきり押したからだ。

「私には教授選とかよくわからないですけど」

そのままぐいぐいと背中を押せば、さすがの古屋も次の言葉が出てこない。

「研究の途中で先生がいなくなるのは困ります」

「そういうわけで、先生。政治的な陰謀や策略に没頭してくれなんて言いませんが、教授になるための努力はしてください。面倒だからって投げ出すのはなしですよ」

「驚いたな」

ようやく古屋が口を開いた。

「君たちとの間にそんな暑苦しい師弟関係があったとは気が付かなかったな」

「何言ってんですか。俺たちは先生の大ファンですよ」

な、藤崎と振り返る仁藤に、千佳は大げさに肩をすくめて見せただけだ。

仁藤の本音がどこにあるかはいざ知らず、千佳にとってはわざわざ答えるまでもない質問である。

この奇妙な学者に惹かれていなければ、十四時間も列車に揺られて四国の端までついてくるはずもない。

我ながらやっぱり物好きなのだと、千佳は改めて胸の内で自分に呆れるのである。

片島の朝は、どこまでも空気が澄み渡っていた。

朝六時、広い空の大部分はまだ黎明の群青であるが、東はすでに薄い白に染まり始めている。通りに人の姿は見えず、車も見えず、うっすらと朝もやのかかる中を、のんびりと一匹の猫が通り過ぎていくだけだ。

もともと人口が少ないということもあるだろうが、町に人の気配はなく、いまだ眠りの奥底に沈んでいる。

その静けさの中で、藤崎千佳はひとり大きく伸びをした。

「清家歯科医院」の看板の前である。

「本当に静か……」

そんな千佳の独り言さえ静寂の中に溶けていくようだ。

千佳はもともと朝が苦手である。早起きどころか、学生時代はしばしば寝坊で講義に遅刻したくらいだ。そんな千佳が旅先では不思議なくらい早く目覚めるのは、これまで幾度となく古屋神寺郎に叩き起こされてきたからだ。

旅先での古屋の朝は早い。

日の昇る前にはもう外へ出て、不慣れな土地を散策する。そうすることによって、土地の人が生活する空気に触れることが少なくないのだという。

まだ薄暗い神社の石畳を清める若い宮司、夜明け前から漁港に集まる漁師たち、農道脇に止めた軽トラックに荷を積み上げる長靴姿の農夫、道祖神の祠に朝の御供えをしている老婦人。そういう土地の景色は、時計の針に合わせて動くものではない。日の光と、風向きと季節によって編まれていく。

そういった空気に触れるためには、朝から出歩くに限ると古屋は口癖のように言うのである。

ゆえに、背後で玄関の戸が開き、飛び石の上をこつりこつりとステッキが近づいてくる音が聞こえたときは、千佳はいくらか意外な心持ちで振り返っていた。

「珍しいですね、先生の方が遅いなんて」

千佳の声に、古屋はすぐには答えず、歯科医院の看板前まで来て、ゆっくりと深呼吸をひとつする。

「いくらか飲みすぎたらしい」

千佳は小さく声を上げて笑った。

昨夜は、清家夫人が思いのほかに華やかな宴を支度してくれたのである。皿鉢(さわち)と呼ばれるこの地方独特の巨大な皿に、山のようにかつおのたたきを盛ってあるだけでも千佳は驚いたが、その他、様々な種類の刺身に山菜、巻きずしに四国名物の一六(いちろく)タルトまで用意してあり、そこに『土佐鶴(とさつる)』の一升瓶と清家夫人の切れ味のよい話術がくわわって、大変な盛り上がりであったのだ。

二階建ての駅舎を半壊させた宿毛駅の鉄道事故の話から、最近の行儀の悪いお遍路の論評まで、夫人は早口で小気味良く話題を切り替えていく。小柄でいくらか腰も曲がった姿でありながら、よく響く明るい笑声を交え、手際よく食卓を切り盛りしながら話す様子は、歯科医師の老いた妻というよりも、芯の強い土佐の女がそのまま気持ちよく年を取ったといった印象であった。

「腰を痛めて弱っている体に、あれだけお酒を飲んだら、それは応えて当然です」

「やむを得ん。あれほどうまい魚と酒を出されては、人間の理性などはなんの役にも立たん。ただ箸と杯に身をゆだねるしかない」

「ゆだねていましたね、ジン先輩も」

普段はあまり酒を飲まない仁藤仁も、昨夜はずいぶん杯を重ねていた。宴の終盤には、酔ってこくりこくりと居眠りをしながら、机に頭をぶつけて我に返るという有り様で、万事そつなくこなす気鋭の青年学者としては、かなり珍しい姿を見せていた。飄然としていながらも、わざわざこの遠方まで師が様子を見に来てくれたことを、少なからず嬉しく思っていたに違いない。今朝は廊下まで高いびきが漏れていたから、まだしばらくは布団の中であろう。

「海へ行ってみるか」

古屋が西の空を眺めてそう告げた。

「腰は大丈夫なんですか？」

「大丈夫な予定だが、大丈夫でなくなったときは、君が背負って戻ってきたまえ」

「了解です」

千佳は持ち前の明るい声でうなずいた。

〝海はすぐそこですき〟

前日の夕食の折、清家夫人がそう教えてくれたのだ。

屋敷周りには民家が建て込んでいるから直接海は見えない。けれども西の方に少し歩けば港だという。

「医院の前の道を左に行けばいいんですか？」

千佳の問いに、ちょっと首をかしげた夫人は答えた。

「右か左か言うより、朝日を背にして歩けばじき海じゃけん」

まことに理にかなった応答であろう。

そうして歩き出した片島の町は、予想していた以上に静かであった。

朝が早いからというだけの理由ではない。清家夫人も嘆いていたことだが、著しく過疎化が進んでいるのだ。家が立ち並び、一見、市街地という体裁を保っているように見えるものの、朽ちた商店の看板や、錆(さ)びたシャッターを見れば、人が出て行ったあとであることにすぐに気付く。三軒に一軒は無人なのではないだろうか。

その静かな町にこつりこつりとステッキの音だけが響いていく。

人気(ひとけ)のない通りはしばし直進してから、ゆるやかに左へカーブを描いている。その曲線を抜けたところで、ふいに風に強い潮の香りがくわわって、千佳は足を止めた。

見渡せば、少し下り坂になった通りの向こうに青い光が輝いている。

「海だな」

古屋の声に、千佳はうなずき返した。うなずいたとたん、ふいにどこからか低く歌うような旋律が聞こえてきた。

数日前の千佳であれば、何の音か想像もつかなかったであろうが、今はそれが何を意味するかを知っている。

どこかで遍路の僧が経をあげているのだ。

静まり返った早朝の空気の中に、ゆったりと響いてくる読経の声。

それはなにか、古寺の鐘の音の名残りのように、深く、低く、韻々とした響きを伝えてくる。

相当修行を積んだ僧なのか、前日うどん屋で耳にした若い僧の声とは異なり、遠い響きの中に悠々たる風格があり、のみならず典雅な揺らぎさえ感じられる。けして大きな声ではないのに、胸の奥底まで届いてくるようだ。

「行ってみませんか？」

声の聞こえてくる方に、である。

先を歩いていた古屋は、足を止めて軽く目を細めただけだ。反論はない。

千佳は耳を澄ましつつ、通りから逸(そ)れてそばの小道に足を踏み入れた。

海へ行く方向とは違う。道は車一台がかろうじて通れるほどの広さで、粗い石畳となって山の方向へ登っていく。声に引き寄せられるように道をたどっていくと、辺りはまたたくまに寂びて行き、民家はあるものの、瓦が落ちて、すっかり朽ち果てた家もある。

やがて木々のせまった山際まで来ると、なにかふいに辺りの緑が濃くなったように感じられた。

人里の気配が遠ざかり、大気は澄み、葉の色が濃い。枝葉の向こうに見える夜明けの青空さえ、深みを増したようだ。

存外に森が深いのだ。

読経の声が響く木々の狭間を、道は緩やかに蛇行しながら登っていく。

千佳がさらに歩を進めていくと、ふいに堂々たる大樹が目に入った。見上げるような巨木である。背後に山が控えているから目立たないが、生き生きと枝を伸ばして、その隅々まで生命力にあふれている。

頭上を振り仰いだ千佳は、そのままゆっくりと視線を落としたところで、巨木の根元に立つひとりの仏僧を見とめた。

すらりと背の高い僧は、大きな笠をかぶっているため顔は見えない。しかし右手に太く大きな金剛杖を持ち、左手を合掌の形で胸の前に立てたまま、太い根に囲まれた小さな祠に向かって朗々と経をあげている。やはり若い僧ではない。しかし老僧の声でもない。凜（りん）とした強い響きのなかに威風を備え、剛柔自在の抑揚がある。

声と森が、ひとつになっていた。

読経の音律に応えるように、風が流れ、木々がざわめく。光が躍り、小鳥の声が響く。風と日差しの加減であろうか。ときどき頭上で瞬くように光がきらめいた。

しばしの間、千佳はほとんど陶然とした心地で立ち尽くしていた。

やがて、ふいに辺りが鎮まったのは、読経が終わったからである。

僧が、祠に向かってゆったりと一礼した。と同時に、ふと気づいたように千佳を顧みた。我に返った千佳はおおいに慌てたが、僧は落ち着き払った挙措で千佳にも一礼する。ほのかに笑顔が見えたのは気のせいか、千佳も慌てて深く頭を下げた。

「ずいぶんな山道まで来たものだな」

ようやく追い付いてきた古屋の声が聞こえて顔をあげると、すでに僧の姿はなく、立ち去ったあとであった。

木々の緑は変わらず豊かだが、風はやみ、鳥の鳴き声も去って、なにか夢でも見ていたような心持ちだ。

「障碍者を置き去りにして、こんな山道にまで入り込んでいくなど、ずいぶん冷淡な弟子だな」

さっそくの毒舌にとりあえず、すみませんと応じながら、千佳が巨木の祠に歩み寄ってみると、道はその祠の向こうで左右に分かれており、丁字路になった突き当たりに小さな板看板が立っている。

「ここも遍路道なんだ」

まだいくらか夢見心地の残ったまま、千佳は小さくつぶやいていた。

四国の野山には遍路のための道が無数に張り巡らされている。地図に載っているものから、まったく記載されていないもの、地元の人だけがかろうじて記憶している道から、荒れ果てて今では失われてしまったものまで様々だ。

千佳のいる場所は、三十九番の延光寺と四十番の観自在寺とをつなぐ、そういったいくつかの遍路道のひとつであるらしい。

見回してみたが左右の道に人影は見えない。延光寺から歩いてきた僧が、ここで祠に経をあげ、次の寺に向かっていったということであろう。

千佳は観自在寺と書かれた方に向かって、静かに合掌した。

そういう心持ちだったのである。

唐突に「藤崎」と常ならぬ古屋の緊張感のある声が聞こえて、千佳は現実に引き戻された。

振り返ると背後で、古屋がステッキを持ち上げて延光寺側の小道を示している。見れば、木々の生い茂る坂の途中に白いものがうずくまっている。それが、小さな切株の脇に座り込んだ、白衣姿の男性だと気付くのに、数秒が必要であった。

一瞬ただ休んでいるだけなのかと思ったが、いくらか様子がおかしい。金剛杖が少し離れたところに倒れており、男はそれを拾おうともせずじっと切り株にもたれかかっている。

古屋が歩き出すのを見て、千佳も慌てて追いかける。そばまで歩み寄った千佳は、恐る恐る声をかけた。

「どうかしましたか？」

切り株にもたれるように座り込んでいたのは、六十年配の初老の男であった。よく日に焼けた肌は、しかし今は血の気がなく、額にはじっとりと汗がにじんでいる。明らかにただならぬ様相だ。

「大丈夫ですか？」

「地獄に仏や……」

弱々しい声が答えた。

「救急車を……頼みます……」

頭の中が真っ白になる千佳の背後で、古屋が手早く携帯電話のボタンを押す音が聞こえた。

「救急車を一台……、場所？　片島だ……。詳しい場所などわからん。山際だ」

滅茶苦茶な応答だが、それ以上のことを説明しようもない。それでもさすが冷静な古屋は、背後を振り返って目印になる民家や港の方角などを告げている。

男の背後にはリュックが放り出され、こぼれ出した荷の一部に交じってスマートフォンも落ちている。自分で助けを呼ぼうとして、それすらできずに倒れ込んでいたのだ。

森閑とした森の中に、苛立たしげな古屋の声が響く。

千佳には何もできることがない。それでもなかば無意識のうちに取り出したハンカチで、男の額の汗を拭きとっていた。

県立宿毛病院の待合室は、たくさんの高齢者であふれかえっていた。

杖を突く人、シルバーカーを押す人、車椅子に乗る人、椅子に座ったまま居眠りをしている人、皆軒並みにお年寄りだ。そんな騒がしい待合室に待ちかねたステッキの音が聞こえて、千佳は反射的に腰を上げていた。

「大丈夫でしたか？」

「当たり前だ。運ばれたのは私ではない」

診察室を振り返りながら、古屋はいつもの冷ややかな声で応じた。

「我々は帰ってよいそうだ」

古屋のその言葉を合図に、千佳は力が抜けたように息を吐き出した。

救急搬送された男性の発見者ということで、古屋と千佳も救急車への同乗を要請されてここまでやってきたのである。同乗したあげく、古屋は救急部の医師に呼ばれて、色々と質問されたようだが、縁もゆかりもないただの発見者であるから、答えられることなど知れている。

「病名は胸部大動脈解離、だそうだ」

歩きながら古屋は告げた。

「胸の大きな血管の壁が突然裂ける病気で、人によってはそのまま血管が破裂して突然死してしまうこともあるらしい。今回は、運よく生きて病院に到着できたが、まだ助かるかどうかはわからんと言っていた。血圧が落ち着きしだい、中村の総合病院に搬送だそうだ」

「まだ五、六十歳に見えましたけど、そんなに危ない状況なんですか？」

「もともと大動脈瘤（りゅう）という爆弾を抱えていて、今回の遍路旅で無理がかかったのかもしれないと医者が言っていた」

「爆弾がある身でお遍路さんを？」

「詳しいことはわからんが……」

古屋は一度足を止めて、男の運び込まれた救急部の入り口に目を向けた。

「結婚したばかりの娘に乳がんが見つかったんだそうだ」

唐突な言葉に、千佳はさすがに言葉に詰まる。

古屋は再び玄関に向かって歩き出しながら語を継いだ。

「四国八十八か所を回ると発願を遂げると言われている。あの男は、娘のがんが治ってくれるようただひたすらに祈りながら札所を回ってきたらしい。奥さんも早くに亡くなって、ただひとりの娘だということだ。自分の身を気遣う余裕などなかったのだろう」

粛然（しゅくぜん）として千佳は口をつぐんだ。

四国を回るお遍路たちにはそれぞれの理由がある。気まぐれのひとり旅もあれば、車に乗って御朱印を記念スタンプのように集めていく人々もある。けれども、本当は祈りの道なのだ。それも切実な、余人には計り知れないほどに切実な巡礼の道なのである。

しばし呆然として歩きながら、千佳はなんとか短い言葉を吐き出した。

「助かると、いいですね」

「同感だ」

古屋が応じたときには病院の外であった。

日はまだ東の空にあり、眩（まばゆ）い朝日を降らせている。

ずいぶん長い時間が過ぎたようでいて、まだ朝なのだ。病院の前には、これから受診をするらしき通院者たちが続々と詰めかけてきている。

その患者たちの流れと逆行するように、ひとりの看護師が院内から駆け出してくるのが見えた。古屋たちを見つけて、「すいません」とよく通る声を響かせる。

立ち止まった古屋と千佳のもとに、息を切らせながら走ってきたのは、四十歳前後のいかにもベテランといった様子の看護師である。

「間に合ってよかった」

「なにか？」と古屋は愛想のかけらもなく問う。

看護師の方は、威圧的な古屋の態度にもたじろいだ様子はない。

「さっきの救急車の患者さんが、ぜひお二人にお礼を言いたいって言うとりますけん、救急部に顔見せてもらえませんでしょうか」

控えめな笑顔にいくらかの土地の言葉がくわわって、柔らかな愛嬌がある。

「いくら町のそばでも、早朝のあんな山道で見つけてもらえるなんて、思いもせんかったて、とにかく感謝を伝えたいと言うとりますき」

一瞬目を細めた古屋はしかしゆるやかに首を振る。

「いや、やめておこう」

千佳の予想したとおりの返答だ。

「大病だと聞いている。具合の悪い患者にこんな不機嫌な顔を見せるものではない。どうぞお大事にとお伝えいただきたい。そして……」

一瞬言葉を切ってから、すぐに続けた。

「願わくば発願を遂げられますように、と」

口調は穏やかでも揺るぎないものがあった。

看護師もそれを感じたのであろう。それ以上はこだわらず微笑とともにゆっくりとうなずいた。

「本当にありがとうございました」

「礼なら私ではなく彼女に言ってくれたまえ」

古屋は鋭い目で傍らの院生を示す。

「彼女が、障碍者の私を置き去りにして、足場の悪い山道の散策を試みてくれたおかげで、あの男性を見つけることができたのだから」

「いつまで根に持っているんですか」

眉を寄せる千佳に、しかし看護師はまた丁寧に頭を下げる。

「患者さんに代わってお礼を言います。ありがとうございました」

「いいんです。私だって偶然なんですから」

慌てて千佳は両手を振る。

それでも看護師はもう一度深く頭を下げ、それから病院へ駆け戻っていった。

そろそろ午前の外来が始まる時間である。さぞかし忙しくなるのだろう。

病院前のロータリーにも、順々に車が入ってきては、車椅子のお年寄りを降ろしていく。

行きかう介護タクシーの向こうに白いラパンが入ってくるのが見えて、千佳は大きく手を振った。

「相変わらず、藤崎って妙な出来事に出会うよな」

ラパンの車内に、仁藤の陽気な声が響いた。

車は病院から片島に向かう国道をゆるやかに走っている。

朝からわずか二、三時間の間に起こった不思議な出来事を、助手席の千佳が一通り説明したばかりだ。

「やっぱ、そういうのって、藤崎の才能だよ。何もない町で騒動を拾ってくるんだから。だいたい、この前も長野で救急車に乗っていなかったか？」

「別に好きで乗っているわけじゃありません。私としては、もう少しのんびりと散策したかったくらいです」

「そうか。俺的には結構うらやましいんだけどなぁ」

騒動好きの仁藤は平然とそんなことを言う。

「まあしかし、お坊さんの読経のおかげで助かったなんて、本当に仏様の御加護ってやつじゃないか。一生懸命お遍路をしている人は、仏様も見守ってくれてるってことだな」

「そういうの、なんかいいですね」

仁藤と千佳の気楽な会話を、後部座席の古屋は黙然と聞いている。あまりに静かであるから千佳が肩越しに振り返ると、古屋は怜悧（れいり）な目を細めて、じっと窓の外を見つめたままだ。

「どうかしたんですか、先生？」

「どうもしない。ただ、いくら小さな町とはいえ、山際の遍路道の読経の声が、よく町の通りまで届いたものだと感心していただけだ」

「そうですね。本当に不思議なくらいよく聞こえる声でした。見た目も立派でしたし、きっとすごく名のあるお坊さんだったんじゃないですか？」

「では一目くらいは姿を見てみたかったものだな」

「先生は見ていないんですか？」

仁藤がバックミラー越しに視線を走らせる。

古屋は手元のステッキを軽く握りなおしながら、

「私が追いかけて行ったときは、立ち去ったあとだったらしい。私は障碍者だから、藤崎ほど足が速くないのでね」

「すみませんでした、先生」と千佳が古屋の皮肉を強引に押し返す。

「私もなんだか、夢中になって山道に入っちゃったんです。それくらい不思議な声に聞こえたんです」

「おまけにそれだけ立派な坊さんが、すぐそばの小道に倒れている病人に気付かぬまま行ってしまうというのも、実に不思議な話ではないか」

ごく当たり前のように告げた古屋に、千佳は軽く眉を寄せていた。

古屋は平然と続ける。

「ほとんど入れ違いでたどり着いた私はすぐに病人に気づいたのだ。坊さんは、生きている人間より祠の地蔵さんの方に夢中だったのかな」

感情の読めない古屋の言葉に、千佳は困惑を隠せない。

「どういう意味ですか？」

「どういうことはない。ただ私はその立派な僧の姿を見ることができなかったのだ。せめて君の言う魅力的な読経の声くらいは聞いてみたかったものだと思ってね」

淡々と告げる古屋に、今度こそ千佳は目を見張った。

　唐突な沈黙の中で、千佳は今度は身をよじって後部座席を振り返ったが、古屋は無表情で窓外を見つめるばかりだ。ラパンはくろしお鉄道に沿う国道を真っ直ぐ西に走っていく。谷間の国道から見えるのは山ばかりだ。

「先生は」とようやく千佳が口を開いたが、その声がかすかに揺れていた。

「先生は聞こえなかったんですか？」

　視線を戻した古屋は、静かに首を縦に動かした。

「私は何も聞いていないし、見てもいない。私が知っているのは、これから海を見に行こうと言っていたのに、君が突然わけのわからんことを言いながら山の方に歩き出したということくらいだ。念のため言っておくが、私は難聴ではない」

　ほとんど呆然としたまま、千佳は座り直し助手席の白い天井を見上げた。

　いろいろな言葉が浮かんでくるが、意味のある文章には至らない。ただ混乱したまま、豊かな森の景色だけが鮮明に思い出されてくる。

　揺れる木々、きらめく緑、見上げるような大木と、うずくまるような小さな祠。そして胸の奥まで響いてくる深い音律と、ゆったりと一礼した高僧。

　たしかに千佳は夢見心地であったが、夢そのものであったとは思えない。実際、古屋もそういった論評は一言も口にしていない。ただ、話すべきことは終わったと言わんばかりに沈黙している。運転席の仁藤も、ハンドルを握ったまま口を開かない。

重い沈黙を乗せたラパンが少し速度を落とし始めたのは、宿毛の市街地に入ってきたからだ。ときおり角を車が曲がるたびに光の差し込む向きが変わり、窓外を見つめる古屋の顔に陰影を刻んでいく。

「『同行二人』という言葉がある」

ふいに古屋が沈黙を破った。

千佳は困惑気味にうなずく。

「お遍路さんの菅笠に書いてある言葉ですよね。何度か目にしましたけど」

「観察力は結構だが、意味を知らねば役には立たん」

「お遍路のご夫婦とかが、二人で力を合わせて旅をするとかって意味だと思っていましたけど……」

「相変わらずバカの見本のような返答だな」

ばっさりと切り捨てられて千佳は反論もできない。

「『同行二人』というのは、お遍路はたとえひとり旅であっても、お大師様が寄り添ってくれる二人の旅だという意味だ。仮に五人で旅しても、ひとりひとりが弘法大師と一対一という関係は変わりない。皆が大師と二人で巡っていく。それが四国の霊場だ」

「『同行二人』……」

「それについては、昔から遍路道沿いの宿場に伝わっている面白い話があってさ」

仁藤が、前方を見つめたまま口を挟んだ。

「ときどきお遍路さんが、人気のない海辺や浜や山道で、えらく立派なお坊さんに出会えることがあるんだそうだ。道に迷ったときに行く先を教えてくれたり、ありがたいお経をあげてくれたり、ときには話を聞いてくれたり……。でもどこから来てどこへ行くお坊さんなのか尋ねる前に姿を消してしまう」

「それが弘法大師様？」

我ながら突飛だと思う千佳の質問に、しかし仁藤は微笑とともにうなずく。

「ちょっとびっくりするような話だけど、四国中にある話さ。そんなときは、お遍路は〝お大師様に会えた〟と言って心から感謝するんだ。宿毛にもそんな話はたくさん転がっていると清家さんが言っていたよ」

仁藤の話に、千佳は思わずため息をつく。

ため息をつきつつ、その脳裏に浮かぶのは無論、祠に向かって経を読んでいたあの不思議な高僧だ。

「結論を急がぬことだ」

千佳の思考を読み取ったかのように、古屋が静かに遮った。

「なにが真実かを確かめるすべはない。ただ、そうではないと言う理屈もない。いずれにしても我々がいささか不思議な出来事に出会ったということは確かだ」

いささかどころか、思い返せば不可思議な点ばかりが見えてくる。

あの時、頭上から降り注いできた、豊かな小鳥のさえずりや、眩いほどにきらめいていた日の光は、自分だけが見聞きしたものであったのだろうか。

しかし困惑のただ中にいる千佳に比して、古屋はまことに淡々としたものだ。

「この世界には理屈の通らない不思議な出来事がたくさんある。科学や論理では捉えきれない物事が確かに存在する。そういった事柄を、奇跡という人もいれば運命と呼ぶ人もいる。超常現象という言葉で説明する者もあれば、『神』と名付ける者もある。名前はなんでもよい。なんでもよいが、目に見えること、理屈の通ることだけが真実ではない。そのことだけは忘れないことだ」

深みのある声だ。自然と心の奥底まで響いてくる、千佳の好きな声である。

しばし沈黙していた千佳は、やがて小さくうなずいていた。

ラパンは再び速度を上げ始めた。

宿毛の市街地を抜けて、畑地を貫く県道に入ったのだ。今しばらく走れば港町片島である。

「でも……」

千佳は青々とした空に目を向けながら吐息した。

「どうして私にだけ声が聞こえたんでしょうか？」

「さてな」と古屋は思わせぶりに顎に手を当てる。

「君は頭はからっぽだが、ときどき優れた感性を発揮する。つまりは、そういうことなのかもしれんな」

つかみどころのない返答に、千佳も困惑するしかない。

「それって褒めてるんですか、それともからかってるだけですか？」

「無論、後者だ」

眉ひとつ動かさず古屋は応じた。

宿毛の市街地を抜けて、真っ直ぐな県道をラパンは走っていく。

狭い歩道を歩くお遍路の姿が見えた。菅笠に記された『同行二人』の四文字が、妙にくっきりと千佳の目に映った。

〝アーメが降る日も、雪降るとても
ガッコ通いは、我らのつとめ
ケンザン先生、手本と学び

おこたるまいぞ、一日(いちいつ)たりと〟

子供たちの明るい歌声が聞こえてくる。

学校帰りの数人の小学生が、大声で歌いながら畑のあぜ道を走っていく。

宿毛駅の駐車場に立ったまま、千佳は額に手をかざして辺りを眺めていた。

高架の線路をそのまま駅にした宿毛駅は、二階建ての駅舎で、一階に申し訳程度の商店がおさまっている。その商店のすぐ隣の窓口で、古屋が切符を買っているところだ。

「また全部電車で行くんだって？」

呆れ声をあげたのは、ラパンからリュックサックとスーツケースを下ろしてくれた仁藤だ。

「よくやるよな、先生も藤崎も。宿毛に一泊するために、移動に二泊使うんだろ？」

「別に私は好きでやってるわけじゃありません」

「そうだった」

笑いながら仁藤は額の汗をぬぐった。

まだ三月のなかばというのに、驚くほどの陽気である。日差しは強く日向(ひなた)に立っているとそれだけで汗ばむほどだ。

千佳に並んだ仁藤も、あぜ道を走っていく子供たちを眺めやる。潮風の中を、ランドセルを背負った子供たちが前に後ろになりながら、勢いよく駆けていく。のどかな景色である。

「藤崎さ」

ふいに仁藤が口を開いた。

「お前、東京に帰ったら、学会誌に本格的な原著論文を投稿したらどうだ？」

千佳はおもわず先輩の横顔を眺めやる。

仁藤が千佳の学業に口を出すなど初めてのことだ。親しく言葉をかわしていても、話題のほとんどは日常の他愛もない出来事に限られていたのである。

「俺がここで博士論文を仕上げて、お前も一本それなりのものを形にすれば、古屋先生の研究室の実績になる。もちろん去年、研究報告の小論文を通したことは立派だと思うけど、やっぱり原著論文じゃないとインパクトはない。逆に論文がうまくいけば、変人古屋は自分の研究だけじゃなく、ちゃんと院生の指導もしているんだってことで、教授会での株も上がる」

「つまり教授選のときに有利になるということですか？」

「そういうこと」

いつも笑顔の仁藤は、しかしその本心は見えにくい。この笑顔が意外に曲者であることに千佳は気が付いている。

「俺は古屋先生に教授になってほしいと本気で思ってる」

「知っています。先輩は古屋先生の大ファンですもんね」

「そうなんだが、でもそれだけじゃないんだ」

明るい日光に目を細めつつ、一呼吸置いた仁藤は続けた。

「藤崎は多分、自分で思っているより先生の思想をしっかりと受け継いでると思うよ」

思わぬ言葉に、千佳は改めて仁藤を見返した。

「急にどうしたんですか？」

「一昨日の夜の、藤崎の話を聞いていて思った。何にも考えていないと思っていたら、意外に先生の思想の核の部分をちゃんと摑んでる。藤崎は確かに先生の弟子だよ」

「弟子って……、それならジン先輩の方こそ一番弟子じゃないですか」

「そうでもないんだよな。俺って優秀だからさ。型にはまりきらないんだ」

ぬけぬけと乱暴なことを口にする。

こういう危険なセリフを、爽やかに口にできるのもこの先輩の特異な能力のひとつだ。

「藤崎には藤崎のやり方があるんだろうけどさ、そろそろ何か一仕事やってみてもいいと思う」

笑顔のままで告げながら、仁藤は返事も聞かずあっさりラパンの運転席に乗り込んだ。

「まあ、東京に着くまでたっぷり時間だけはあるんだ。しっかり考えてみな」

「見送りはしてくれないんですか、先輩」

「柄じゃないよ。だいたい一週間後には俺だって東京に戻るんだ」

車のエンジンをかけながら、仁藤は片手をあげた。

「じゃ、先生を頼んだよ」

言うなりあっさりとラパンは発車し、そのまま駅前のロータリーを回って走り去っていく。困惑を抱えたままの千佳は、とりあえず手を振って見送るばかりだ。

古屋の思想を受け継いでいる。

そんな言葉を、尊敬する先輩から受け取る機会が自分にあるなどとは思いもしなかったことであった。

胸の内には戸惑いとともに、何か弾むような躍動感がある。

「先生の弟子、か……」

そっとつぶやきながら、千佳はしばらくラパンの去った方角を見つめていた。

駅の周辺は人影がまばらで、すでに子供たちの姿も見えない。畑の砂利道を走っていく軽トラックが、盛大な砂埃（すなぼこり）を舞い上げている。風もなく、強い日差しのせいで、畑地のあたりには陽炎（かげろう）が立っている。

千佳がふと目を細めたのは、日差しと砂埃の向こうの県道に、しっかりとした足取りで歩いていく白衣の人影が見えたからだ。

遠目であるからよくわからないが、比較的若い女性であろう。一歩ごとに笠が小さく揺れ、杖が上下する。足取りは律動的で、何やら強い意志のようなものがにじみ出ているように見える。

以前であれば何気ない四国の一景色に過ぎなかったその有り様が、しかし今の千佳には様々な感慨を引き起こす。若い年で、女性がひとりで八十八か所を歩いているのだ。よほどの願いがあるのかもしれない。

千佳は我知らずそっと手を合わせていた。

〝同行二人〟

言葉通りなら、あの孤独なお遍路のそばにも、お大師様が付き添ってくれているに違いない。

「急に心を入れ替えて、信心深くなったのか？」

突然降ってきた毒舌は、言うまでもなく古屋のものだ。毒舌とともにステッキの音が近づいてきた。

「十二時二十分発の特急『南風』だ」

古屋が差し出した切符を見て、千佳は軽く首を傾げる。

「高知駅までですか？　児島まで買えばいいじゃないですか」

「高知空港から飛行機だ」

「飛行機？」

千佳の素っ頓狂な声が、青空の下に響き渡る。

じろりと古屋が冷ややかな目を向けた。

「言っておくが私が乗るわけではない。君がひとりで先に飛行機で帰りたまえ」

目を丸くしている千佳に古屋は面倒そうに続ける。

「丸一日の列車の旅は応えるのだろう。私の飛行機嫌いにことごとく君が付き合うことはない。ただし席が空いているかどうかは知らんぞ。平日の高知─東京便なら、よさこい祭りでもなければ満席になることもないだろうがな」

無感動な口調の古屋に、千佳は思わず口を開いた。

「もしかして先生。私のこと心配してくれているんですか？」

「心配？」

あからさまに眉を寄せ、ため息をつきつつ、身をひるがえす。

「君の底なしの楽観主義には脱帽だな。私はただ、せっかくの静かな汽車の旅で、やかましい小言を聞かされるのは御免こうむりたいだけだ」

言いながら、背を向けてさっさと駅構内の商店に入っていく。大きく背中が揺れるたびにステッキの音が響き渡る。

千佳は手元の切符を眺め、それから足元のリュックと、その隣に置いた古屋の小さなスーツケースに目を向けた。相変わらずどこへ行くにも荷物は少ない。少ないとはいえ、あの足でステッキを突きながらスーツケースを引くのは楽ではない。

「まったく……、素直に手伝ってくれって言えばいいのに」

古屋はすでに商店の店先に立って、『土左日記』を買い込んでいる。

千佳は大きく息を吸い込んで、声を上げた。

「先生、私の分も買っておいてください！」

肩越しに振り返った古屋は、露骨に顔をしかめている。しかし千佳はたじろがない。のみならずもう一声、張りのある声で告げた。

「私、ちゃんと一緒に行きますよ！」

古屋は返事もしなかった。けれども一瞬動きを止めた古屋が、『土左日記』をもうひと箱店員に渡した様子は確かに見えた。

千佳は、一度くるりと背後を振り返る。

県道に、すでに遍路の姿はない。その何も見えない景色に向かって千佳は深く一礼し、すぐにスーツケースを引いて歩き出した。
古屋はすでに改札をくぐって、階段を登り始めている。
背中を押すように爽やかな潮風が流れていく。
特急『南風』は、まもなく発車である。

第五話　灯火(とうか)

昼下がりの明るい境内に、堂々たる老木が影を刻んでいた。

黒々とうずくまる太い根回り、天へ向けて伸び出した大きな幹、その先は次々と分かれて、やがて無数の枝が弧を描いて滝のように流れ落ちてくる。

枝の数は多いが、葉は繁(しげ)くない。まるで天を支えようとして無闇に組み上げられた古びた鉄骨のような無数の枝が、縦横に中空を覆っている。一方で、一見枯死したように見える石のような幹周りに明るくひらめく若葉がある。

威風と寂寥(せきりょう)とをひとまとめに従えて、大樹は悠々と春の風に揺れている。

「大きな木……」

藤崎千佳は、山門の下で足を止め、額に手をかざして頭上を見上げた。

巨木が鎮座するのは、山門から延びる石畳の傍らである。木の威容は圧倒的だが、寺そのものは大きくない。むしろ庫裏も鐘楼もないまことに小さな古刹で、大樹の枝の一部はすぐそばの築地塀を越え、外の路地に影を落としているほどだ。

　そのまま塀の向こうに視線を巡らせれば、四方には林立するマンションやアパートが目に飛び込んでくる。灰色にすすけた古い六階建てや、その裏手に据えられた赤さびた鉄の非常階段、書類の積み上げられた窓の並ぶ専門商社らしいビルもあれば、生活感にあふれた三階建てのアパートも見える。

　そこは東京のまっただ中なのである。

「大学の近くに、こんな場所があったのね……」

　千佳の通う東々大学の周囲は、もともと寺が多い土地だが、しかし、大学の裏手の、雑然と建物の入り乱れる一角に、これだけ巨大な木があることを、千佳は全く知らなかった。

　風が流れて滝のような枝葉が揺れ、きらきらと木漏れ日が降ってくる。樹下の影が濃厚であるだけに、降り注ぐ光は眩いほどだ。

　つかの間、大樹を見上げていた千佳は、しかしすぐに我に返って歩き出した。

　山門を抜け、石畳を歩いて巨木の下を抜けていけば、その先に古びた日本瓦の本堂が見えてくる。

　本堂正面の欄干に、奇妙な組み合わせの二人の男の姿が見えた。

　ひとりは、正面の木の階段に腰かけている異様に眼光の鋭い男で、言わずもがなの古屋神寺郎である。いつものくたびれたダークグレーのジャケット姿で、右手にステッキを握りしめたまま、むやみと険しい顔をしている。

　もう一方は、黄色い僧衣の上にゆったりと袈裟をかけている鶴のように痩せた老人だ。あぐらをかき太い柱に身をもたせかけて、ゆるりと茶をすすっている様子は泰然たる空気をまとって、古寺の景色に溶け込んでいる。

　なかなか奇抜な組み合わせの二人だが、無論、千佳が用事があるのは、前者の方である。

「こんなところで何をやっているんですか、先生」

　足早に歩み寄った千佳の声に、古屋が顔をあげた。と同時に露骨に眉を寄せて、低い声を響かせた。

「君こそこんな場所まで何の用だ、藤崎」

「もちろん先生を探しに来たんです。大事な用があると言って出かけて行った先生が、なぜこんなところでのんびりしているんですか」

「そう無闇と大きな声を出すものではない。せっかく静かな古寺の本堂で、住職から茶を頂いているのだ。君も少しは風情というものを解したまえ」

「風情についてはあとで聞きます。まずは、新学期が始まって早々の大事なガイダンスを放っておいて、こんな場所で何をやっているのか教えてください」

千佳の遠慮のない声に、古屋はいかにも不本意そうに沈黙した。

「新入生を放置して、のんびりお茶を飲んでいるのはどうかと思います」

「放置などしていない。ちゃんと仁藤に任せてきたはずだ。だいたい、入学と同時にすっかり気が緩んで、アルバイトと歓迎会の予定で頭の中がいっぱいになっている新入生に、私が話すべきことなどなにもない」

「そういう勝手なことを言っているから、尾形教授が苦情への対応に追われることになるんです」

「苦情があるなら直接私に言えばいい。教授を巻き込むとは何という狼藉だ」

「なにが狼藉なんだか、理屈が逆立ちしてるよ、古屋先生」

ふわりとそんな言葉を投げ込んできたのは、傍らの老僧である。

振り返った千佳が戸惑ったのは、柔らかな声を発した僧が、存外に不敵な笑みを浮かべていたからだ。俗気がすっかり抜けたような端正な居住まいでありながら、目に太い光がある。

「雲照住職。つまりはこの輪照寺の主人だ」

古屋の紹介に、老住職は白い頭をつるりと撫でて笑う。

「寺の主人は仏様だ。俺はいわば仏の掌の居候」

「昼間から経も上げずに茶をすすっていられるのだから、実にうらやましい居候です」

「その居候の淹れた茶を味わいながらこんな可愛い娘さんに探してもらえるんだから、大学の先生というのもいい身分じゃないか」

毒舌の古屋相手に、住職は悠揚たる態度を崩さない。

古屋は古屋で、いつになく遠慮がある相手なのか、それ以上は反論せず、千佳に目を向けた。

「私がここにいるとよくわかったものだな。教授でさえ、知らぬことのはずだが」

「ジン先輩に教えてもらいました。学内にいないのなら、きっとここにいるはずだと」

「あいつも薄情な男だ」

あからさまにため息をついた古屋は、それでも観念したように、右手のステッキを握りなおした。

「せっかくの茶の時間もここまでです」

「結構結構、茶は逃げんよ。ちゃんと仕事を終わらせてからおいで」

笑って一揖する僧に、古屋は黙礼を返して立ちあがった。

その動作がやたらと危なっかしいのは、古屋が左の足に故障を抱えているからだ。

少し内側に曲がったその足は、ステッキがなければ歩くこともできないのだが、迂闊に手を貸そうとするとかえって逆鱗に触れることも千佳は知っているから、黙って見守るしかない。

やがて、古屋が無事に階段を下りて石畳を歩き始めるのを確認すると、千佳は笑顔の住職に一礼し、すぐにあとを追いかけた。

「ここって、昔からよく来るんですか？」

横に並んだ千佳の言葉に、古屋はステッキを動かしながらいかにも面倒そうに応じる。

「私はそれほど暇ではない。だが、学生たちの頭の中がアルバイトと宴会でいっぱいになっているこの季節は、しばしば足を運ぶ。住職の口は悪いが、淹れてくれる茶はうまいし、境内の景色は格別のものがある」

そう言って足を止めた場所は、石畳の脇にあるあの巨木の下だ。

立ち止まった古屋に応じるように、風が流れて、豊かな枝がざわめいた。

「見事な桜だと思わんか」

「桜なんですか？」

思わず千佳が声を上げる。

太い幹、無骨な枝、揺れる柳のような枝先のどれもが桜の印象とは程遠かったのだ。

「枝垂桜（しだれざくら）の老木だ。ソメイヨシノの若木ばかりを見慣れていると桜には見えんかもしれんがな」

「これだけ大きな桜なんて、満開になったらすごいんでしょうね。もう少し早く来られればよかったです」

「満開にはならん」

古屋の返答は簡潔である。

「十数年ほど前までは、それなりに花を散らしていたが、最近ではもう開花を見ることも稀（まれ）になった。なにせ樹齢六百年以上と言われる年寄りだからな」

「六百年？」

驚くべき長大な年月に、千佳が驚嘆の声を上げているうちに、すでに古屋はステッキを動かして歩き始めている。

「すごいですね。東京にこんな木があったなんて」

「今は珍しいことだが、昔は珍しくなかったはずだ。四百年ほど前、家康（いえやす）がここに城を築くまでは、東京はもともと広大な森と湿地の広がる土地だったのだから」

こつりこつりとステッキがリズムを刻むのに合わせるように、古屋の低い声が響く。

「かつての広大な関東平野には、昼でも暗い大森林が広がり、そこかしこの沼沢地（しょうたくち）は水であふれ、人も容易に通わぬ土地だった。おそらくこの桜の木のような巨木がそこかしこにあったはずだ。そういった巨木を土地の神として大切に守ってきたのが日本人だと言っていい」

古屋の声が独特の抑揚を持って響く。

「だが近代に至ってこの国は、木々を次々と切り倒し、アスファルトとコンクリートで土地を塗り固めてきた」

古屋は山門まで歩いてきたところで、肩越しに静かな境内を振り返った。

「ことごとく木を切り倒したあとには、何が残っているのかな」

短いつぶやきは返答を期待したものではなかった。その証拠に、すでに古屋は大きく肩を揺らしながら歩き始めていた。

千佳がすぐに動かなかったのは、脳裏に古屋の言葉が低く長く余韻を引いて、景色が浮かび上がっていたからだ。

広大な森、見上げるような巨木、土地の人々が張った注連縄(しめなわ)や樹下にうずくまるような小さな祠(ほこら)。いずれも今では、あまり目にすることがない。

ゆっくりと視線を巡らせれば、大樹の向こうに灰色の無機質なビルが折り重なるように屹立(きつりつ)していた。

白く輝く、コンクリートの森であった。

時候は四月である。

大学院に進学した千佳も、いつのまにか一年を研究室で過ごし、修士課程の二年目に入っていた。

学部生と違って院生には、学期ごとの煩雑な試験やレポートはほとんどない。黙って座っていれば一年目が二年目になるだけで、さらに座り続けていれば、二年目は三年目になる。大事なことは年数をいくら重ねたところで誰かが褒めてくれるわけではないし、卒業証書が勝手に向こうから舞い込んで来るわけでもないということだ。卒業のために必要なのは、言うまでもなく修士論文なのである。

「で、順調なの？　論文」

「順調なわけないでしょ」

問いかける声に、千佳はふてくされて応じた。

「毎日毎日、すぐにいなくなる指導教官探しに明け暮れてるわ」

「そりゃ大変。古屋先生って、医学部の先生たちでも知ってるくらいの変人だものね」

陽気な顔で笑ったのは、千佳の同期の来栖鳴海（くるすなるみ）である。潔いほど短く切った髪を片手ですきながら、よく動く明るい目が千佳を見返している。

鳴海は、同期と言っても予備校時代の同期で、ともに一浪をしていた苦難の時代の戦友だ。ただし受験戦争に勝ち残って進んだ道のりはまったく別で、文学部で民俗学を学ぶ千佳に対して、鳴海は最難関とも言われる東々大学の医学部に進学した。選んだ道は異なるが、鳴海のさばけた性格は千佳と似たところがあり、大学生活が始まってのちも、しばしば二人で顔を合わせている。

二人が会う場所は、文学部の敷地内にある喫茶『ヒューベリオン』で、大きなガラス張りの窓から燦々と降り注ぐ日差しの下、二人で特製ストロベリーパフェをつつくのが定番である。

「で、新入生のガイダンスを放置して、古屋先生は大学から姿を消しちゃうわけだ」

「もともと滅茶苦茶なところがある先生なんだけどね。ここんとこ特にひどいのよ。これじゃいきなり旅の準備をしろって言われて、フィールドワークに引っ張り出される方がまだマシなくらい」

「いいわよねぇ、千佳は日本中旅をするのが仕事になるんだもの。私なんて、ほとんど講義室と病院の往復ばかりで、たまに学外に出るときだって院外研修でほかの病院の中だもん」

無造作に自分の短い髪をくしゃくしゃにしながら鳴海が言う。

千佳はすでに大学を卒業して修士課程の二年目だが、六年制の医学部にいる鳴海はまだ学生だ。とはいえ、すでに医学部の最終学年で、国家試験の勉強から病院研修まで、かなりハードな日々を送っている。大学院とはいえ、論文の資料整理をしながら指導教官を探し歩いている千佳の方が、ゆとりがあるように見えるだろう。

「でも、旅好きの先生が旅にも出ずに、近所のお寺参りなの？」

「大きな桜の木に夢中みたい」

「桜？」

「樹齢六百年の桜」

「なによ、民俗学から植物学に鞍替え(くらがえ)したの？」

「ただの職場放棄でしょ」

千佳はため息交じりに窓の外に目を向けた。

文学部の建物の一階を借りて営業しているのが『ヒューベリオン』である。

窓の外には通りを挟んで、立ち並ぶ並木とその向こうの赤レンガの建物が見えるが、もともと人の往来も多くはなく、総合大学の中にあるとは思えないほど静かだ。無機質な外観のビルの一階にありながら、店内は木造りを基調とした落ち着いた雰囲気で、千佳も鳴海も入学したころから好んでここに散歩にきたものである。

今日も今日とてまことにのどかな日和だが、千佳の心中はのどかとは縁がない。

「いつのまに敬虔(けいけん)な仏教徒になったのか知らないけれど、最近は足しげくお寺に行ってるみたい。今日は午後の講義もないから、また出かけてるんじゃないかしら」

「てことは、あの狭い研究室に、イケメンの先輩と二人きりなわけだ？」

軽く身を乗り出しつつそんなことを言う鳴海に、千佳はスプーンをくわえたまま呆れ顔を向ける。

「またそんな顔をしてるけど、あの仁藤先輩と二人っきりでいられる絶好のポジションにいながら、変わり者の学者先生ばかり追いかけまわしている千佳の方が、よっぽど変だからね」

「別に好きで追いかけまわしているんじゃありません。だいたいジン先輩だって、見た目は爽やかかもしれないけど、頭の中は結構ドライで、計算高いのよ。一筋縄じゃいかないんだから」

「いいじゃない。イケメンの策士なんて、下手なお坊ちゃんより断然かっこいいわ」

鳴海の反応に千佳は深々とため息をついた。

ジン先輩というのは、千佳の研究室にいる博士課程の大学院生、仁藤仁のことである。

頭脳明晰、論理は明快で、おまけに爽やかな好青年ということもあって、女学生からの人気も高い。鳴海は何度か千佳の研究室に遊びに来たときに挨拶をして、すっかりお気に入りになっている。

しかし仁藤がにこやかな笑顔をふりまきつつも、ただにこやかなだけの人物ではないことを千佳は知っている。切れ者で自負心に富み、政治的な駆け引きにも長じた野心家的側面も、しっかりと持っている先輩だ。

脳裏には、先日、輪照寺から帰ってきた千佳を迎えたときの、仁藤の笑顔が浮かぶ。

〝うちの先生、ちゃんと桜の木の下にいただろ？〟

徒労感いっぱいの千佳に対して、飄然（ひょうぜん）たる笑みだ。

〝研究室か図書館にいないときは、結構あそこにいるんだよ。昔から古屋先生の駆け込み寺なんでね〟

〝わかっているなら、たまにはジン先輩も連れ戻してください。いつも私ばっかり教授に頼まれるんですよ〟

眉を寄せて応じれば、仁藤は一向気にした風もなく、

〝いいじゃん。俺が行くより藤崎が行った方が、古屋先生も言うこと聞くんだよ。それに俺は博士論文で忙しいけど、藤崎はまだまだヒマだろ〟

笑顔のままで容赦のない一言が返ってくる。

こういう一面を見たことのない女学生たちが仁藤に夢中になるのもわからなくはないが、聡明なる医学部の戦友まで同じリアクションであることは、千佳にとって不本意そのものだ。

「教官探しに明け暮れてるおかげで、全然論文が進まない身にもなってほしいものだわ」

「おかげで、ってところはいただけないわね。時間さえあればあっさり書き上げてしまいそうに聞こえるわよ」

さらりと痛いところを突いてくる。

「民俗学なんて変わった道を選んだのは自分なんだから、がんばるしかないでしょ。だいたい修士が終わったらどうするかとか、ちゃんと考えてるの？」

「修士が終わったら？」

意外な話題の跳躍に、千佳は二度ほど瞬(まばた)きする。

それを見て今度は鳴海が呆れ顔だ。

「相変わらずなんにも考えてないのね。就職よ、就職。もしかして一生を民俗学に投じるつもりなの？」

問われた方の千佳が戸惑う番だ。

すでに修士二年目に入っているから、将来について何も意識していなかったというわけではない。しかし具体的な目標があるかと問われればそのビジョンもない。実際、実家の母からも微妙に心配の声は届いている。

「まあたしかに自分で選んだ道だけど、研究者になるかと言われると迷うし、でも研究やめて就職っていうのもあんまり実感湧かないし……」

「相変わらず能天気ね。そういうところが千佳のいいところだけど」

鳴海は面白そうな顔で、イチゴを口の中に放り込んでいる。

そういう鳴海の方は、いくら今が研修や勉強で大変とはいえ、将来については医師という道が決まっている。少なくとも就職の心配をする必要はない。

「鳴海は、将来が安定しているものね。うらやましいわ」

「じゃ、内科学全書から外科の解剖学まで、全部暗記してみる？　夢の中にまでウイルスとか寄生虫の名前が出てくるようになるわよ」

「遠慮しておく」

首をすくめて、千佳はスプーンを生クリームの山に突き刺した。

再び窓外に目を転じれば、生い茂る並木の木の葉の隙間からきらきらと昼の日差しが降ってくる。それなりに大きな樫の木のはずだが、なにかこぢんまりとした姿に見えるのは、あの輪照寺の巨木を見たためであろうか。

「将来か……」

なんとなくつぶやいた声は、鳴海のもとには届かなかったようで、つかの間の午後の静寂が広い店内を包んでいた。

東々大学は、東京都心にある由緒ある総合大学である。

その長い歴史ゆえに、都心の大学としては稀有なほど敷地も広く、周囲にはビルやマンションが立ち並んでいるものの、街並みのそこかしこに明治以来の古い住宅街の名残りがある。

身を寄せ合って建つようなマンションやアパートの隙間には、車も入れないような小道が縦横に連なり、傾斜のきつい坂ややたらと気ままに折れ曲がる小道の先に、唐突に古い神社や仏閣が鎮座していることもある。もちろん東京ゆえの変転の激しさは否めないが、慌ただしい生活の底をさりげない情緒が支えているような土地である。

学生と院生あわせて五年間をこの町で過ごしてきた千佳は、それなりに一帯に親しんできたはずだが、今でも歩いたことのない小道や坂があり、樹齢六百年の桜の木の存在もまったく知らなかった。

「ほんと、立派な木……」

『輪照寺』の額の掲げられた山門の下で、千佳は改めて眼前にそびえる巨木を見上げた。

先日訪れてからまだ数日しか過ぎていないが、春の陽気は日に日に増して、多くはない緑があざやかになり、樹下の影が一層濃くなったように見える。すぐ傍らの古びた築地塀も今は濃厚な影の下に溶け込み、かえって境内が広く感じられるほどだ。風が吹くと、無数の枝がさわさわと清流のせせらぎのような音で千佳を包んだ。

「私だって別に暇してるわけじゃないのよ」

巨木に向かって言い訳をした千佳は、すぐに本堂に連なる石畳を歩き出した。

その脳裏には、つい先刻、研究室の前で出会った尾形教授の顔がある。

〝すまんが藤崎さん、古屋君を見かけなかったかね？〟

小柄で、大きな黒縁眼鏡をかけた尾形教授は、物腰やわらかで、どことなく気弱な印象さえ与える人物だ。少しむくんだような丸い顔で、遠慮がちにそんなことを言う様子を見ると、とても文学部の一学科を預かる教授には見えないが、学会に行くと印象は逆転する。教授はそこに立っているだけで、多様な分野の学者たちから次々と助言を求められる民俗学の重鎮なのである。

〝このところなかなか古屋君に会えなくてね。彼に相談したいことがあるのだが〟

困惑顔でそんなことを言う教授の顔を見ると、千佳としては見過ごす気になれない。

〝ちょっと探してきましょうか〟と言うと、教授は嬉しそうにうなずいたのである。

「我ながら、ホントお人よしだわ」

石畳を歩きながらため息をこぼした千佳は、巨木の下を過ぎたところで、先日と同じ二つの人影を欄干に見つけたのである。

雲照住職の痩せた手に小さな白磁の酒杯がある。

そこに向けて古屋がゆっくりと徳利を傾ける。

とくとく、と軽快な音を立てて酒杯が満たされると、住職は柱に背をもたせたまま悠々とそれを干し、満足げに息をついた。

一呼吸を置いてから、住職が千佳に細い目を向けた。

「君も飲むかい」

「遠慮しておきます」

できるだけ控えめに答えたつもりだが、声には微妙な調子が含まれていたようで、それを正確に拾い上げるように老住職が笑った。

「僧が酒を飲んでいいのか、と言いたいかい？」

「いえ、ただ、お坊さんって、いろいろ禁止されていたように思ったんですが……」

「もちろん、そういう宗派もある。しかしそうでない宗派もある。わしはもちろん、そうでない方だ」

からりとした返答で、

「だいたい酒のうまさも知らんで飲酒の罪を述べるなど空論というものだ。酒も女も放蕩(ほうとう)も、知ってその罪を説くからこそ、言葉に真実が備わる」

言っているそばから古屋の注(つ)いだ次の一杯を傾ける。

ずいぶん勝手な話であるし、おまけに昼間から本堂で酒を飲むという行為まで目をつぶってくれる宗派があるとは考えにくいが、老僧の挙措(きょそ)はなかなか堂に入ったもので、ともすれば、茶の湯の作法のごとき悠揚たる趣さえある。

とりあえず老僧の不可解な威風に飲まれぬよう、千佳が視線を傍らに転じれば、古屋の方はいつもの仏頂面のまま短く応じた。

「飲んでいるのは住職だけだ」

片手の徳利をそばの盆において、代わりに湯呑(ゆのみ)を取り上げる。

「私はいつも茶を頂いている」

「お茶だからいいという話ではありません」

つかみどころのない老僧と違って、相手が勝手知ったる偏屈学者となれば、千佳も調子を取り戻す。

「教授が探しています」

「知っている」

「知っているなら、こんなところに昼間から出かけてきてお茶を飲んでいるのは問題です。教授も最近、先生になかなか会えないと困っていらっしゃいました」

「それも知っている。しかし、君も毎度私を探しに来るとは、そんなに暇なのか？」

「暇じゃありません。教授が困っていたから見かねて探しにきたんです」

「困っているのはお互い様だ。呼ばれて顔を出したところで、埒もない話ばかり聞かされる。私も迷惑をしているのだ」

迷惑？　と首を傾げる横で、住職が白磁の酒杯をことりと盆に置いた。

「次の教授になれって話かい」

ぽんと投げ出すような声に、千佳が振り返ると、雲照住職は痩せた頬ににやにやと意味ありげな笑みを浮かべている。

「学徒にとって教授ってのは、ひとつの頂点だろ。目指すべき目標であるはずなのに、次期教授に推薦されることがそんなに嫌なのかい？」

単刀直入な問いかけに、古屋は動じない。

「教授になるのが嫌なのではありません。自分の職責を放棄して、早々に隠居しようと考える尾形教授の態度が気に入らないのです」

「年なんじゃないか。人間いつまでも走り続けられるわけもない」

「教授はまだ五十代です。定年までは十年近くある。派手さはないが温厚な人柄な上に、学者としての視野は広く、粘り強い論述には定評がある。今しばらくは走り続けてもらわなければ困る人物です」

「おや、文句を垂れているわりに、教授先生を高く評価しているんじゃないか」

「当たり前でしょう。評価しているからこそ、あの研究室で働いているのです。そうでなければ私の方から交代を申し出ているところです」

千佳としては意外な会話であった。

尾形教授が以前から古屋を次期教授に推薦している話は耳にしていた。それを古屋が嫌がっていることも知っていたが、その理由がこんな内容であったとは思いもしなかったのである。

変人で知られた古屋には、学内のみならず全国学会でも敵が多い。その古屋の実績を冷静に分析し高く評価している教授はさすがの一言に尽きるだろうが、一方で、古屋の方が教授をどう思っているかは全く知らなかったのである。

「今の民俗学は、控えめに言っても混迷のただ中で、先行き不安な学問領域です。あいう人が中央に居座っていてもらわねば、根底から崩れかねません」

古屋が険しい顔のまま湯呑を持って口をつける。

それを横から眺める住職は、ふん、と笑いながら空の杯に酒を足そうとしたが、傾けた徳利に酒がない。ふむとうなずいて立ち上がりかけた住職を、古屋は速やかに制して左手で徳利を取り、右手でステッキをつかんだ。

すかさず住職が言う。

「足の悪い先生を使って悪いね」

「心にもないことをおっしゃる」

「一升瓶は、奥の炊事場のガラス戸だよ」

「承知しています」

古屋はさして気にした様子もなく、そのままステッキを突きながら本堂の脇を抜けて奥へ消えて行った。途中、薄暗い本堂の奥に鎮座する御本尊に向けて、軽く一礼して通り過ぎていく姿は、いかにも往来に慣れた様子だ。

自然、千佳は問うていた。

「古屋先生は、もうずいぶん昔からここに来ているんですか？」

古屋の動きはまるで勝手知ったる我が家のようで、千佳としては戸惑いを禁じ得ない。

「ずっと通い詰めているわけじゃないがね。付き合いは長い。最初に来たのは、あの先生がまだ学生さんの頃だった」

「学生さん……」

さすがに千佳は驚く。

「東々大学の学生さんだった頃だから、もう二十年は経つかな。何かの拍子にここに立ち寄って、あの枝垂桜をよほど気に入ったらしい。その頃はよく散歩に来ていて、茶も酒も、ときには飯も食わせてやったもんさ」

老僧がゆるりと視線をめぐらした先には、その巨大な桜の木がある。

花もさかず、朽ちかけた枝もある、六百年の老大木だ。

「学生がやがて駆け出しの研究生になり、研究生が助教になり、助教が講師になった頃には、ずいぶんご無沙汰していたが、いつのまにか母校の准教授になって戻ってきた。しかしそれがとうとう教授になるっていうのは、感慨深いものがあるね」

「本当に教授になってくれるかは、まだわかりませんが」

「そうだな。あの変わり者のことだから、またふいとどっかに行ってしまうかもしれん」

ゆったりと語る声には読経で鍛えたであろう太い響きがあるが、同時に親心にも似た温かさがある。

「まあなんにしても、二十年て時間は、長いように見えて短い。あの桜にとっては、瞬くほどのつかの間だろうさ」

またやわらかな風が吹き抜けて、滝のような枝がさわさわと揺れている。

境内がマンションやビルの間の窪地(くぼち)のような場所にあるために、風の通り道になっているのであろう。いつ来てもここには風が流れている。

「あの六百年の桜だって、じきなくなるかもしれん。諸行無常ってもんだね」

唐突な言葉に、千佳は一拍置いてから住職に向き直っていた。

「なくなるって、どういうことですか？」

「切られるのさ」

返答は簡潔だ。

「寺のすぐ横を通る小道を、拡張するって話が出ているんだ。山門と本堂は大丈夫だが、塀のそばにある桜の方はどうにもならん」

思わず知らず、千佳は巨木に視線を戻していた。その圧倒的な存在感ゆえにあまり意識することはないが、大木のそばには古びた築地塀があり、塀の外にはときおり車や自転車の行きかう小道がある。

「いくら歴史がある寺だって言っても、今は守ってくれるような大きな檀家もない。いざとなれば俺は墓に入ればいいし、本堂の阿弥陀様もどこかに移すことができるが、あの桜だけはどうにもならん。年寄りすぎて、移植も無理だという。盛者必衰の理をあらわす、ということだ」

厳しい現実を語っているにもかかわらずその声に湿り気はなく、軽やかに乾いている。

諦観はなく静けさがあり、本堂を吹き抜けていく春風のような涼しささえある。

やがて本堂の奥に、徳利を持った古屋の姿が見えた。御本尊の前でまた軽く黙礼し、そのままステッキを突きながら戻ってくる。

「まあ、仕方ないさ。桜が切られたからって、俺の心の中の仏様が切られるわけじゃない。老残の身で現世の事物にしがみついて気炎を上げるのは俺の性に合わんしな」

からからと住職が笑っているうちに、戻ってきた古屋が盆の上に徳利を置いた。

しかしそのまま古屋は足を止めず、欄干を回って石畳の方へ降りていく。桜を眺めに行くのであろう。

「心の中の仏様、ですか……」

古屋の背を見送りながら、千佳はその不思議な言葉を繰り返す。

「どうだい、お嬢さんの心の中には仏様はいるかい？」

「私ですか？」

つかみどころのない質問に、千佳は首を傾げてしまう。

「あんまり考えたことはありませんけど、ただ神様とか仏様を信じているかというと……」

「信じるかどうかじゃない。感じるかどうかだよ」

ふわりと春の陽だまりのようなのどかな言葉がこぼれた。

千佳は、住職の顔を見返す。

老住職は、徳利を取って中身を確かめるようにゆっくりと回しながら、

「感じるかどうかってのは、この国の神様の独特の在り方なんだ。例えばキリスト教やイスラム教やユダヤ教ってのは、みんな信じるかどうかってことを第一に考える。そりゃそうだ。神様自身が自分を信じなさいって教えているんだからね。しかしこの国の場合はそうじゃない。神様でも仏様でもどっちでもいいんだが、とにかく信じるかどうかは大きな問題じゃない。ただ、感じるかどうかなんだ」

とくとくと、酒杯に酒を注ぐ軽やかな音が響く。

「もちろん仏教の中にも信心が大事だって話はたくさんある。けれど、もともとは難しい理屈なんかない。大きな岩を見たらありがたいと思って手を合わせる。立派な木を見たら胸を打たれて頭を下げる。大きな滝を見たら、滝つぼに飛び込んで打たれるし、海に沈む美しい夕日を見て感動する。誰かが教えたわけでもなく、みんな、そうするべきだと感じただけの話さ。それがこの国の人たちの、神様との付き合い方だ」

住職の不思議な説法を聞きながら、千佳は自然とまた境内の巨木に目を向ける。

うららかな日和の下で、六百年という途方もない時間を越えてきた木は、静かに佇(たたず)んでいる。いつでも異様な存在感を放つ古屋の存在さえ、巨木の前に立っていると変哲もない背景に溶けてしまうようだ。

「けど、最近じゃ、神様を感じる人も減ってるんだよ」

やれやれ、と住職が息を吐き出した。

「感じることができなくなれば、あの立派な桜を切ろうなんて、乱暴な料簡も当たり前に飛び出してくる。大きな木はありがたいから切っちゃいけねえって言っても伝わらないんだ。理屈じゃなく、感性の問題なんだから」

本当はさ、と住職は頭を撫でる。

「神も仏もそこらじゅうにいるんだよ。風が流れたときは阿弥陀様が通り過ぎたときだ。小鳥が鳴いたときは、観音様が声をかけてくれたときだ。そんな風に、目に見えないこと、理屈の通らない不思議なことは世の中にたくさんあってな。そういう不思議を感じることができると、人間がいかに小さくて無力な存在かってことがわかってくるんだ。だから昔の日本人ってのは、謙虚で、我慢強くて、美しいと言われていたんだ」

初めて聞く話であった。

神仏の話をこんな風に語る言葉を、千佳は聞いたことがなかった。

仏教を広める立場にありながら、信じるのではなく感じることが大事だと言う。神も仏も同じだと言い、理屈の通らないことが山のようにあると言う。

痩せた老僧の説法は、淡々とした声の内側に色彩豊かな世界を持っていた。

「こんなにちゃんとお坊さんから話を聞いたのは初めてです」

「俺の話は、あんまり真っ当な坊主の話じゃないけどな」

軽快な口調でありながら、軽薄な調子とは無縁の声が届いた。

顧みれば、住職は悠々と酒を飲んでいるばかりだ。

苦笑とともに視線を巨木に戻すと、古屋は樹下に佇立したまま、頭上を見上げて微動だにしない。

いつのまにか少し日が傾いて、ビルの影が境内に落ちつつあるようだ。窪地のような境内はまだ空が明るいうちから日が陰ってくるらしい。

その薄暗くなりかけた中でも、大樹の存在感はかわらない。明暗の境を行きかうようにゆったりと揺れている。

「美しいねえ……」

住職の古寂びた声が、耳を打った。

古屋の講義は、学生の聴講希望者が多い。

希望者が多い理由はもちろん古屋が人気講師であるからではなく、教養系の講義としてはもっとも出欠の管理が甘いからだ。

淡々と進む講義を聞く以外には、ときおり気まぐれのように小さなレポート提出が言い渡されるくらいで、あとは特別の点呼もなく試験もない。つまり単位の取得が容易であり、単純に単位数を稼ぎたい学生にとって実に有難い講義なのである。

よって『民俗学概論』には百人の学生を収容できる比較的大きな教室が用いられるのだが、そこが学生で埋まるのはせいぜい四月の中旬までで、ゴールデンウィークが近づく頃には、半数以下にまで減ってくる。

「まあ、それでも今年はマシなくらいかしら」

教室の一番後ろの席に座った千佳は、小さく息をついた。

講義に関連する雑務や手伝いのために、千佳はしばしば古屋について教室に来るのだが、いざ講義が始まればあとはやることがない。だからそのまま退出してもいいのだが、千佳は講義そのものに惹きつけられるものがあり、なんとなく最後尾の席に座って聞き入ってしまう。

「東京のような繁華の町中でも、夜分だけは隠れんぼはせぬことにしている」

古屋の低い声が、大きな教室に響いていく。

柳田國男の一節を読み上げるその声は、深く広く、ゆったりと広々とした階段教室を満たしていく。普段の剣呑な空気が嘘のように、その声には深みがある。

こういうとき、広い教室はまるでコンサートホールのような豊かな響きに包まれるのだが、講義室を埋める学生たちの半数は机に突っ伏して眠っており、残りの半分のうちの大半も密かに手元のスマートフォンで遊んでいる。あの声の魅力に気付かないのは、もったいないことだと思いつつ、千佳は柳田國男の文章に耳を澄ます。

「夜かくれんぼをすると鬼に連れて行かれる」

なんの一節であったか、となにげなく考えたところで、ふいにぱたんと本を閉じる音が響いた。見る間に、古屋が手元の書籍を閉じて、片づけを始めている。

あれ、と思うまもなく古屋の太い声が響いた。

「今日はここまでだ」

言うなりそのままステッキをふるって、講義室を出て行ってしまった。

時計を見ればまだ予定の講義時間を三十分以上も残している。慌てて千佳が立ちあがったときには、教壇に古屋の姿はなく、学生たちの多くも、夢から覚めたようにざわめきだしていた。

「また敵前逃亡？」

仁藤の飄然とした声が研究室に響いた。

声はのんびりとしているが、ちらりと投げてよこしたその目には怜悧な光がある。

「古屋先生の奇行は今に始まったことじゃないけど」

つぶやきながら指先でペンをくるりと回す。

「さすがにちょっと度が過ぎるね」

「ジン先輩もそう思います？」

「ああ、いくら心が広くって、突然押し付けられたゼミでも黙って引き受けて、忍耐強く応じてきた俺でも、ちょっと気になるな」

言葉の端々に韜晦（とうかい）をにじませながらも、軽く首を傾げて考えている。

もともと偏屈な准教授とはいえ、最近一か月の古屋の動きは前にもまして傍若無人である。

「こんな有り様じゃ、尾形教授のもとにまた苦情が押し寄せますね」

「意外とそれが狙いか？」

思わぬ返答に、千佳が言葉につまる。

すぐに仁藤が続ける。

「古屋先生って教授から後任に指名されることを相当嫌がってるわけだろ。でもこれだけ奇行を繰り返せば、尾形教授がいくら推薦したって、ほかの学科の教授たちが納得するはずもない。次期教授どころかクビになりかねないくらいだ」

「つまり尾形教授の意図をくじくために、わざわざ悪評を立てているってことですか？」

うーん、と仁藤が首を傾げるまでもなく、千佳もさすがに得心できない。

「いくら古屋先生が変わった人だからって、それはさすがに……」

「そうだよな。俺もそう思う。いくらなんでも無茶苦茶な話だ。けど、ほかに心当たりもないよなぁ……」

千佳も仁藤も、ふたりして考え込むしかない。

窓の外は、午前の講義が終わったばかりでまだ十分に明るい。

研究室の外を、騒ぎながら通り過ぎていく新入生らしい一団の声が聞こえてくる。

部屋の中の沈滞した空気とずいぶんな相違だ。

その重苦しい空気をくつがえしたのは、思わぬ訪問者であった。

「おじゃましまーす！」などとのびやかな声で研究室に顔をのぞかせたのは、千佳の旧友の鳴海であった。

「ちょっと時間ができたんだけど、久しぶりにお昼ごはん、一緒にどう？」

鳴海の明るい声に、しかし千佳は遠慮のない冷ややかな視線を向けた。

鳴海の目的が旧友とのお昼ごはんではなく、優秀で爽やかな先輩院生と言葉を交わすことにあるのが明らかだからだ。

案の定、鳴海は、窓際で首をひねっていた仁藤を見て、さっそくきらりと目を輝かせた。

「仁藤先輩、お久しぶりです」

「ああ、こんにちは、君は藤崎の同期のたしか……」

「医学部六年の来栖鳴海です」

柄にもなくにっこり笑って、おまけに可愛らしくちょこんと頭を下げている。涙ぐましいアピールだが、こういう振る舞いは、少なくとも仁藤には効果を発揮しない。現に仁藤は鳴海が笑顔を振りまいているそばから、背を向けて何か考え込んでいる。

仁藤相手には、可愛らしい笑顔より、江戸期の村落自治についてでも話題にした方が、はるかに注意を引くことができるのだが、こればかりは医学部の才女でも難しい注文だろう。

行き場のない笑顔を張り付かせたままの鳴海に助け船を出すべく、千佳は口を開いた。

「どうする、ごはん行く?」

短く問えば、鳴海はかろうじて落胆を押し隠しながら小声で応じた。

「なんか、タイミング悪かった? 空気が微妙だけど」

「微妙なのは、鳴海のせいじゃないわ。うちのエライ先生がまた講義の途中でいなくなったの」

「古屋先生?」

「もちろん。また駆け込み寺に逃げ込んだのかもしれないけど、さすがにちょっと困っていてね」

ふーん、と思案顔をした鳴海はいくらか遠慮がちに続けた。

「古屋先生なら、さっき病院で見かけたわよ」

思わぬ言葉に、千佳はもちろん仁藤まで顔を上げた。

「病院？」

「そう、病院」

「どこの？」

「そりゃもちろん、すぐ隣にある附属病院」

言葉のままに千佳と仁藤は窓の向こうに見える東々大学附属病院の白い建物に目を向ける。

千佳の頭に浮かぶのは、もちろん古屋の古びたステッキと少し内側に曲がった左足だ。

「いくら足が悪いって言っても、こんな時間に受診なんてしてなかったと思うけど……」

「受診じゃないと思うよ。多分付き添い」

鳴海があっけらかんと告げる。

「付き添い？」

「車椅子の人と一緒にいたからね。坊主頭の和服を着たお爺さんで、変な組み合わせだったから目立ってたわ。だいたい古屋先生が受診するなら整形外科だろうけど、見かけた場所は内科の外来よ」

自然、千佳と仁藤は顔を見合わせていた。

「坊主頭の和服のお爺さんて……」

「確認の必要がありそうだな」

意味ありげな会話を交わすふたりを、鳴海は困惑気味に見返しながら、

「お昼ごはんだけどさ……」

言いかけてから、そのますぐに肩をすくめた。

「それどころじゃないみたいね」

空気を読むことに長けた友人に、千佳は心から感謝した。

ゆったりと強い風が流れて、柳のような枝垂桜の枝が揺れた。

さわさわとざわめきが耳を打ち、やがてそれがおさまったところを見計らったように、老住職が口を開いた。

「お前さん、なんにも言っていなかったのかい？」

「もちろんです」

応じたのは、古屋である。

場所はいつもの本堂前の欄干で、日はゆっくりと傾きかけた夕刻だ。

鳴海の話を聞いた千佳は、仁藤に促されるまでもなく研究室を飛び出してきたのだ。研究室内を空っぽにするわけにはいかないから仁藤は留守番である。

そうして寺まで出かけた千佳は、しばし人気のない本堂で待つまでもなく、やがて山門に住職と古屋の姿を認めたのである。ステッキを突きながら危なっかしい足取りで石段を登ってくる古屋はいつものことだが、肩で息をしながら、一歩ずつ登っては大きく息をつき、ときに痩せた頰を日にさらして天を仰ぐ住職の姿に、千佳はこれまでどうして気付かなかったのか自分で呆れるほどの、はっきりとした不吉な影を見ることとなった。

「まいったな。これまでも、なんにも言わずにほいほいと大学を出てきていたのかい」

「わざわざ他人に吹聴するような話ではありません」

「そうは言っても、説明責任ってもんがあるだろう。事情も言わずに仕事をほったらかして出てきていたんじゃ、周りも心配するし、なにより迷惑がかかる」

「しかし守秘義務というものがあります。他人の病状についてぺらぺら話すほど非常識ではないつもりです」

老住職と准教授が勝手な会話をすすめている。

やれやれとため息をついた老僧の、丸い頭を撫でた手は相変わらず痩せて白い。むしろこれまで骨と皮だけのようなその手を見ていながら、深く考えなかった自分の甘さに、千佳の方が戸惑うくらいだ。

そんな千佳に、住職が柔らかな苦笑を向けた。

「すまないね。面倒をかけて」

いえ、と千佳が応じるより早く古屋が口を開く。

「住職が気を遣う必要はありません。もとより藤崎は、神経が太くて鈍いところが唯一の取り柄です」

「太くて鈍い神経だって、あんまり蚊帳の外に置かれたまま振り回されれば怒るときもあります」

千佳は静かに答えた。

強い語調ではないが、かえって静かであるだけに常にない威力があった。

古屋が眉を寄せたまま沈黙する横で、住職がなんでもないことのようにあっさり告げた。

「胃癌なんだよ」

風がやんで、静まり返った境内に、短い声が妙にはっきりと響いた。

息を呑む千佳に対して、しかし住職は泰然たる態度だ。

「肝臓にも転移していて長くはない。余命は三か月だと言われた」

「三か月……」

「それも三か月前にね」

かたりと音がしたのは、古屋がステッキを突いて立ち上がったからだ。仰ぎ見れば、古屋はそのまま何も言わず、本堂の奥へと消えていく。

「今さら治療をどうこうする段階じゃないんでね」

大きく揺れる背を見送る千佳の耳に、住職の落ち着き払った声が続いた。

「黙ってお迎えがくるのを待つ算段になっていたんだが、先月くらいからだいぶきつくなってきていた。息子がひとりいるものの、今さら遠い町で自分の生活を営んでる奴に迷惑をかけたくないってのが、親心ってもんだ。そんな話を、何かの拍子にこぼしたら、あの偏屈先生が気を利かせて、ちょくちょく面倒を見に来てくれるようになった。さんざん世話になってきたよしみだとかなんとか、柄にもないこと言ってさ」

痩せた肩を震わせておかしそうに笑う。

「あの気が利かない変人だった学生さんが、妙に気が利く先生になってたってわけだ」

強がりではない。ごく自然におかしみがこぼれてくるといった笑い方だ。

聞いている側の千佳の中には、にわかに得心してくるものがある。

住職のやたらと痩せた風貌はまだしも、柄にもなく酒や徳利を取りに行く古屋の配慮などは、やはり尋常でない事態の表れであったのだ。

「古屋先生は、いつから通院に付き添っていたんですか？」

「四月の頭からさ。週一回の通院くらいなんとでもなるって言ったんだが、そんな足元がおぼつかないさまで歩き回られたらこっちが心配だとさ。自分の歩き方を棚に上げてよく言うね」

「私はステッキさえあれば、山でも谷でも歩きますよ」

冷然たる声は、戻ってきた古屋のものだ。

左手に持った盆の上には、小さな盃と徳利が載っている。目の前に置かれたそれを見て、住職は嬉しげに目を細めた。

「お決まりの一杯でね。外来に出かけて、入院せずに戻って来られたら、祝杯をあげることになっているんだ」

言っているそばから手に取った白磁の酒杯に、古屋が速やかに徳利を傾ける。

つまりは先日酒を飲んでいた日も、病院から帰ってきたところだったということだ。

「胃に、お酒って大丈夫なんですか？」

「無粋な言い方だねえ。般若湯と言うんだよ。古代から伝わるこの国の霊薬さ」

にやりと笑った住職は、いきなりさらりと酒を飲む。

その隣では、古屋が超然たる態度で茶をすすっている。

「たまには一緒に般若湯はどうだい、先生」

「私は仕事中です、住職」

「よく言うよ」

住職は徳利を手に取りながら、

「坊主がもうすぐ仏様になるんだ、大事にしておかないと罰が当たるぜ」

からからと笑った声が天に昇っていく。

むろんいくら神経の太い千佳でも、一緒になって笑うわけにはいかなかったのである。

夕刻の空に上弦の月が白く浮かんでいる。

かすかに車の往来が聞こえてくる住宅街の中で、こつりこつりとステッキの音が響いていく。輪照寺から大学へ戻る帰路だ。

「昔、いろいろと世話になった住職でな」

無言のまま山門を出てしばし歩いたところで、ふいに古屋が口を開いた。

足は止まらずステッキの音の間隔も微塵も変わらない。陰影の濃くなった住宅街にただこつりこつりと続いていく。

「学生のころには、メシを食わせてもらったこともある。昼に講義を抜け出していけば、境内で酒を飲ませてもらったことも一度や二度ではない。あのころはまだ枝垂桜もいくらかの花を散らせていたこともあった」

言葉がすぐに想像力を羽ばたかせる。

あの黒々とした大樹に花が咲けば、たとえ満開でなくても見ごたえがあったに違いない。

「住職本人も言っていたとおり、遠方に息子はいるが、近隣に縁者もなく頼れる者もない。末期の胃癌と聞けば、放っておくわけにはいかんだろう」

「素直に〝力になりたかったんだ〟って言えばいいんですよ」

千佳の声に、ステッキが止まった。

古屋がちらりと肩越しに振り返る。

「そういうことですよね？」

真っ直ぐ見返せば、古屋は小さく舌打ちをしてまた歩き出した。

「でも大学の方はどうするんですか？　事情はわかりましたけど、あんまり姿をくらましていたら、さすがに問題になります」

「そうだろうな。あの見事な桜を切ろうとするような不人情な世の中だ。理解や同情を期待しても仕方がない。だが世の中がどれほど不人情であっても、私が不人情になる理由にはならない」

「そんなこと言って、また行方不明になったりしたら、尾形教授だっていい加減かばいきれなくなります」

「已むを得まい。早々の引退を考えているようなお気楽な教授だ。あと一か月かそこらの短い期間くらい、苦情対応に奔走してもらっても罰は当たらん。後日、頭を下げて十分に謝罪はするつもりだ」

古屋の言葉はずいぶん乱暴だが、行動原理の方はけしてそうではない。そして不人情でもない。その独特なバランスが古屋という人間の特異さであることを、千佳は知っている。

千佳はしばらく黙考し、夕闇に傾く空を見上げ、そして深々とため息をついてから応じた。

「わかりました」

「なにがだ？」

「病院への付き添いくらいなら、私でも務まりますよね」

再びステッキの音が止まった。

振り返る古屋の目に、珍しくかすかな戸惑いがある。

「とてもお世話になった人なんですよね？」

「そうだ」

「だったら放っておくわけにはいかないっていう先生の気持ちはわかります。先生は講義がありますけど、私ならもう少し自由が利きますし、なにより両手が空いていますから車椅子だって押せます。きっとステッキを持った先生より役に立つと思いますよ」

古屋にとっては予想外の提案だったのだろう。一瞬沈黙し、しかしすぐにうなずいた。

「反論の余地はない。藤崎にしては的確な代案だ」

「でもそのためにはひとつだけ条件があります」

「なんだ？」

「事情も言わずに姿をくらますのはなしです。ちゃんと講義とゼミと会議には出席してください。そうでないと本当に大学を追い出されかねません。先生が追い出されたら、修士課程の私が困るんです」

千佳のはっきりとした物言いに、再び沈黙した古屋だが、やがて低い声で答えた。

「わかった」

珍しいほど素直な返答が千佳の耳に届いたときには、すでにこつりこつりとステッキの堅い音が響き始めていた。

病人の付き添いといっても、そう頻繁にあるものではない。

住職が通院するのは週に一回だけで、あとはただ寺域内にある小さな平屋の日本家屋と御本尊のある本堂を往復するだけの生活だから、千佳がやるべきことがあるわけではない。

それでもなんとなく通院日以外にも足を運んでしまうのは、老住職の身が案ぜられるからであって、頻繁に姿を消していた古屋の気持ちが、今さらながら千佳にもわかる心地がするのである。

関わってみれば、それまで見えなかった風景も見えてくる。

小さな寺に、存外客人が少なくない。散歩代わりに立ち寄るような参拝者は別としても、まだ何軒か残っている檀家の老婦人がちょっとした世話を焼きに来ていたり、近隣の蕎麦(そば)屋の老主人が残り物だといって、夕食を届けてくれたりする姿も目にするのである。

「意外と愛されているんじゃないですか、雲照さん」

通院から輪照寺の境内へ戻ってきたところで、千佳がついそんな言葉をこぼしたのは、本堂前の階段の上に、鮮やかな橙(だいだい)色を見つけたからだ。檀家の誰かの届け物か、籐(とう)で編んだ大きな果物籠に枇杷(びわ)が山のように入っている。五月初旬の初夏の気配が漂い始めた本堂に、明るい艶がまぶしいほどだ。

「じき仏様になるんだから、少しは大事にしておこうって魂胆だろうな」

住職の言葉には、相変わらず諦観や絶望がない。からりと晴れた秋空のような清々(すがすが)しささえある。ゆえに千佳としても笑うしかない。

この空気の心地よさが、通院の付き添いといういささか気の重いはずの仕事を、気楽なものにしている。

「偏屈先生は、ちゃんと大学の仕事をこなしてくれているかい？」

「私がこっちに来るようになってから、思った以上に真面目に講義をしてくれています」

「そいつは何より。じゃあとりあえず、無事戻って来られた祝い酒と行こうかな」

そう言って、欄干に腰をおろして祝杯をあげるのもお決まりの流れである。

片膝を立て、柱に身を預けたまま酒杯を傾ける老僧の姿は、なにか古色の滲(にじ)む山水画を見るような味わいがある。その姿勢のまま、住職は目を細めて桜の木を眺めるのだ。

酒を飲む老僧と、湯呑を持つ院生。

その奇妙な組み合わせが本堂の欄干に並ぶことになる。

「いい眺めですね」

「まったくだ」

桜の木を中心に、山門、石畳、石灯籠に築地塀が、皆それぞれの場所に腰をおろしてくつろいでいるような、のどかで閑静な景色である。

この景色を支える堂々たる老木が、いずれ切られるということが、にわかには信じがたい。

「道路を大きくすれば便利になるのはわかるが、そんなに急いでどこに行くつもりなのかね。世の中どんなに全力で走ったって、最後は富民も貧民も皆ひとしく極楽浄土に行くばかりだってのにな」

のんびりと告げる住職の声は、どこまで本気か冗談か定かでない。

「道路もビルもだめだとは言わんが、せめて自分たちが何を切ろうとしているのか、ゆっくり腰をおろして考えてくれるとありがたいんだがね」

「でも」と思わず千佳が応じる。

「道路やビルがあるから今の東京があるわけじゃないですか。きっと道が広くなることで町がもっと大きくなって、住んでいる人たちが豊かになっていくこともあるかもしれません」

なんとなく場違いな弁護をしたのは、千佳に格別の思案があったからではない。ただ、いずれ巨木が失われることが決まっているなら、せめて前向きな観測を持ちたいという、千佳の性格なのである。

しかし住職の返答は坦懐(たんかい)だ。

「亡(ほろ)びるね」

さすがに千佳はひやりとする。

見返せば住職は、白い頬ににやにやと笑みを浮かべている。

「確かに東京は立派な町だし、これからももっと大きくなるだろう。けれど、世界はそんなものよりはるかに大きいし、世界より……」

ふいに住職は胸に親指を当てて、

「心の方がもっと大きい」

またにやりと笑う。

「昔から大事にしてきた木を切るってことは、大きなはずの心の世界を小さく削っていく作業さ。いくら東京が大きくなっても、心の方がこう狭くなっちゃあ、風通しも悪くって、息が詰まろうってものだろう」

　ことりと酒杯を置き、自分で徳利を手に取って傾ける。

　ほどよい陽気の下で酒を飲む老人の姿は、余命を宣告された病人には見えない。

「昔のこの国の人たちは、美しいとはどういうことか、正しいとは何を意味するのか、そういうことをしっかりと知っていた。しかしどんどん木を切って、どんどん心を削ってきた結果、そういうことがわからなくなってきちまったんだ。わからなくなっただけならまだいいが、途方に暮れて、困り果てたあげく、西洋にならって、なんでもかんでも金銭ずくで計算して、すっかりモノの価値をひっくりかえしてしまった」

　持ち上げた酒杯に口をつけぬまま、ゆらりと空を仰ぐ。

「正しいことをしていれば金が集まってくるんじゃない。金を稼ぐことが正しいことだという奴らが現れた。他人が何を考え、何に悩んでいるかなんてどうでもいい、俺がどう考え、何に悩んでいるかが一番大事だということになった。結果、世の中じゃ、大金持ちと大声を上げる奴らが正しいということになっている」

　住職は晴れた空から、千佳へと視線を戻した。

「前にも言ったことだがね。大切なのは理屈じゃない。大事なことをしっかり感じ取る心だ。人間なんてちっぽけな存在だってことを素直に感じ取る心なのさ。その心の在り方を、仏教じゃ観音様って言うんだよ」

また唐突な言葉が飛び出してきた。

驚く千佳を住職はおかしそうに眺めている。

「観音様ってのは、天から光り輝く雲に乗って降りてきてありがたいお話をしてくれる特別な仏のことじゃない。心の中にある自然を慈しんだり他人を尊敬したりする心の在り方を例えて言ってる言葉だ。昔から心の中に当たり前のように住んでいた観音様を、忘れはじめているのが今の日本人ってわけさ」

だから、と片眉を上げてまたにやりと笑った。

「亡びるね」

まるで何気ない涼風のように、短い言葉が流れすぎて行った。

千佳は湯呑を握りしめたまま動かない。ただ手元で揺れる茶の面を見つめている。

「どうしたら、亡びなくなるんですか？」

率直なその問いに、今度は住職の方がいくらか戸惑い顔を見せた。

「どうしたら、か」

軽く眉をあげ、少し目を細めて考えこんでから、またにやりと笑った。

「お前さんは、そういうことを研究しているんじゃないのかい？」

何か不意に胸をとんと突かれるような言葉であった。続く声はない。

にわかに舞い降りた静寂の中で、住職はうまそうに酒を飲む。

千佳は湯呑を握ったまま、しばし微動だにしなかった。

住職の言葉は、千佳の心にささやかな波紋を広げ、そのまま消えていくかと思えばしかしさざ波はいつまでも消えない。身じろぎもせずにいる千佳の心の中を、形にならないなにものかが揺れ続けている。

ふと見上げれば、いつのまにか空は淡い茜（あかね）色に染まっている。建物に囲まれた輪照寺の境内は、それより一足先に夜の領分に足を踏み入れつつあるようだ。

千佳は心のうちのさざ波を鎮めるように、大きく息を吐きだした。

老住職が入院となったのは、それからわずか一週間後のことであった。


五月も半ばとなると、東京はずいぶん暑くなる。

日の入りは遅くなり、空は明るくなり、流れる風は暖気を含んで、少し歩けば汗ばむような陽気には、すでに夏の気配が濃厚である。

夏が近づくとともに、学生がさらに遠のいていくのが、古屋の『民俗学概論』だ。

開講当初は、百人教室がぎっしりと学生で埋まっていたのだが、この時期には、最前列で真剣に講義を聞く希少な学生数人のほかは、隅の方で暇つぶしにスマートフォンをいじっている学生たちが何人かいるばかり。合計しても十名を少し上回る程度である。

「いやしくも歴史の知識を持って居てから仕事に取掛ろうというならば、意外によって教えられるだけの用意がなくてはならぬ」

静かな教室に朗々たる古屋の声が響く。

学生の数が減った分だけ、声はより遠く、深く、朗々と響き渡る。千佳はいつものように、最後尾の席に座ってじっくりと古屋の声に聞き入っている。声の主が変人であろうと剣呑であろうと、この時間だけは至福の時だと思う。

「たしかにいい声ね。千佳の気持ちもわからなくはないわ」

そっとささやくようにつぶやいたのは、隣の席に座っていた鳴海である。テーブルに肘を突いて、面白そうに教壇を見下ろしている。壇上では古屋はステッキを動かしながら、片手で開いた書籍を持ち、ゆっくりと往来している。

「のんきなこと言ってるけど、臨床実習の方はさぼってきて大丈夫なの、鳴海」

「さぼってないわよ。今週から実習先が精神科だから、結構自由時間が多いの。夕方のカンファに間に合えばいいから、それまではのんびりよ」

片目をつぶって笑う鳴海の膝の上には、乱暴にまるめた白衣がある。面白いことに、私服で肘を突いている鳴海はどう見てもただのお気楽な女子大生だが、この白衣一枚着ただけでいきなり別世界の医療者の姿になる。長い付き合いの千佳でも戸惑うくらいだ。

「でもせっかく抜けて出てきたのに、仁藤先輩がいないなんて残念だわ」

「ジン先輩は、博士論文にかかりっきりで今も研究室に缶詰めよ。古屋先生が講義の手伝いも免除しているくらいだから、結構いい形になってきているんだと思うわ」

ふーん、と唇をとがらせながら、鳴海はまた教壇に目を向ける。

「最近の古屋先生はちゃんと講義をしているみたいね。例のお坊さんが入院した話で、また奇行に走るんじゃないかと思ってたけど」

輪照寺の雲照住職の一件は、もともと鳴海が目撃情報をもたらしてくれたことで発覚した話であるから、その後の経過も説明している。

先週入院になったことも、その後一度お見舞いにいったときの様子も、千佳が直接伝えている。

「ご住職が入院になってしまえば、かえって、部外者にできることはなくなるからね。そういう意味じゃ、古屋先生が動き回る理由自体がなくなったわけよ」

当たり前の口調で説明しつつも、千佳も鳴海同様に心配がなかったわけではない。

あの古屋が自分の学究生活を危機にさらしてでも世話をしに行っていた相手である。

その住職が入院になって動揺がないわけはないだろうが、しかし古屋は、外面上はわずかの変化も見せていない。ごく淡々と日常の業務を続けている。

むしろ千佳の方が落ち着かない心持ちでなんとなく輪照寺の境内の様子を見に出か

けたりしているくらいだ。

千佳の脳裏に、丸めた頭を撫でながら、〝すまんね、お嬢さん〟と笑っていた住職の顔が思い浮かぶ。昨日、病室を訪れたときは、顔に血の気はないが、目には変わらぬ明るい光を見せていた。

〝ずいぶん貧血が進んできたから、輸血やら点滴やらで入院しろってことらしい〟

痩せた頬に笑みを浮かべた白い顔の住職は、なにやら現実離れした雰囲気をまといつつあるように見えた。

〝即身仏に見えてきたろ？〟

そんな冗談が冗談に聞こえない姿であった。

「そっか。それなりに元気は元気なのね。そのお坊さん」

「本人の話だけ聞いていればね。実際はわからないけど」

相変わらず、大事な話はのらりくらりとかわして笑っている老僧なのである。

「それより、いつまでのんびり柳田國男の話を聞いてるつもり？　鳴海がいくら胸をときめかせて待っていても、ジン先輩は来ないわよ」

「そうね、無駄足だったから今日は早めに戻るわ。イケメンによろしく」

遠慮なくそんなことを言いながら、鳴海は白衣を手に取る。

「なにがよろしくなんだか」と千佳が呆れ顔で答えたそのタイミングだった。教壇脇の扉が突然バタンと大きな音を立てて開き、噂の仁藤本人が教室に飛び込んできたのである。

千佳が見下ろす先で、冷静沈着がモットーの仁藤が、珍しく慌てた様子で壇上の古屋のもとに駆け寄っていく。さすがにスマートフォンに目を落としていた学生たちも、突然の闖入者にぱらぱらと顔をあげたが、それにかまわず、仁藤が古屋に何かただならぬ様子でささやいた。眉を寄せた古屋が講義室の最後尾に目を向けるのと、千佳が立ちあがるのが同時であった。

千佳はそのまま、一息に階段教室を教壇まで降りていく。

「どうしたんですか？」

「病院へ行かねばならん。ここを頼む。資料のプリントを配布して終了でいい」

脈絡のつかめない応答に、それでも千佳は反射的に問うた。

「病院って、御住職に何か？」

「住職ではない」

古屋は背後の椅子にかけてあった上着を手に取って歩き出していた。

「教授が倒れた」

声量を抑えた短い声が、千佳の耳に届いた。

ゼミの最中に尾形教授が倒れた。

それが仁藤のもたらした急報であった。

青天の霹靂であったが、教室の方を任された千佳が詳しい事情を知ったのはその日の夕方になってからだ。

誰の姿も見えない研究室で、落ち着かぬ心持ちのまま買い溜めていたクッキーや菓子パンをかじっていたところに、ようやく仁藤が戻ってきたのは、午後の五時を過ぎたころであった。

「ゼミの最中に何も言わずに椅子に座っていた教授が、ふいにばったりと倒れたらしい」

戻ってきた仁藤は、学会発表のように整然と筋道立てて説明した。

尾形教授はもともと穏やかな人柄で、ゼミではしばしば黙って学生たちの議論を見守っているところがあるから、何も言わずに椅子に座っていても誰も妙だとは思わない。いつものように学生のひとりがプレゼンテーションを行い、それが終わったところで、座っていた教授の反応がないことに初めて周りが気が付いた。声をかけたところ、そのままぐらりと傾いて床に倒れこんだという話だ。

「ゼミにいた学生のひとりが、直接医学部に駆け込んでくれて、すぐに医者が駆けつけた。おかげで、あっというまに附属病院に収容されたみたいだよ」

仁藤の態度はすでに昼間の慌てた様子もなく、いつもの飄々たる調子を取り戻している。

「それで結局、教授は大丈夫だったんですか？」

「詳しいことはわからないけど、もともと附属病院に通院していたらしい。通院していたこと自体、古屋先生も知らなかったらしいけど、その持病が悪くなったとかって話だ」

「持病って？」

「俺も教授の保護者じゃないから細かいことまではわからないさ」

投げ出すように答えた仁藤は、千佳の机の上の小皿にビスコを見つけて、無遠慮にそれを口に放り込む。放り込みつつ、

「古屋先生が病室に呼ばれたみたいだから、帰ってきたら状況を説明してもらうさ。そろそろ戻ってくると……」

その言葉を遮るように、研究室のドアが開いて、古屋本人が姿を見せた。

険しい顔つきと鋭利な眼光はいつものことだが、床を突くステッキの音がいつもよりはるかに鋭く甲高い。

古屋は何も言わず、杖音を響かせながら二人の前を通り過ぎて、奥の自分の椅子にどっかりと腰をおろした。

息苦しい沈黙の中、どうやって切り出そうかと千佳が悩むより早く、聡明な先輩の常と変わらぬ声が響いた。

「教授の様子はどうでしたか？」

聞きにくいことでも、さらりと口にできるところはさすがに仁藤である。

「教授はしばらく動けん」

古屋は額に手を当てて、力任せに眉を揉み上げる。

「命にかかわる状態ではないが、数日でどうにかなる状態でもない。早急に前期のカリキュラムを変更するようにとの指示だ」

「今から変更ですか。この時期、意外と教授の講義やゼミは多いですよ」

仁藤は傍らの書棚から手際よくシラバスを引っ張り出し、それをぱらぱらと開きながら、

「基本講義の方は先生が代わればなんとかなりますが、ゼミやセミナーの類まで全部埋めるのは無理です。他学科に応援依頼を出すしかありません」

「やむをえんだろうな」

「頼めそうなのは、日本史学科や社会学科関連だと思います。研究の関係で知り合い

も多いので、これからちょっと回ってきてもよいですが……」

　矢継ぎ早に告げながら、ただし、と仁藤が語調を変えて古屋に目を向ける。

「事情がわからないままじゃ他学科の先生たちを回るときにも説得力がありません。教授の様子をもう少しは教えてもらわないと困ります」

　さらりと告げる仁藤の目には、古屋ゆずりの怜悧な光がある。

　ごく自然な流れに乗って会話をしていながら、着地点を見失わず、効率よく目的地に切り込んでいくスタイルはいかにも仁藤の尋常ならざる明晰さを示している。とても千佳にできる芸当ではない。

　古屋は一瞬目を細めて、有能な院生を見返したが、やがて低い声で応じた。

「教授は、以前から腎臓が悪かったらしい。透析の話も出ていたくらいにな」

「腎臓？」

　院生二人の声が重なる。

「もともと糖尿があって、その影響で腎臓を病んでいたらしい。ここ数年、少しずつそれが悪化して、透析も視野に入っていたということだ。それでも無理を押して学究生活を続けていたが、四月の新学期中の多忙さで、無理がかかったのだろうと主治医が言っていた。場合によっては、一時的にでも透析をするという話だ」

「そりゃ、大ごとですね」

仁藤の反応は、率直なだけに、驚きの大きさが表れている。

「教授がそんなに具合が悪かったなんて……」

千佳が思わず口を挟む。

「先生は知っていたんですか？」

「知らんな。知っていれば、もう少し立ち回りも違っただろう」

「立ち回り……？」

怪訝(けげん)な顔をした千佳に、もちろん古屋が答えてくれるはずもない。

そのまま傍らの先輩に目を向ければ、仁藤は小さく首をすくめながら説明をくわえた。

「次期教授の話だよ」

一拍置いて、あ、と千佳は小さく声を出す。

「そう。つまり定年まで十年近くもあるのに、尾形教授が後任として、盛んに古屋先生を推薦していたのは、単に隠居して楽をしたかったからじゃない。自分の病状を鑑みて、教授職を長くは維持できないってことを自覚していたからってわけだ」

聞いているうちに、千佳は背中に冷たい汗が伝うのを感じた。

頭に浮かぶのは、尾形教授の人の好(よ)さそうな丸顔だ。

いつも物静かに廊下を行きかう教授の様子には、格別変わったところもなかった。

先日、〝古屋先生を探している〟と言っていたときも、大病を思わせる素振りなど微塵も見せなかったが、いつも以上に丸みを帯びた顔はもしかしたら、腎臓の病気のためにいくらか浮腫んでいたのではないかと思えてくる。

古屋がステッキを握りしめたまま、かすかにため息をこぼした。

「政治工作が苦手で、猿芝居や腹芸とは縁のない篤実な教授だと思っていたが、我が身の重病などおくびにも出さずに仕事をするくらい、ずぶとい人だったとは気づかなかった。とんだ狸だ。いっぱい食わされたな」

淡々と毒を吐きながらも、鋭さに欠けるのは古屋の胸中が穏やかでないためであろう。

「だが皮肉や嫌味を並べたところで、教授の腎臓が元気になるわけではない。不在の間は我々でなんとかするしかない」

「そういうことですね」

あくまで飄然と答えた仁藤は、卓上に投げ出したシラバスを再び手に取って続けた。

「とりあえず時間もありませんし、今日のうちにも頼れそうな学科をいくつか当たっておきますよ」

「すまんが頼む。基本的な内容は君に一任する」

「信頼してもらえるんなら、先生はとりあえず休んでください。その足で今日は午後いっぱい病院やら大学やらを歩き回ったんですから疲れているはずです。ここで先生にまで体調崩されちゃ、さすがに俺でもフォローしきれませんよ」

嫌味もなくそう告げると、じゃ、と片手を上げて仁藤は研究室を出て行った。

こういうフットワークの軽さはさすがというべきであろう。千佳が口を挟む隙など微塵もありはしない。

扉が閉まり、仁藤の靴音が遠ざかっていくと、にわかに深い静寂が研修室に訪れた。なかなか気の重い沈黙だ。

古屋は卓上に両肘を突いたまま、視線を落とし、微動だにせず思案に沈んでいる。そっと窓外に目を向ければ、いつのまにやら日も暮れている。

「人というものは、わからんものだな」

古屋の低いつぶやきが聞こえた。

古屋が独り言めいたつぶやきを漏らすこと自体が珍しいことであった。つまりはそれだけ衝撃が大きかったということであろう。准教授より教授の方が一枚上手であったというのは、ある意味で当然なのかもしれないが、そういう論法が慰めになる事態でもない。

「君は暇なのかね?」

ふいに古屋が顔を上げて問い、思わず千佳は姿勢を正した。

「すみません、何かできることがあればお手伝いしますが……」

「手伝いは不要だ」

冷然たる声で告げると、古屋はつかの間の沈黙を挟んで、立てかけたステッキに手を伸ばした。古びたステッキを手に取ってから、なおもわずかに考え込むそぶりを見せたが、やがてゆっくりと立ちあがった。

「暇なら少し、付き合いたまえ」

言うなり、先に立って歩き出したのである。

バー『ブリュンヒルト』。

その小さな看板が掲げられていたのは、駅前の繁華街でもなければ、町中の路地裏でもない。東々大学の北西の敷地内にある雑木林の中であった。

農学部の建物が並ぶ一角の裏手、あまり人が行きかうような場所でもない所に、点々と柔らかな光がともる細い石畳が延び、林の中をゆるやかに曲線を描いて進んだ先に、木造の二階建てがひっそりと佇んでいた。その入り口の、古風なカンテラ風の灯(あか)りの下に『ブリュンヒルト』と彫り込まれた小さな鉄の看板が揺れていたのである。

看板の下には二階にあがる階段があり、古屋のステッキの音について登っていくと重厚な樫(かし)の一枚板のドアがある。大きいわりには古屋が軽く押しただけでドアが開き、同時に軽やかにドアベルが一度鳴った。ドアの先に広がっていたのは、ダウンライトの下に幅広のカウンターの据えられた静かな空間であった。

客は入り口そばに口髭(くちひげ)をたくわえた初老の人物がひとりだけで、向き合う壁には無数のボトルが整然と天井近くまで並んでいる。

古屋が、勝手知ったる態度で奥へと歩き出すと、カウンターの向こう側に背の高いバーテンダーが姿を見せた。

千佳がいくらか戸惑ったのは、白いワイシャツに黒いベストというシンプルなユニフォームの相手が、女性であったからだ。

均整の取れた長身と肩より短く切りそろえた髪は若い男性のように見えて、ほのかな微笑とともにカウンター席を示した相手はまぎれもなく女性であった。千佳よりは年上に見えるが、老成した落ち着きの中に、邪気のない朗らかさがある。

「珍しいですね、古屋先生がひとりじゃないなんて」

「同感だ。気の迷いか、魔が差したか、そんなところだろう」

水の入ったグラスを二つ、カウンターに並べながらバーテンダーの女性が微笑する。

「一瞬、奥様かと思いました」

「店の中が暗すぎるのではないか。似ている要素は微塵もないだろう。妻は、私から見ても美しい女性だった」

「どういう意味ですか」

すかさず口を挟んだ千佳だが、静かな店内に声が響いて慌てて首をすくめた。そんな千佳に、バーテンダーは優しげな目を向けて微笑む。

腰かけた古屋は一瞥すら向けず、低い声で告げた。

「タリスカーをロックで」

「お二つ？」

軽やかな問いに、一瞬動きを止めた古屋はすぐに「二つだ」と応じた。

壁に並んだ無数のボトルに目を向けるバーテンダーの背を眺めながら、千佳は遠慮がちに口を開いた。

「ここって大学内ですよね」

「そうだ。初めてかね？」

「構内のどこかにバーがあるって話は聞いたことがありましたが、実際に探したことはありませんでした。見つけたところで、こんな大人な店、簡単には入れそうにないですけど」

「私もそう足を運ぶわけではない。ただ、ろくでもないことが続いたときは、ここに来るに限る」

淡々とした口調の中でも〝ろくでもない〟という部分には真実、重みがある。

千佳は馴染(なじ)みのない空間をそっと見回しながら、

「たしかに、なんだか厄払いしてくれそうな不思議な場所ですね」

「お布施がわりだ。二杯目以降は好きなものを飲めばいい」

意外な言葉に、千佳は大きくのけぞって、目を見張った。

「君が率直な人間だということは理解しているつもりだが、その態度は失礼きわまるものだということを自覚した方がいい」

「だって、先生がそんなこと言ったことなんて一度もなかったじゃないですか」

「たまにはいい」

古屋はグラスの水に口をつけてから付け加えた。

「ここのところ、少なからず世話になったからな」

深みのある声が消えて行ったところで、ちょうど二杯のグラスが届いた。

たちまちあたりに心地よいスコッチの香りが立ち上った。


スモーキーで、かつ海を思わせる塩味が舌の上に残る。後味はドライで、パンチの利いた印象になるが、それだけではなく、奥底にほどよい苦みを伴った甘みがある。

「それがタリスカーの面白さです」とバーテンダーの女性が控えめに説明をくわえてくれた。さりげなく差し出された名刺には、「雨宮加奈（あまみやかな）」の名がある。

「素敵な方ですね、雨宮さん」

「平凡な意見だが異論はない」

いちいちひねくれた応答をしながらも、古屋はゆったりとグラスを持ち上げて傾ける。からりと氷が回る乾いた音が心地よく響き、その音に誘われるように千佳もスコッチを口に含めば、たちまち強烈な海の香りが口中にこだました。甘味、辛味、苦味と多様な味わいが絡み合いつつ、癖になりそうな芳醇（ほうじゅん）な香りが胸の奥まで広がっていく。

熟成されたシングルモルトの勢いに圧倒されつつも、こういう複雑な味わいを多彩な言葉で表現した女性バーテンダーに惹かれるものを覚えて、千佳はカウンターの向こうに目を向けた。

雨宮は、小さなアイスピックを使って手際よく氷を削っているところだ。ときどき初老の客が話しかける言葉に短く答えながらも、動作には無駄がなく、手に技術がしみついているような安定感がある。

年齢がどのあたりなのか推測もできないが、少なくとも千佳と十歳以上離れているということはないだろう。同じ女性でありながら、将来も決まらず小さな研究室の中をうろうろしている自分との差が、急に目に付くような気がしてくる。

「先生に、ひとつ聞いてもいいですか？」

何気なくこぼした千佳の言葉に、古屋は軽く片眉をあげただけだ。少なくとも拒絶はしない様子に、千佳はすぐに語を継いだ。

「先生はどうして民俗学者になったんですか？」

それは、以前にも一度古屋に投げかけたことのある問いであった。そしてその後もずっと、千佳の胸中を漂っているものである。

「前にもその質問は聞いたことがあるな」

「なんと答えたか覚えていますか？」

古屋はわずかに眉を寄せただけだ。

「世界平和のためだって言っていました」

皮肉を交えた千佳の応答に、しかし古屋はにこりともせず、なるほど、などと頷いている。

前に千佳がこの問いを口にしたのは、信州を旅したときだ。そのときの古屋は、相変わらず傍若無人に行動しながらも、あの大きな柊の木の下で古屋なりの答えを垣間見せてくれた。だが、あくまで垣間見せてくれただけで、それは答えの片鱗に過ぎなかった。

繰り返し問うたところで、煙に巻かれるだけかもしれない。それでも千佳は、この非凡な師の見ている世界に、少しでも近づきたいと思うのだ。

古屋はいつものように鼻で笑い飛ばすということをしなかった。しばし沈思してのち、やがて手元のグラスに怜悧な視線を投げかけたまま口を開いた。

「ひとつ私も君に質問してみよう。柳田國男はなぜ民俗学を始めたか、考えたことはあるかね？」

これもまた千佳に劣らず唐突な問いであった。

さすがに千佳は面食らうが、超然たる古屋の態度を見ればたわむれに聞いているわけでもなさそうだ。

「民俗学というと、好事家（こうずか）の趣味か隠居の道楽のようなイメージを持たれることも少なくないが、しかし柳田自身は、なにも暇つぶしや単なる興味の問題として、日本の民俗を調べ始めたのではない」

カランとドアベルが響いたのは、新たな来客があったからだ。スーツを着たいかにも大学の教授らしき男性のひとり客である。

雨宮が速やかに席に導く様子を眺めながら、古屋は続ける。

「柳田はもともと役人としてのエリートコースを約束された秀才だった。農商務省の官僚としてスタートし、瞬く間に出世して貴族院の書記官長まで上り詰めた。国内にとどまらず、国際連盟の委任統治委員まで務めたかの人物は、その道を全うすれば、輝かしい経歴となったことは疑いない。にもかかわらず後半生を、白足袋で全国を歩き回るような民俗学というまったく新たな学問の開拓になぜ費やしたか」

淡々と述べる古屋の声は、講義のときのような朗々たる響きがあるわけではない。だが、なにか静かな熱量を抑えた独特の抑揚がある。

千佳はもちろん答えなど持ってはいない。ゆえに身じろぎもせず続く言葉を待つ。

「彼は農政をつかさどる中でおそらく日本の庶民の悲惨を目にしたのだ」

「悲惨？」

「貧しさだ」

古屋はスコッチを飲み干すと、空になったグラスをそっとカウンターの奥に押し出した。

視線を向ける雨宮に向けて、「トバモリーを」と短く告げる。

「勤勉で働き者の日本の農民たちがなぜこれほどに貧しいのか、柳田はそのことに衝撃を受けたのだ。農民たちが怠惰であるわけではない。にもかかわらず、トップダウンで政務をとりしきっても一向に豊かにならない。そのギャップに苦悩したとき、彼は日本人とはどのような人間で、日本の社会とはどのように成り立っているかを根本的に学ばねば、改革は困難だと考えた。この国の民俗を調べ、理解し、それをもって、この国を貧しさから救う。そういう鉄のような使命感があったのだ」

目の前に新たなグラスが届いて、古屋は小さく息をついた。

「今の民俗学者にそんな壮大な視野を持っている人物が何人いるか、頗る頼りないがね」

「先生も」と思わず千佳は口を開く。

「先生も、そういう使命感を持って働いているんですか？」

「当然だ」

返答は、予想外のものではなかった。

ただ、予想を超えて、明快であった。

口調はゆるぎなく、ほとんど爽快なほどであった。

「学問とはそういうものだ。大局的な使命感を持たなければ、たちまち堕落する。自らがどこへ向かって進むべきかを見失っている学者は、目先の新しいこと、奇抜なことを特別な発見であるかのように錯覚し、他者を攻撃することで自身のささやかな業績を誇ろうとする。柳田國男の下宿の家賃を調べて喜んでいるくらいならまだ可愛いが、一歩も研究室から動かず、卓上の資料を科学や統計学の刃でもって裁断し、学者の側に都合のいいように解釈して、偉大な先人たちを越えた気になっている連中まで目にすることがある。学問の衰退もここに極まるといったところだ」

粛々と流れる細流の静けさの下に、滔々たる激流の苛烈さが隠れていた。

古屋は、ふつふつと湧く胸中の熱量を、スコッチで押し流すようにグラスを傾ける。

「この国には、この国特有の景色がある。その地に足を運ばなければわからない、不可思議で理屈の通らぬ、怪しささえ秘めた景色だ。その景色と向き合い、何が起こっているのかをただ見るだけでなく感じ取らなければいけない。君もそのことは知っているはずだ」

その通りだと、千佳は静かにうなずいた。

京都の山中でも、高知の海辺でも、千佳はその土地の景色に確かに出会っている。

「土地を歩くということは楽なことではない。だが覚えておくことだ。いやしくも学者であろうとするならば、苦労も苦悩も厭うてはならない。どうせ歩くなら、抜け道でも近道でもなく王道を歩きたまえ」

低い声が腹の奥底まで響いた。

ふるえるような熱を持った言葉であった。

「とても、かっこいい言葉です」

「当然だ。だがいささか真っ直ぐすぎる言葉だ。尾形教授の受け売りだからな」

なるほど、と千佳は得心した。

古屋が教授に敬意を払うのは、もちろん学者として一流の実績を上げてきたこともあるだろうが、それ以上に、教授が王道を歩き続けてきた人物であるからだろう。地味であっても堅実であり、派手でなくても大局を見失わない研究者であるからこそ、東々大学の教授にまで上り詰めた人物なのだ。

「少ししゃべりすぎたようだ」

ふいに古屋が声音を落としてグラスを置いた。

そのそばに、雨宮が新たに冷たい水を入れたグラスを置いてくれる。

「ここに来ると口が軽くなるらしい」

小さく告げた古屋に、雨宮はかすかな微笑を向けただけだ。

「まだ答えていただいていないことがあります」

「なにかね？」

「先生がなぜ民俗学者になったかってことです。だって、柳田國男が日本の貧しさの理由を調べようとして学問を始めたとしても、今の日本は経済大国です。同じ理屈は通じないと思います」

「違うな」

古屋は速やかに応じる。

「この国は確かに金銭面では豊かになった。だが、平然と桜の大樹を切るような国になったことも事実だ」

古屋はまたグラスを傾ける。もちろん水のグラスではなくスコッチの方だ。

「金銭的な豊かさと引き換えに、精神はかつてないほど貧しくなっている。私には、この国は、頼るべき指針を失い、守るべき約束事もなく、ただ膨張する自我と抑え込まれた不安の中でもだえているように見える。精神的極貧状態とでも言うべき時代だ」

〝亡びるね〟

にわかに脳裏に、老住職のそんな言葉が響いた。と同時に、あの黒々とした輪照寺の桜がゆったりと揺れる景色が見えた。

「どうすればこの貧しさから脱出できるのか、誰かが考えなければいけないが、かつてこの道に向き合ったはずの多くの学問が、今はことごとく目を逸(そ)らしているように見える。神学は過去の遺物となり、医学は科学の尖兵(せんぺい)に成り果て、哲学は言語ゲームに興じ、文学は露悪趣味に堕している」

古屋はトバモリーのグラスを軽やかに飲み干してからつけくわえた。

「民俗学の出番だとは思わんかね」

再びカラン、とドアベルが響いた。

新たに訪れた客人は、比較的若い男女の二人組だ。カウンター席はまだいくつか空いているが、雨宮は白い手を伸ばして、奥のテーブル席を示した。

千佳は二人の交わす弾むような会話を背中に聞きながら、グラスを手に取った。深い海の香りとともに、古屋の告げた言葉がじんわりと胸の中に熱をもって広がっていく。

つかの間の沈黙。

雨宮がボトルを棚から取り出すのにつれて、淡い光が揺らめいている。

グラスを卓上に戻してから、千佳は古屋を顧みた。

「先生、もう一杯飲んでもいいですか」

千佳の提案に、しかし古屋は眉ひとつ動かさない。

いつもの険しい顔のまま、

「無論だ」

短い返答が心地よく千佳の耳を打った。

「〝鐘鼓饌玉貴ぶに足らず、但だ長酔を願って醒むるを用いず〟」

夕暮れの境内に、静かな声が染み渡るように響いた。

欄干に背を預けた老住職が、酒杯を片手に漢詩を読んでいる。その声は力強くはない。けれども長年経を読んできただけあって、よく通る。

夕暮れの老木と、痩せた老僧、そして白磁の酒器に漢詩の朗誦。なにか出来過ぎた舞台装置のようなその景色が、しかしごく自然な装いで千佳の眼前にある。

「雲照さんの自作の詩ですか？」

そばに座った千佳が問えば、住職は呆れ顔で応じる。

「いかんねえ、東々大学の学生ともあろうものが、李白の『将進酒』も知らんとは」

「ショウシンシュ？」

「奔放にして変幻自在、酒を詠わせれば余人の追随を許さない。『将進酒』は、詩仙と呼ばれた李白の代表作だぜ」

つい、と一杯を傾ける様子は余命いくばくもない癌患者にはとても見えない。

「〝古来聖賢皆寂寞〟」

再び住職が吟ずれば、石段に座っていた古屋が酒杯を軽く持ち上げて、

「〝唯だ飲者のみ其の名を留むる有り〟」

住職は嬉しそうに大きくうなずいた。

〝雲照住職に外泊の許可が下りた〟

古屋がそう告げたのは、五月も末の週末である。

住職が入院して二週間が過ぎていた。同じく入院中の尾形教授の方は、点滴治療で

徐々に容体が落ち着き、事務仕事には復帰しつつあったが、いまだ退院の目途は立っていなかったから、逼塞していた研究室の空気を入れ替えてくれるささやかな朗報と言って言えなくもない。

しかし古屋の告げる現実は明るいものではない。

老住職は、もうあまり食事が摂れておらず、いくらかの点滴で命をつないでいる状態だから、退院は難しい様子だという。その中でまだ動ける間に、自宅や寺の整理も兼ねて二泊ばかりの許可が下りたというのが実情だ。

〝ついては、あの本堂の欄干で、最後の一杯を交わしたいという住職本人の希望だ〟

それでも酒を飲むということに、しかし千佳は自分でも不思議なほど驚かなかった。驚いたことといえば、住職が古屋だけではなく千佳にも声をかけたということの方であろう。

〝わずかな期間とはいえ、世話になったことに感謝しているのかもしれんな〟

そんな風に言われれば断る理由もなく、千佳は古屋とともに五月最後の週末に、輪照寺を訪れたのである。

「やっぱり愛されていますね、雲照さん」

欄干に座っていた千佳がそう言ったのは、本堂のご本尊の前が、果物から一升瓶から和菓子に至るまで様々な物が置かれて、にぎやかな様相を呈していたからだ。

みな住職の帰院と聞いて訪ねて来た、隣人たちの土産物である。古くからの檀家の老婦人、顔なじみの近隣の板前や職人、祖父の葬式を取り仕切ってもらったという子供を連れた女性。

昼過ぎから夕方にかけて、誰もが少しばかり立ち寄っていくだけだが、その客足は容易に途絶えなかったのである。

「酒以外は、みんな持って行ってくれていいよ」

柱に身を預けたまま、老住職は朗らかな声で言う。

すっかり骨と皮だけになった住職は、千佳の押す車椅子で境内を移動し、本堂の階段を登っていつもの定位置に座るのもやっとというような体力しか残っていない。

頬の肉は落ち、眉は白く、酒杯を持ち上げた鶴のように細い手が痛々しい。にもかかわらず、その目には晴れやかさがあり、本当にそのまま仏様にでもなりそうな透明感がある。

「外泊は二泊三日でしたね」

奥から盆を持って出てきた古屋が、欄干脇の石段に腰をおろし、徳利を取って住職の酒杯についだ。

「ああ、わずか二日の自由だ」

「その間は、息子さんもいてくれるとか」

「意外なことにね、わざわざ時間を空けて来てくれたよ」

住職が視線を向けたのは、本堂の向こうにある炊事場だ。遠方に住んでいてほとんど行き来がないと言っていた息子が外泊に合わせて戻ってきたのである。

息子と言っても老住職の子であるからもう中年をすぎた男性で、細やかに動き回る働き者の妻を伴っての帰郷だ。さすがに久しぶりに見た父の衰弱ぶりに戸惑いを見せたが、すでに十分に話は通じていたようで、あからさまな動揺は見せず、夫婦で淡々と身の回りの世話をしてくれている。

「若いもんに迷惑はかけたくないからね。昔だったら補陀落渡海と行きたいところだが、今の世じゃ、一人で死ぬこともできやしない」

「おかげで酒が飲めるのです。感謝しなければいけません」

「そうだな、おまけに大学のえらい先生までちゃんと駆けつけてくれたんだ。意外と義理堅いところがあるもんだね、古屋先生」

「ちゃんと成仏させてやらないと、あとで祟られては困りますからね」

「そりゃそうだ」と朗らかな笑い声が応じた。

この期に及んで古屋の言動は遠慮がなく、いつもと変わらぬ態度である。

住職にとってはそれがかえって心地がよいらしい。客人が来たときは、それなりに超然たる態度を示していたが、今はすっかりくつろいでいる。

くつろいだまま住職が徳利を手に取れば、古屋が黙って酒杯で受ける。

ここで酒を飲んでいる古屋を見るのは、千佳は初めてだ。いつも階段に腰をおろして茶ばかり飲んでいたのだが、今日は黙って酒を受けている。無論千佳も口を挟まない。

「逝く前から、もう気分は極楽だねえ」

縁起でもないことを軽やかに告げて、住職が境内を眺めている。

誘われるように千佳も視線を巡らせれば、夕刻の、すでに暗くなり始めた境内の中央に、あの黒々とした大木がそびえている。

花は無論なく、葉のない枝も伸びているような老木だから、影絵のような暗さがあるが、幹回りの雄大さはやはり別格だ。

初夏の風がながれ、枝が揺れる。

白い顔の住職がゆったり酒杯を傾ける。

そこに古屋が新たな一杯を注ぎ、自らもまたこれを飲む。

千佳はそこに、なにか敬虔（けいけん）な儀式のようなものを見る。

生から死へと移りゆくためのひとつの宴（うたげ）。

それはつまり、人を送るためのささやかな祭り。

そこには、「死」という言葉のもたらす悲惨さはない。まるで、夜が来たから眠るのだと言わんばかりの日常の営みに続く自然さがある。

「嘆くことはないのさ」

住職がふいに告げた。

まるで千佳の心中の思いがそのまま聞こえたかのような声であった。

「産まれてきた人間が、時とともに衰えて、やがて死んでいく。大昔からすべての命に対して繰り返されてきたことだ。生のあとに死が来るのなら、死のあとにはまた生がくる。不思議な世界だねぇ」

また風が流れる。

まるで誰かに呼ばれたように住職が空をあおぐ。

「風が吹いたら俺が散歩をしていると思え、鳥が鳴いたら俺が吟じていると思え」

誰に言うでもない言葉が、風をはらんで舞い上がる。

気が付けば炊事場の片づけが終わったようで、住職の息子が本堂の蠟燭に灯をともし始め、嫁が欄干に出てきて、新たな徳利を二本届けてくれた。

仏頂面の古屋にも明るい会釈を向ける小太りの嫁は、目元に元来の陽気な性格を漂わせているが、さすがに義父の病状には気を遣って、何も言わずにこまごまと世話を焼いてくれている。

千佳がすみません、と小声で言えば、笑って空いた徳利を預かって炊事場に戻っていった。

その丸い背中を本堂の奥に見送ったところで、千佳は背中にふわりと明るむものを感じて振り返った。振り返って、思わず息を呑んでいた。

眼前に、驚くべき景色が広がっていた。

黒々とうずくまっていた桜の老木が、静かに桜色に染まり始めたのである。

武骨な枝を滝のように風になびかせていた殺伐たる巨木が、ゆっくりと、しかし確かに華やかな薄紅色に染まっていく。

夢でも見ているのかと思えばそうではない。

絶句したまま傍らに顔を向ければ、古屋が桜を凝視して動かず、住職が大きく目を見開いている。

三人が声もなく見守る先で、巨木はやがて全体が眩いほどの桜色に包まれた。と同時に、何の加減か、色がきらめき、光が躍る。枝の先々で、桃色、朱色、石竹色と、揺らめくように色彩が舞い踊る。

まるで長い眠りについていた老樹が突然目を覚ましたかのようだ。

時が止まったような静寂が、どれほどの時間であったか定かでない。

ふいに住職が大きく息を吐いた。

「そんなに咲くのは何年ぶりだい……」

こぼれた言葉は、古い友人に再会したような、懐かしさに満ちていた。

「まるで極楽浄土だねぇ……」

満足そうなつぶやきとともに小さな笑い声が、境内に溶けていく。

溶けていくと同時に、気が付けば今度は急速にすべてが薄らぎ始めた。光も色もきらめきも、またたくまに静けさの中に後退していく。

あ、と呼び止める声もむなしく響き、わずかもせぬうちに、そこに立っていたのは見慣れたいつもの黒い老大木であった。

すべてがほんの短い時間の絶景で、あとにあるのはただ武骨な影と、静寂だけだ。

欄干に座る三人が三人とも、身じろぎもせず、しばし声も立てなかった。

「どうかしたんですか?」

ふいに降ってきた声は、いつのまにか戻ってきた住職の息子のものだった。

一升瓶を片手に、三人を不思議そうに見回している。

息の詰まるような静けさの中、わずかに身を乗り出していた住職が、ゆっくりと背後の柱に肩を預け戻した。

「桜が咲いたのさ」

さらりとそんなことを言った。

「桜？」

「満開だよ。絶景だったぜ」

息子の困惑も当然だ。境内にあるのは、花とは縁のない黒い老木である。千佳の目にもそう見える。

だが住職はほのかな笑みを浮かべて、変わらず満足そうに石畳の先を眺めている。

「どうかしたの？」と後ろから顔をのぞかせた嫁に、息子は軽く肩をすくめながら、

「父さんが桜が咲いたって……」

「桜？」

同じような反応で、巨木に目を向けてから、二人して困った顔を見合わせている。

どう返事をしたものか困惑して立っている二人に向けて、住職はまるで興味を失ったように応じない。立ちこめかけた微妙な沈黙を、しかし古屋の声が静かに押し流した。

「夕日が差し込んだのですよ」

冷静な声であった。

「ちょうど夕日の光があの木に差し込んで、まるで桜が咲いたように見えたのです」

ああ、と合点したように息子夫婦が並んで空を見上げた。千佳もつられて振り仰げ

ば、いつのまにか空は、目を見張るような見事な茜色一色に染まっている。

東京の空にしては珍しいほど淀(よど)みのない澄み渡った夕空で、夕日の当たるビルの壁まで真っ赤に燃え上がるようだ。

「なるほど、すごい夕日ですね」

「短い時間でしたが、なかなか見ごたえがありました。本当に咲いたのかと思うくらいに」

古屋は泰然たる態度で、腰をおろした息子に杯を渡し、そっと酒を注いでやる。いつもと変わらぬ超然たるふるまいだ。

そのすぐ隣で、老住職は何も答えない。

身じろぎもせず、微笑を浮かべたまま老木を眺めている。

古屋もまた、黙って酒を飲む。自ら酒杯を干し、また徳利を持ち上げて住職の杯にも注いでいる。まるで何事もなかったかのように、その挙動は常と変わらず、淡々と息子と言葉をかわし、また酒を飲む。

だが無表情に見える古屋の頬にかすかな微笑が浮かんでいることに、千佳は確かに気がつくことができた。

だからすぐに確信した。

古屋もわかっているのだ。このたくさんの建物の狭間(はざま)にある古寺の境内に、夕日が差し込むことなどないということを。

昼間であればいざ知らず、夕刻となれば、空が明るくてもすでに夜の気配が漂い始めるような寺である。いくら夕日が美しくても、どれほど短い時間であっても、そう都合よく木だけを桜色に染め上げるものではない。もちろん夕日がどこかのビルの窓に反射して差し込むことや、建物の隙間を縫って照ることがないとはいえない。ゆえに何が事実であるか、はっきりとはわからない。

しかし何が自然であるかは、千佳にはわかっていた。

世の中には理屈の通らないことがたくさんあり、そしてなにより、理屈より大切なことがたくさんある。

「おいおい」とふいに息子がつぶやく声が聞こえた。

我に返って振り向けば、柱にもたれていた住職がいつのまにか心地よげな寝息を立てている。白い唇に浮かんだ笑みはどこまでも満足そうで、赤子のような無邪気ささえ漂っている。

苦笑を浮かべた息子が、毛布を取ってきますよ、と言って席を立った。

本堂の蠟燭の火が揺れて、息子の影が躍るように舞う。

「君も飲むかね？」

いつのまにか古屋が徳利を千佳に向けていた。

これまで輪照寺で、千佳が酒を飲んだことは一度もない。

けれども、徳利を手にした古屋が、まだかすかに笑みを浮かべていることに気が付いて、千佳はそばに伏せてあった酒杯を手に取った。

「満開でしたね」

「満開だったな」

短い会話は、からりと乾いている。

それ以上の言葉はない。理屈もない。

ただ絢爛たる桜色は今も千佳の目の奥に鮮やかで、白杯になみなみと注がれる酒まで花に染まるかのようだ。

「なんだか先生といるとお酒ばかり飲んでいるみたいです」

「心外だな。不満があるなら受けなければよい。酒も学問と同じだ。余人から押し付けられてたしなむものではない」

いい言葉だと千佳は思う。

毒舌の中に含蓄があり、いかにも古屋らしいと思う。

その声に背中を押されてここまで来たということがわかるから、千佳は遠慮の埒を外して告げるのだ。

「それを言うなら、先生だっていつまでも逃げ回っていたらだめですよ」

唐突な言葉に、古屋は動きを止める。

「尾形教授に押し付けられてばっかりじゃ、先生らしくありません。自分で進んで教授になって、ちゃんと民俗学を引っ張ってください」

にわかに吐き出された強い言葉に、しかし古屋はすぐには答えなかった。

尾形教授の体調が落ち着いているとはいえ、早期の退官はもはや間違いない。移りゆく情勢の中で、古屋の研究室も大きな波にのまれようとしている。そういう事態で、旗幟を明らかにせず沈黙しているのは、古屋の本来のやり方ではないだろう。微動だにせず沈黙している古屋の怜悧な視線は、いつになく鋭さを増している。

「相変わらず言うことに遠慮がないな」

「自覚はあるつもりです」

「発言をすればその分だけ責任は増す。それは私に限らず、君も同様だ。大局的視点も持たず、漫然と日常を過ごし、修士論文ごときに手こずっているような院生の言葉が、説得力を持つとは思えん」

「前はそうだったかもしれませんけど、今は少し違います」

「試みに、何が違うか聞いておこうか」

「私にもわかることがあるんです。それがわかったから民俗学をもっと学びたいと思っています」

わずかに怪訝な顔をした古屋に、だって、と千佳は声に力を込めた。

「これからは〝民俗学の出番です〟」

にわかに沈黙が訪れた。

本堂から漏れる蠟燭の光がほのかに揺れる。奥の炊事場から息子夫婦の会話がかすかに届き、その狭間に、老住職の寝息がゆったりとしたリズムを刻んで聞こえてくる。

なお続く静寂の中、古屋はじっと千佳に目を向けている。

しかしその目が見ているのが目の前の院生ではないことに、千佳は気づいている。この風変わりな学者は眼前の些細な物事に一喜一憂することはない。その目はいつもはるか遠くを見据えている。

なおどれほどの沈黙が続いたか。

息の詰まるようなひと時ののち、古屋が口を開いた。

「いい言葉だ」

腹の底に響く太い声であった。

あの、講義室に響き渡る朗々たる声であった。

「どこの酔っぱらいの言葉か知らんが、実にいい言葉だな」

ぬけぬけとそんなことを告げると、そのまま酒杯を傾けながら、悠々と境内の老木に目を向けた。千佳もまた古屋の視線の先を追う。

まもなく失われる六百年の大樹が、黒く静かにうずくまっている。切られたあとにはここに大きな道路が通ることになる。その道がどこに続くのかもわからぬまま、ただ木は切られ、道は広げられ、東京は巨大化していくことになる。

その流れを止めることはできない。アスファルトとコンクリートの町の拡大を、押しとどめることはできないし、とどめることに意味もない。大切なことは、どこに向かって道を切り開いていくべきかをしっかりと見定めることだ。

無闇と前に進むことに警鐘を鳴らし、ここに至り来たった道筋を丹念に調べ、どこへ道をつなげていくべきかを考えていくことだ。

多くの人が闇の中を手探りで歩んでいる今、未来を見据え、先々にささやかでも灯火を灯していくことができるのだとすれば、それはずいぶんと愉快な仕事ではないだろうか。

「来月には出かけなければならない場所がある」

ふいに古屋の声が響いた。

顔をあげれば、その目は、老木を見つめたまま、太い声だけが届いた。

「藤崎、旅の準備をしたまえ」

聞き慣れたいつもの声であった。

無遠慮で、愛想もなく、冷ややかで、けれども力強く、自信に満ちた声だ。

久しく聞いていなかったその言葉に、しかし千佳の応答は遅れなかった。

初夏の風が流れ、六百年の老樹がゆったりと揺れる。

古屋が酒を飲む。

千佳は再び空を見上げる。

ビルに区切られた暮れゆく空には、気の早い一番星が、夜道を照らす灯火のごとく、明るく静かに輝き始めていた。

解説

秋元康隆

小説の解説といったものは、普通は小説やその小説を書いている作家に詳しい人が担当するものであろう。しかし私は、小説とはまったく関係のない仕事をしている。正直、プライベートですらほとんど小説に触れる機会はない。『始まりの木』という小説はおろか、映画化やドラマ化もされたベストセラー小説『神様のカルテ』という作品も、その作者である夏川草介さんの名前も、恥ずかしながらこの仕事を引き受けるまで知らなかった。

ここまで読んだみなさんは、なぜこのような素人が小説の解説を担当しているのかと訝しく思うことであろう。もっともな突っ込みである。すでに単行本の『始まりの木』を読んでこの作品がお気に入りになっている読者、または、夏川草介という作家のファンの方に至っては、憤りを覚えたかもしれない。そこで(弁明のため)なぜ私がこの仕事を担うことになったのかについて説明させていただきたい。

まずは私が何者なのかという話である。私は高校を卒業した後、すぐに一般企業に就職した。ただ、そこでの仕事というのが単純作業の繰り返しで、ちっとも遣り甲斐を感じることができなかった。周りの人たちともまったく話題が合わなかった。すぐに「何か違う」と感じたのである。そして、「この会社に残っていれば、安定した生活を送ることができるが、それでいいのか？」「自分の人生の目的とはいったい何なのか？」「自分は何のために生まれてきたのか？」などと考えてしまったのである。

そんななかである。私は、ふとしたことで、哲学という学問があることを知った。まさにそれが私が抱いている疑問に対峙し、答えてくれる学問のように思えた。そこで私は会社を辞めて、本格的に哲学を勉強するために大学に行くことにしたのである。それから受験勉強をはじめ、日本大学の文理学部哲学科というところに入ることができたのは、周りからだいぶ遅れて、ようやく21歳のときであった。

そこで、18世紀にドイツで活躍した、イマヌエル・カントという哲学者の倫理思想に出会うことになった。学部と大学院の修士課程は日本大学で過ごし、博士課程からはドイツのトリア（Trier）という町にある、トリア大学というところに移った。そこを選んだ理由は、カント協会会長が奉職し、世界中から優秀なカント研究者が集まる場所であったためである。当時は、そこがカント研究に最適の環境に思えたし、今でもその判断は間違っていなかったと思っている。そこで数年かけて博士号を取得し、その後も当地の哲学科でカント倫理学のゼミを担当したり、日本学科などで日本語を教えたりしてきた。今現在もその町に住んでいる。主な収入源は日本語講師の方である。それでも本業はあくまでカント倫理学の研究だと自覚している。そう名乗るのに誰からも許可はいらないので、文句を言われる筋合いはないはずである。おそらく一生「倫理学者です」「カント倫理学が専門です」と言い続けるであろう。

つまり私は、カント倫理学には一生を捧げるだけの価値があると信じているわけである。口ではそう言っておきながら、そのすばらしさを広く伝える努力をしないというのでは筋が通らない。そのような考えのもと、私はこれまで、カント倫理学についての一般向けの本を上梓してきた。その中の一冊が、『意志の倫理学 カントに学ぶ善への勇気』（月曜社）であった。私は直接聞いたわけではないが、夏川さんの担当である小学館の幾野克哉さんの話によると、その本を偶然、夏川さんが手に取って、読んでくれた上で、カントや私の考えに共感してくれたそうなのである。それがきっかけで『始まりの木』の解説を書く話が私のもとに転がり込んできたという経緯である。

小説を書くような人は、膨大な数の本を読んでいるであろうことは容易に想像できる。ただ、それにしても夏川さんの場合、本業は医者である。そのなかで、直接彼の小説の材料になるとは思えない倫理学分野の、それもたいして話題となったわけでもない私の本まで読んでおられることに、ただただ驚愕（きょうがく）である。

この『始まりの木』の文庫本は、私がこれまで出した倫理学の本が束になっても、比較にならないほどたくさん売れ、多くの人の目に触れることになるはずである。この解説をきっかけとして、カント倫理学に興味を持ってくれる人や、共感してくれる人が増えることを密かに、いや、堂々と期待している。私には夏川さんがそのためのお膳立てをしてくれたような気がしてならないのである。

ここまでの話から、夏川さんと私との間に通じるものがあることが推察されるであろう。ここからは、彼の小説『始まりの木』の内容と私の研究するカント倫理学の中身について絡めながら両方を解説していく。

まずは小説の内容についてである。主人公は、民俗学を研究する東々大学の准教授である古屋神寺郎と、彼のもとで学ぶ大学院生、藤崎千佳の二人である。単純にこの二人のやり取りを読んでいるだけでもおもしろい。古屋は相当偏屈な人間であり、しかもかなりの毒舌なのである。私などは若い女性に対して「そんなこと言う？」「そんな言い方はまずいのでは」とヒヤヒヤしてしまうのである。ところが千佳の方も負けていない。自分よりもずっと年長の師匠に対して、嫌みたっぷりの鋭い突っ込みを入れるのである。そのため、古屋の方がたじろぐことも、しばしばである。

その理由は作中で明らかになるが、古屋は左足が悪く、普段からステッキを使って生活している。重い荷物を運ぶことはできない。険しい山道を登ることもできない。そのようなハンディキャップがあるものの、荷物持ちは千佳に任せて、彼は自らが現地に足を運ぶことを重要視し、その活動はフィールドワークが中心となる。その舞台は日本各地の自然豊かで風光明媚な場所である。その描写が巧みであり、情景が頭の中に映し出される。感情移入してしまい、私自身が自然に囲まれた、昔ながらの日本の風景が残るところに行きたくなる。

特に、第三話に出てくる長野県にある「伊那谷の大柊（おおひいらぎ）」である。これは第三話のタイトルであり、またこの本のタイトルにもなっている「始まりの木」のことである。樹齢は四百年を超え、千佳に言わせると、もはや木なのかどうか直ちには判然としないようなたたずまいであるという。古屋は、若いときにこの木を見たことがきっかけで、民俗学を志すことを決意したと告げる（一八七頁参照）。だから彼にとってはこれが、「始まりの木」なのである。古屋自身が、東京からではそう気軽に行けるところではないことを念押ししている（一八五頁参照）。それでも、私自身で足を運んで見てみたい。現物を見たときに何を感じるのか、自分自身に興味がある。

しかしながら私は、そう簡単に古き良き日本の風景を訪ねることができない状況にある。前述したように、私は現在ドイツに住んでいるからである。子供が産まれる前や、いても小さい頃までは、妻はほとんど仕事をしておらず、家族で帰国するのはそれほど難しいことではなかった。しかし、子供が大きくなって学校に上がるようになり、妻も本格的に仕事をはじめるようになると、都合をつけて帰国するのは困難になってしまった（何たることか、私ひとりが日本に行くことは妻が許さないのである）。ヨーロッパに自然信仰がまったくなかったわけではない。キリスト教が入ってくる以前はケルトの民は自然を崇拝していたし、近代でもスピノザのような自然のうちに神を見出す論者が出てくることもあった。しかし、ケルト人がヨーロッパの隅に追いやられていくなかで、その文化はほとんど忘れ去られてしまっている。スピノザも当時から異端扱いされ、今尚良く言えば独創的、悪く言えば変わった思想という受け止め方がされている。

それでもヨーロッパのなか、私の住んでいるドイツに限定すると、彼らが自然を大切にしていることは強く肌で感じる。ドイツの街はどこも市街地には車が入ってこられない構造になっており、緑が豊富に残されている。街を少し外れると、そこにはすぐに広大な森が広がっている。他方で、日本にはもともとは自然信仰があった。ところが古屋に言わせると、日本人の自然に対する態度は変わってしまった。かつて人々は、森や海、さらには、木や石といった自然に存在するもののうちに神を見出し、崇め、大切にしてきた。自然に対する謙虚さを持っていたのである。ところが近代以降、私たちは自らの都合を前面に押し出すようになり、自然を破壊しながら、自分たちの生活スペースを広げていった。そのような自我の肥大化は今尚、留まるところを知らない(七五頁参照)。夏川作品は、純粋に読み物として楽しいことは確かであるが、それだけではない。そこには危機意識があり、その根底には、私たちに伝えたい思想があるのである。

「思想」の話つながりで、このあたりでカントの倫理思想の中身について触れたい。それは一言で言うと、「人の内面に関心を寄せ、評価する思想」と表現できる。人の内面とは目に見えないものである。そのような不可視の領域と言えば、小説の第二話において、古屋と千佳は現代科学では説明できない不思議な体験をする。事後に古屋は、口では「驚いた」と言いながらも平静を装い、現代の多くの学者が科学が観察できない、数値化できないものを否定したり、無視したりしてしまう傾向があること、それがために真に重要なことを見落としてしまうきらいがあることを指摘する(一二八頁以下参照)。

人によっては、「私はそんなことない」「目に見えないからといって、頭ごなしにその存在を否定したりしない」「目に見えないもののなかにも大切なものがあることは分かっている」と言うかもしれない。しかし、本当にそうだろうか。例えば、日本語には、「結果がすべて」という表現がある。類似の表現も含めて、世間では結構な頻度で使用され、受け入れられているように見える。読者の方はどうであろうか。もし今までこのような表現を耳にしても何の違和感も持つことがなかったとしたら、それどころか自分自身で使っていたとしたら、それは目に見える結果しか信じない、評価しないことと何が違うのだろうか。

私自身は先のような言明を耳にしたり、それを聞いた人々がその内容を無批判に受け入れているかのような態度を目にする度に、強い違和感を覚えてきた。「結果以外に価値はないのか？」「目に見えない部分にも価値があるのではないか？」「そこに哲学はあるのか？」などといった疑念が次々に頭に浮かぶのである。多くの人が、目に見える結果（それは例えば、金額、点数、合否、勝負など）という側面に拘り過ぎているのではないだろうか。というよりも、もはや無意識のレベルで囚われてしまっていると言った方が適切なのかもしれない。そのことは、第三話に登場する信濃大学教授で、古屋を特別講義に招待した永倉富子による「どんな物事でも、金銭に置き換えることでしか判断できないような、品のない人たちばかり幅を利かせている世の中」（一五二頁）という言葉にも表れている。もしカントが日本の現状を目にしたならば、やはり眉をひそめるであろう。

目に見える結果の典型であり、縮図と言えるのが、科学技術である。それは確かに、私たちの生活を安全に、そして、便利にしてくれる側面を持つ。しかし、古屋が指摘するように、科学技術は、その使い方を誤れば私たちに牙を向け、傷つけることになる（一二八頁参照）。そのことは戦争で使われる兵器や原発事故などを思い浮かべればよく分かるであろう。私たちにとってそれは諸刃の剣なのである。

そのことを見通していたカントは、重要なのは人の内面にあると考えた。内面がしっかりしていてはじめて、科学技術は望ましい方向に使用できるのであり、私たちにとって有効に機能する可能性が高まるのである（ただし必ず結果が伴うというわけではない）。

この辺りで、カントの考える道徳的な善の姿であったり、それをなす筋道について簡単に説明しておきたい。彼は行為の取捨選択の際に、自分だけの主観的な視点に立つのではなく、他者の、それもできる限り多くの他者の視点、つまり、普遍的な視点に立って考えるべきことを要求する。それは以下のような定式によってである。――人々が遵守した場合、その人々が望ましい世界であると判断できる、そのような行為原理に則って行為せよ。

カントは実例として、自分の能力を伸ばすよう努力することや、困っている人に手を差し伸べる行為を挙げる。このような、普遍的な視点から意欲することが可能な行為原理は、「道徳法則に合致する」（gesetzmäßig）と見なされる。しかし、その道徳法則をなしただけで、直ちにそこに道徳的価値が認められるというわけではない。その行為が「人気取り」「見返りを期待して」「自己満足のため」などといった利己的な都合に発していることもありうるからである。そうではなく、つまり、行為が単に道徳法則に合致するだけでなく、加えて、動機が利己的な理由によってではなく、カントの表現を用いれば、それが「道徳法則であるため」(um des Gesetzes willen) になされるべきなのである。

このような道徳的善、すなわち、非利己的な動機から行為することは、感情に流されているだけでは不可能である。それを可能にするのが感情の対極にある理性であり、より具体的にはそこに発する「意志」なのである。つまり、理性や、それに由来する意志が重要な働きをするのである。とりわけ意志のなかでも、利己性を超克する強い意志が、「善意志」(guter Wille) と呼ばれ、そこに絶対的な「道徳的価値」(Moralität) が認められるのである。

要するに、主観的な好みや都合によってなされた感情的行為のうちに道徳的な輝きは認められないのであり (ただしそれが即、道徳的悪であるわけではない)、それは客観的な視点であり、根拠を有した理性的行為でなければならないのである。私などは「そりゃそうだろ」と思うのであるが、読者の方はどう思うであろうか。

具体例を挙げてみよう。第五話に「民俗学の父」と言われる柳田國男が日本の農村部を金銭的な貧しさから救うべく民俗学研究に従事したという話が出てくる (三三二頁参照)。古屋も、自身が人々を貧困から救うために民俗学の研究にあたっていることとを告げる（三三三頁参照）。これだけではいささか抽象的過ぎるが、このような理念から、さらに具体的行為を記述した行為原理を導くことによって、その行為は道徳的善性を帯びることは十分可能であろう。

ところが、このような、人々を救うという使命を持って民俗学に従事していると公言する古屋の話を聞いた千佳は疑問を投げかける。彼女は柳田の頃であれば貧困からの脱却を謳う（うた）のは理解できるものの、ここ最近の日本経済は低迷しているとはいえ、それでも世界を見渡せば、第三位の経済大国であって、そのなかで先のような大義名分にどれだけ説得力があるのか、と訝しがるのである（三三五頁参照）。一見まっとうな指摘に映るかもしれない。

しかしながら、それこそ目に見える結果や数値に囚われた近視眼的な視点と言える。古屋が問題にしているのは、目に見える金銭面ではなく、その奥底にある現代日本人の心のあり方なのである。

同じ第五話に、古屋が学生のときからの知り合いである、輪照寺の住職、雲照が登場する。そして、彼も古屋同様に、現代日本の行く末に危機感を持っている。彼の言葉を借りれば、「頼るべき指針を失い、守るべき約束事もなく、ただ膨張する自我と抑え込まれた不安の中でもだえているように見える。精神的極貧状態とでも言うべき時代」（三三六頁）である。このような状態が、この先いったいどのような結果をもたらすのか。真剣に考えてみてほしい。

この問いに対する答えは、雲照住職自身が、すでに端的に示している。つまり、たった一言、「亡びるね」（三一〇頁）である。自分のことしか考えないような人間は、自分が幸福になるために、少なくとも本人はそう思い込んでいるからそうしているのであろう。しかし、皮肉なことに、そんな人間ばかりが集まる組織や、社会が機能するはずがないのである。私には、今の日本がその方向に進んでいるように見えている。私には、殺伐とした、生きにくい世の中が到来することは目に見えている。古屋や雲照、そして、作者の夏木さんの目にも、そう映っているはずである。だから、警鐘を鳴らしているのである。

古屋は柳田に倣って、自らの使命を自覚して、民俗学の研究にあたっていると公言する。しかし古屋に言わせると、多くの民俗学者はそうではない。「民俗学者の中にも、自分たちが何をしているのか、説明できない者たちが少なくない」（一四四頁）

これは私が身を置く倫理学研究の世界でも同じである。私は学生時代、哲学科に籍を置き、いくつもの倫理学系の授業を履修した（日本に倫理学科というものは現在存在せず、倫理学研究は主に哲学科や人文学科などで行われている）。そこで私は、特別講義において古屋に民俗学という学問の性質について質問をした信濃大学の学生のように、倫理学とは何なのかについて、とりわけ、それを学ぶ意義について、教師に問うたのである。返ってくる反応は以下のうちのどちらかであった。「倫理学なんて何の役にも立たない」「理論と実践は別」などという投げやりな答えか、もしくは、こちらの質問をはぐらかしてちゃんと答えてくれないといったものであった。ただ、それも半ば予測できたことであった。というのも、私が受けた授業の中身というのは、「○○は××論を展開した」「○○は△△と言った」といった情報の羅列が大半で、その内容がどのように発言者自身の生き方に反映されているのかまったく見えてこないようなものばかりだったからである。だからこそ私は質問したのである。結局私は、世の中をよくする意志を持ち合わせていることを公言する、もしくは口に出さなくとも、その姿勢が滲み出てくるような倫理学者に出会うことはなかった。誠に残念なことである。

古屋は、民俗学は今迷走していると言う。倫理学も同じである。迷走しているのである。作中に、古屋の講座のコマが廃止されるか否かの問題が出てくるが、倫理学分野も同様であり、コマは減らされ、人員は削減され、研究費も削られていく一方である。しかしその担い手の多くは、それに対抗する言葉を持ち合わせていないのである。

学問に対峙する態度に関連して、第二話に、南西大学教授の芹沢藤一が出てくる。彼が古屋の前で、虚勢を張り、他人を貶めることに心血を注ぐ醜い姿が描写されている（九七頁以下参照）。これまた倫理学研究の世界でもよく見られる光景である。もっとも芹沢ほど露骨な形ではないものの、ただ本質的にやっていることは同じである。自分の関心を超克した崇高な理念があるわけではないため、どうしても口から出てくる言葉は自分中心となってしまうのである。とりわけ飲み会や打ち上げなどといった砕けた席では、その傾向が顕著になる。その姿は、無駄口を叩くことなく、肩書に拘るわけでもない、むしろ、出世に背を向け黙々と研究を続ける古屋の姿勢とは正反対である。そして、それは古屋も指摘しているとおり、民俗学や倫理学に限らず、おそらくどの分野においても見られる光景なのであろう（一〇一頁参照）。

古屋は、今の心の貧困を救うのは民俗学であると言う（三三六頁参照）。そして千佳も最後にはそのことを自覚している（三五一頁参照）。しかし、ここまでの私の文面からも伝わっていると思うが、私自身はその役目は倫理学にあると考えている。さりとて、古屋や千佳と、私の立場が矛盾するわけではない。自らの携わる学問に対して、それぞれが「私が研究している対象こそが！」と信じればよいのである。というか、そうあるべきなのである。個々の学問の担い手がその自覚を持つことができれば、その影響は計り知れない。

ここで読者のなかには「私は学者でないので関係ない」と受け止めた人がいるかもしれない。しかし、そうではない。確かに、カントが活躍する以前の時代であれば、貴族や聖職者や学者といった一部の人たちのみが特別な地位にあり、それ以外の大多数の一般の庶民は無知蒙昧な存在と見なされていた。しかし、啓蒙思想の旗手であるカントはそうは考えなかった。彼は万人に理性が備わっていること、そのため自分の頭で考えさえすれば何が正しいか分かるはずであること、そして、それをなすことができるはずであることを説いたのである。ひとりひとりがそれを体現した結果、世の中全体に変化が生じるのである。彼の啓蒙思想においては一般の人たちの側に世の中を変える力が備わっていることが前提されているのである。

ただ、ここまでカント倫理学について説明を読んだ上で、いくら道徳的善は必ず実現可能であると言われても、実際にそれをなすのはやはり困難であるという印象を持った人がいるかもしれない。その最大の理由はおそらく、その動機が利己的であってはならないという点であろう。実際にこれまでカント倫理学は、自身の主観的な感情に反して行為することを求める点を指して、「あまりに禁欲的」「厳し過ぎる」と見なされ、批判されることがあった。

しかし、そのような批判の多くは、一面的な考察に終始したもので、正鵠を失している。カントは何も私たちに常に道徳について考えろと言っているわけではない。むしろ、本人はそのような姿勢を欺瞞的であるとして退けているのである。私たちは普段は自らの幸福のことを考え、追い求めて構わないのである。(限度の範囲内で)食べたいものを食べ、寝たいときに寝て、自らが好きな趣味に没頭すればいいのである。

カントはただ、道徳性が問われる状況くらいは、そちらを優先すべきと言っているのである。そう考えれば、そのようなケースはさほど多くはないこと、そのため、決して過大な要求などではないことが看取されるはずである。彼は、人間の利己性そのものを排除すべきとしているわけではなく、行き過ぎた利己性（そしてそれは、己をも傷つける恐れがある）を抑えるべきことを説いている（に過ぎない）のである。

カントに言わせれば、道徳的善のために必要なのは、誰もがそれを行使する権能を持つ「勇気」（Mut）と「決意」（Entschließung）なのである。その道は万人に、そして、常に開かれているのである。私がカント倫理学のうちに感じる魅力のひとつが、人の内面を重視する点であるわけであるが、もうひとつがこの確実性である。能力や知識や運といった偶発的な要素の不足によって道徳的善をなすことができない、ましてや（本人は善いことをしたつもりでいたのに、その実）悪を犯してしまっていた可能性といったものは完全に排除されているのである。

私は子供の頃から、お勉強ができる方ではなく、日常生活でもミスが多く、結果を残すタイプではなかった。そのため、あまり人から褒められることなどなかった。これからも人から評価されない人生を送るのだろうと漠然と思っていた。そして、それは能力の低い自分が悪いのだと受け止めていた。しかし、カント倫理学に出会えたことで、変わることができたのである。どんな人間にも理性が備わっていること、そのために自分の頭で考えること、何が道徳的に正しいのかについて判断すること、そして、善意志から行為することは、その気になりさえすれば誰もが必ずできるはずであるという思想を前に、私は「結果が伴うかどうかは分からない。でも自分がやれることくらいは全力で頑張ろう！」「善いことをしようとすること自体に価値があるのだ！」と前向きになれたのである。

ただここで、また新たな疑問が出てくるかもしれない。自分の頭で考え、決断を下した上で、非利己的で純粋な善意志から行為したのであれば、それが十分条件となって、そこに道徳的善性が認められるという話であるが、しかし実際には、自分ひとりで考えるとなると、道徳判断を誤ることもあるのではないか。とんでもない行為を正しいものとして思い込んでしまうことも起こりうるのではないだろうか。それでも、その行為は道徳的に正しいと言い切れるのであろうか。

関連することとして、カント倫理学にはこれまで、他者との対話を欠いたモノローグであるという批判がつきまとってきた。つまり、カントは普遍的な視点に立って考えるべきことを説くが、実際には、そのプロセスには他者が介在しておらず、結局、自分勝手な結論を導くことになりかねないという批判である。

しかしこれも不十分な理解にもとづく批判である。カントは他者、とりわけ、社会的弱者、具体的には、病人や罪人や貧しい人と積極的に接するべきことを説いている。

それによって共苦感情が陶冶され、相手の立場を深く理解し、その立場に立って考えることができるようになるのである。これは倫理的義務に間接的に役立つという意味で、「間接義務」と称される。ここには間違いなく他者が介在している。現実の他者に触れることを避けた普遍化の思考実験など、絵に描いた餅であり、カントは決してそんなことは求めていないのである。

カントの伝記作家であるマンフレッド・キューンは、カントが社交的な人間であったことを伝えている。例えば、カントは昼時にさまざまな地位や年齢の人を自宅に呼び、語り合う機会を設けていた。そこでは哲学的なテーマはご法度であり、もっぱら天気、自然科学、政治、新聞記事の内容など多様なテーマについてやり取りした。そこには「専門バカ」にならないように、人間としてバランスを失わないように、という彼なりの配慮があったのである。

翻って今日の世の中を見回してみると、独りよがりで独断的な態度がまかり通っているように見える。特にネットの世界などはその傾向が顕著で、自分の主張を押し通すことが目的で、相手の意見をはなから聞くつもりのないような態度が非常に多く目につく。

古屋も言及しているように、以前の日本人は違ったはずなのである。一神教は厳しい戒律や決まりを求めることがあるが、日本古来の神はそうではなかった。それはいわば灯台の役割を果たしていたのである。灯台自体が目的地や行き先を決めることはない。あくまで目的地や行き先が定まっている人に対して、補助をする（に過ぎない）のである。では、目的地や行き先はどのように決められるのかというと、それは他者の話に耳を傾けることによってである。これまで人々は、「己の船が航路を誤っていないか、領分を越えて他者の海に迷い込んでいないか」（一九〇頁）と他者に問い、そして、自分自身に問いながら生活してきたのである。

これこそがまさに倫理的な態度に他ならない。倫理とは、一方で他者を通じて客観的な立場に触れ、また、そこに思いを馳せるという態度であり、他方で自身で考え、自ら判断を下すという主観的・主体的態度の両方を必要とするのであり、それはつまり主客が融合したところに実現するのである。

ここで決して、「どうせ自分ひとりがやったって」とか「自分ひとりぐらいいいだろう」などと考えてはならない。カントは、本来誰もがそれを行使する権能を持つ意志を働かせることを怠ることは、その人の「怠慢」（Faulheit）であるとして戒める。そのように自分ひとりを例外視するようなことは倫理的に、もっともやってはならない発想なのである。

ひとりひとりが行動することの総体として、社会に変化が生じるのである。そのような企図のもと、前述のように私自身がこれまでに一般向けの本を出してきたし、著作以外にも、哲学系YouTubeチャンネルに出演したり、イベントに登壇したりしてきた。この小説の解説も、その活動の一環である。これからも、さまざまな形で活動を続けるつもりである。なぜなら私は、カント倫理学が人々の灯台になりうると信じているからである。そして、それに寄与するのが私の使命であり、倫理的義務であると自覚しているためである。

この文章が小説の解説ということで、最後に中国の文豪である魯迅の『故郷』にある一節を引用したい。私はしばしば彼の言葉を自分自身に言い聞かせて、自らを奮い立たせるのである。

「もともと地上に道はない。歩く人が多くなれば、それが道になるのだ」

（あきもと・やすたか／倫理学者）

《参考文献》

『柳田國男全集』柳田國男（ちくま文庫）
『民俗学辞典』財団法人民俗学研究所編（東京堂出版）
『柳田国男　その生涯と思想』川田稔（吉川弘文館）
『柳田國男の教育構想　国語教育・社会科教育への情熱』関口敏美（塙選書）
『柳田民俗学のフィロソフィー』鳥越皓之（東京大学出版会）
『柳田國男と信州』胡桃沢友男（岩田書院）
『忘れられた日本人』宮本常一（岩波文庫）
『山に生きる人びと』宮本常一（河出文庫）
『庶民の発見』宮本常一（講談社学術文庫）
『死者の書・口ぶえ』折口信夫（岩波文庫）
『歌の話・歌の円寂する時　他一篇』折口信夫（岩波文庫）
『日本の歴史をよみなおす（全）』網野善彦（ちくま学芸文庫）
『日本社会再考　海からみた列島文化』網野善彦（ちくま学芸文庫）
『神なき時代の民俗学』小松和彦（せりか書房）
『異人論　民俗社会の心性』小松和彦（ちくま学芸文庫）
『悪霊論　異界からのメッセージ』小松和彦（ちくま学芸文庫）
『猪・鹿・狸』早川孝太郎（角川ソフィア文庫）
『鎮守の森』宮脇昭（新潮文庫）
『木のいのち木のこころ〈天・地・人〉』西岡常一　小川三夫　塩野米松（新潮文庫）
『日本の民俗学　「野」の学問の二〇〇年』福田アジオ（吉川弘文館）
『民俗と民藝』前田英樹（講談社選書メチエ）
『日本人の信仰心』前田英樹（筑摩選書）
『環状列石ってなんだ　御所野遺跡と北海道・北東北の縄文遺跡群』御所野縄文博物館編（新泉社）
『神仏研究』古都の森・観光文化協会編（翰林書房）
『カミの発生　日本文化と信仰』萩原秀三郎（大和書房）
『日本人はどこへ向かっているのか』山崎正和（潮出版社）
『フィールドワーク事始め　出会い、発見し、考える経験への誘い』小馬徹（御茶の水書房）
『民俗学とは何か　柳田・折口・渋沢に学び直す』新谷尚紀（吉川弘文館）
『中世の災害予兆　あの世からのメッセージ』笹本正治（吉川弘文館）
『一神教とは何か　公共哲学からの問い』大貫隆、金泰昌、黒住真、宮本久雄編（東京大学出版会）
『一神教の起源　旧約聖書の「神」はどこから来たのか』山我哲雄（筑摩選書）

『救いとは何か』森岡正博　山折哲雄（筑摩選書）
『世界宣教の歴史　エルサレムから地の果てまで』中村敏（いのちのことば社）
『日本における福音派の歴史　もう一つの日本キリスト教史』中村敏（いのちのことば社）
『遠藤周作文学論集　宗教篇』加藤宗哉　富岡幸一郎編（講談社）
『カトリシスムとは何か　キリスト教の歴史をとおして』イヴ・ブリュレ（白水社）
『プロテスタントの歴史』エミール＝G・レオナール（白水社）
『「死」とは何か　イェール大学で23年連続の人気講義』シェリー・ケーガン（文響社）
『倫理の大転換　スピノザ思想を梃子として』大津真作（行路社）
『図説　金枝篇』サー・ジェームズ・ジョージ・フレーザー著
メアリー・ダグラス監修　サビーヌ・マコーマック編　内田昭一郎・吉岡晶子訳（東京書籍）
『青森県の歴史散歩』青森県高等学校地方史研究会編（山川出版社）
『高知県の歴史』荻慎一郎　森公章　市村高男　下村公彦　田村安興（山川出版社）
『京の名所図会を読む』宗政五十緒編（東京堂出版）
『都名所図会を読む』宗政五十緒編（東京堂出版）
『街道をゆく3　陸奥のみち、肥薩のみちほか』司馬遼太郎（朝日文庫）
『街道をゆく41　北のまほろば』司馬遼太郎（朝日文庫）
『忘れられた日本』ブルーノ・タウト（中公文庫）
『菊と刀　日本文化の型』ルース・ベネディクト（講談社学術文庫）
『ツァラトゥストラはこう言った（上・下）』ニーチェ（岩波文庫）
『雨月物語』上田秋成（岩波文庫）
『歎異抄』金子大栄校注（岩波文庫）
『李白詩選』松浦友久編訳（岩波文庫）
『モオツァルト・無常という事』小林秀雄（新潮文庫）
『新装版　海と毒薬』遠藤周作（講談社文庫）
『津軽』太宰治（新潮文庫）
『三四郎』夏目漱石（新潮文庫）

その他、書籍、学会誌、研究報告などを含め、多くの資料を参考とさせていただきました。諸先生方に感謝いたします。なお、本書の文責はすべて著者にあることを明記します。

夏川草介

※本作品はフィクションであり、登場する人物・団体・事件等はすべて架空のものです。

神様のカルテ

夏川草介

ISBN978-4-09-408618-8

栗原一止は信州にある「二十四時間、三百六十五日対応」の病院で働く、悲しむことが苦手な二十九歳の内科医である。職場は常に医師不足、四十時間連続勤務だって珍しくない。ぐるぐるぐるぐる回る毎日に、母校の信濃大学医局から誘いの声がかかる。大学に戻れば最先端の医療を学ぶことができる。だが大学病院では診てもらえない、死を前にした患者のために働く医者でありたい……。悩む一止の背中を押してくれたのは、高齢の癌患者・安曇さんからの思いがけない贈り物だった。二〇一〇年本屋大賞第二位、日本中を温かい涙に包み込んだベストセラー！　解説は上橋菜穂子さん。

神様のカルテ2

夏川草介

ISBN978-4-09-408786-4

栗原一止は、夏目漱石を敬愛する信州の内科医だ。「二十四時間、三百六十五日対応」を掲げる本庄病院で連日連夜不眠不休の診療を続けている。四月、東京の大病院から新任の医師・進藤辰也がやってくる。一止と信濃大学の同級生だった進藤は、かつて〝医学部の良心〟と呼ばれたほどの男である。だが着任後の進藤に、病棟内で信じがたい悪評が立つ。失意する一止をさらなる試練が襲う。副部長先生の突然の発病——この病院で、再び奇蹟は起きるのか？　史上初、シリーズ二年連続本屋大賞ノミネートの大ヒット作が映画化と共に待望の文庫化！　解説は田中芳樹さん。

小学館文庫
好評既刊

神様のカルテ3

夏川草介

ISBN978-4-09-406018-8

「私、栗原君には失望したのよ。ちょっとフットワークが軽くて、ちょっと内視鏡がうまいだけの、どこにでもいる偽善者タイプの医者じゃない」内科医・栗原一止が三十歳になったところで、信州松本平にある「二十四時間、三百六十五日対応」の本庄病院が、患者であふれかえっている現実に変わりはない。夏、新任でやってきた小幡先生は経験も腕も確かで研究熱心、かつ医療への覚悟が違う。懸命でありさえすれば万事うまくいくのだと思い込んでいた一止の胸に、小幡先生の言葉の刃が突き刺さる。映画もメガヒットの大ベストセラー、第一部完結編。解説は姜尚中さん。

小学館文庫
好評既刊

神様のカルテ0

夏川草介

ISBN978-4-09-406470-4

人は、神様が書いたカルテをそれぞれ持っている。それを書き換えることは、人間にはできない——。信州松本平にある本庄病院は、なぜ「二十四時間、三百六十五日対応」の看板を掲げるようになったのか？（「彼岸過ぎまで」）。夏目漱石を敬愛し、悲しむことの苦手な内科医・栗原一止の学生時代（「有明」）と研修医時代（「神様のカルテ」）、その妻となる榛名の常念岳山行（「冬山記」）を描いた、「神様のカルテ」シリーズ初の短編集。二度の映画化と二度の本屋大賞ノミネートを経て、物語は原点へ。日本中を温かい心にする大ベストセラー番外編！解説は小川一水さん。

新章 神様のカルテ

夏川草介

ISBN978-4-09-406851-1

栗原一止は、信州松本に住む実直にして生真面目の内科医である。「二十四時間、三百六十五日対応」の本庄病院を離れ、地域医療を差配し、最先端の医療を行う信濃大学病院に移り早二年。患者六百人に医者千人が対応する大学病院という世界に戸惑いながらも、敬愛する漱石先生の〝真面目とはね、真剣勝負という意味だよ〟という言葉を胸に、毎日を乗り切ってきた。だが、自らを頼る二十九歳の女性膵癌患者への治療法をめぐり、局内の実権を握る准教授と衝突してしまう。シリーズ340万部のベストセラー、大学病院編スタート！　特別編「Birthday」も同時収録。解説は乾石智子さん。

小学館文庫
好評既刊

本を守ろうとする猫の話

夏川草介

ISBN978-4-09-406684-5

夏木林太郎は、一介の高校生である。幼い頃に両親が離婚し、小学校に上がる頃からずっと祖父との二人暮らしだ。祖父は町の片隅で「夏木書店」という小さな古書店を営んでいる。その祖父が、突然亡くなった。面識のなかった叔母に引き取られることになり本の整理をしていた林太郎は、店の奥で人間の言葉を話すトラネコと出会う。トラネコは本を守るために林太郎の力を借りたいのだという。林太郎は、書棚の奥から本をめぐる迷宮に入り込む——。イギリス、アメリカ、フランスなど世界35カ国以上で翻訳出版され、記録的ロングセラー！お金の話はやめて、今日読んだ本の話をしよう。

本書のプロフィール

本書は、二〇二〇年九月に、小社より単行本として刊行された作品を加筆修正し文庫化したものです。

小学館文庫

始(はじ)まりの木(き)

著者　夏川草介(なつかわそうすけ)

二〇二三年八月九日　初版第一刷発行

発行人　石川和男
発行所　株式会社　小学館
〒一〇一-八〇〇一
東京都千代田区一ツ橋二-三-一
電話　編集〇三-三二三〇-五九五九
販売〇三-五二八一-三五五五
印刷所――大日本印刷株式会社

ISBN978-4-09-407283-9